GEORGETTE

NELSON DE LA CORTE

GEORGETTE

Contos, casos
e rapidinhas

Copyright © 2023 de Nelson de La Corte
Todos os direitos desta edição reservados à Editora Labrador.

Coordenação editorial
Pamela Oliveira

Preparação de texto
Júlia Nejelschi

Projeto gráfico, diagramação e capa
Amanda Chagas

Revisão
Vinícius E. Russi

Assistência editorial
Leticia Oliveira

Imagens de capa
Amanda Chagas - gerada em prompt Midjourney

Dados Internacionais de Catalogação na Publicação (CIP)
Jéssica de Oliveira Molinari — CRB-8/9852

---

de La Corte, Nelson
Georgette : contos, casos e rapidinhas / Nelson de La Corte. -- São Paulo : Labrador, 2023.
304 p.

ISBN 978-65-5625-336-7

1. Contos brasileiros I. Título

23-1934   CDD B869.3

Índice para catálogo sistemático:
1. Contos brasileiros

EDITORA
Labrador

Editora Labrador
Diretor editorial: Daniel Pinsky
Rua Dr. José Elias, 520 — Alto da Lapa
05083-030 — São Paulo/SP
+55 (11) 3641-7446
contato@editoralabrador.com.br
www.editoralabrador.com.br
facebook.com/editoralabrador
instagram.com/editoralabrador

A reprodução de qualquer parte desta obra é ilegal e configura uma apropriação indevida dos direitos intelectuais e patrimoniais do autor. A editora não é responsável pelo conteúdo deste livro. Esta é uma obra de ficção. Qualquer semelhança com nomes, pessoas, fatos ou situações da vida real será mera coincidência.

Para Judith, sempre companheira.
Para Sávio/Andrea
Rubens/Vivian
Carlos/Camila/Felipe/Flávia
Companheiros para sempre.

> "Verás que todo es mentira,
> Verás que nada es amor
> (...)
> Yira... Yira..."
>
> *Enrique Santos Discépolo*

A vida, como nos contos.
A vida, como nos tangos!

Sumário

LIVRO I
CONTOS E CASOS — 11

A fonte da vida — 13
A juventude contida — 15
A má ideia — 18
A voz do dono — 20
Absolutamente nada — 29
Ao perdedor a... — 32
Assim, não dá! — 34
Bico de bexiga — 39
Bis coito interrompido — 45
Cachaça, gilete e sabão — 47
Cachorrada! — 55
Com o diabo no corpo — 57
Cupim — 60
Declaração de amor — 67
Deletum — 69
Diana — 75
Direito do consumidor — 80
E a gorjeta? — 82
E la nave va — 84
Fabulação — 87
Foi bola — 89
Fora de catálogo — 91
Georgette — 94
Hérnia inguinal esquerda: grau 2 — 110
Hollywood é aqui — 112
Homo crotalus — 115
João vermelho — 121
Malena — 124
Manga doce — manga azeda — 130
Marcelino, queijo e cachaça — 135
Meio a meio — 145
Necrologia — 149
O anzol de prata — 151
O correr da vida — 155
O elixir do amor — 157
O sonho e a pedra — 158
Ódromos e ários — 175

Os bichos de pé	177
Otite mandibular	181
Pandorga, pipa, papagaio…	183
Paraquedismo	185
Pastel	189
Pátria educadora	191
Por quê? Por quê?	199
Próximo!	201
Quase um conto	211
Quebra-cabeça	218
Redesignação sexual	220
Rei morto…	223
Roleta-ruça	227
Sic(c)a	232
Simbiose	234
Sinfonia acabada	236
Sobre utopias, babas e calçadas	238
Sotão	246
Temporalidades: pacífica harmonia entre tradição e modernidade	248
Torrado	253
Três em um	260
Uma boa aventura	268
Vermelho!?	270
Vidas paralelas	276
XYZ	280

LIVRO II
RAPIDINHAS — 283

Água mole em pedra dura	285
Antes de cruzar a linha…	286
Desculpe, foi engano	286
Causa e efeito	287
Floradas	287
Freud	288
Incontinência	289
Juízo final	290
Boneca inflável	291
Dindi	291
Marchinha fúnebre	291
Missa campal	292
Moto perpétuo	292
O corno e a passarinha	293
O pessoal da antiga mente	294
Orloj	295
Piada de papagaio	296
Sanhaço	296
Santista	297
Segredo tumular	298
Sinais trocados	299
Tarde demais!	300
Top-top	301
Unanimidade	302
Vaca, galo, porco	303

— LIVRO I —

CONTOS
E CASOS

A FONTE DA VIDA

Abriu o chuveiro e regulou a temperatura adequando-a à quantidade de água que gostava de deixar cair sobre si. Deixou-se molhar completamente, fazendo seu corpo dançar para que o líquido o atingisse por completo. É sempre a hora em que os olhos se fecham e a mente divaga. A viagem diária estimulada pela resposta que o prazer da tepidez provoca.

Lembrou-se de Anna.

Na última vez que esteve com ela, esse prazer havia acontecido a dois. A ducha era mais generosa, assim como mais generosas eram as sensações provocadas pelos exercícios praticados. Água, calor, espuma, pele, mãos, lábios, pelos... sexos. Quanto tempo passado entre a realidade do agora e a lembrança do ontem. O tempo, esse implacável intervalo de que é feita a vida. Nada fora dele. O inapreensível presente. Tudo fora dele, o só imaginado passado. Mas Anna estava ali, num tempo reconstituído, por mais sonhado que fosse. A vida é memória. Seus longos cabelos negros. Sua face de feições fenícias, onde nariz, olhos e boca guardam distâncias e proporções áureas entre si. Se abertos, os olhos falam. Se fechados, aguardam. A boca, nunca cerrada. Entreaberta, sempre à espera de um úmido beijo de fora ou de um suspiro hedônico vindo de dentro. O nariz, coisa rara, absolutamente no divisor de duas faces idênticas. A expressão de meiguice e fragilidade sempre a implorar proteção e carícias. O restante do corpo só as mãos podem falar da escultura resultante do trabalho feito pelos cinzéis da harmonia e da cupidez.

Ah, Anna, quanta coisa em você! Como tudo aquilo pôde ter acabado assim tão de repente? A morte, essa vilã covarde que transforma a vida em uma estupidez sem tamanho. E ela não tem seu tempo para chegar e arrebatar o que não é dela. Chega, e pronto! Não pede permissão, nem dá satisfação. Quando é assim, nem se tem como entendê-la. Só mais tarde, não muito mais tarde muitas vezes, é que se dá conta de que aceitá-la é uma forma de se incapacitar. Lição que muitos se recusam a aprender. A lembrança, a memória, as únicas formas de vencê-la.

Só minha morte a tirará de mim, minha Anna!

A JUVENTUDE CONTIDA

Acordou excitado, o membro teso e latejando. Passou a mão e constatou que o estado em que se encontrava lembrava muito o de quando era jovem. Puxa! Na idade em que estava, ainda era capaz de coisas que imaginara inatingíveis, esgotadas, pensou. Como ainda consegue ir buscar no baú biológico "pertences" e condições antes dadas como perdidas ou muito bem escondidas em cantos obscuros, distantes das mãos do quotidiano em que nos mete o tempo, a vida! Caramba, como uma simples lembrança em forma de sonho como a que acabara de ter havia sido suficiente para tanto?! Também, pudera! Era uma lembrança e tanto. E ponha tanto nisso! Há muito já dava como esquecida para sempre aquela imagem, por longo tempo insidiosa, mágica. Morena, quente, beleza ao mesmo tempo bruta e delicada. Sua timidez, matriz de sua fala rouca e parcimoniosa, sempre a esconder seu rosto de menina, fazia de sua cabeça baixa e de seu olhar furtivo e oblíquo um quadro de expectativa e adivinhações. Que perfil, que tez, que corpo! No salão, a disputa pela formação, com ela, do par da próxima dança era uma coisa que atingia a todos que se achavam dentro do espectro dos aceitáveis por ela. Ninguém, porém, dava a mão à palmatória, para não se dizer interessado e, assim, descartável, ante tamanha concorrência. O orgulho, que mascarava um provável insucesso, jogava todos numa arena onde a atmosfera punha a digladiar, dentro de cada um, sentimentos opostos. O antagonismo entre a estratégica cautela ante a provável derrota e a necessária ousadia, fundamento de qualquer sucesso, mesmo que efêmero, punha cada um num estado interior de surda amargura, de pungente covardia e de explosivos arrependimentos. Agir ou não agir sem demonstrações de cobiça e envolvimento determinava os níveis de altivez e de desdém, biombos do sofrimento. A felicidade, mais sentida depois do que durante, tornava indeléveis os momentos de proximidade física, às vezes concretizados pelos arroubos de desmedida coragem. As distâncias eram sempre grandes. O compartilhamento havia de ser obtido por longos jogos de consentimentos, ou, no outro extremo, por tresloucados gestos de abordagens espontâneas. A proximidade mais duradoura, mas ingênua, obtida por um, descartava o apossamento do prazer material, sempre efêmero, produzido pelo outro. Quem seria o felizardo que encontraria o caminho do meio? Todos se punham enredados em armações táticas para que viessem a ser o escolhido. Seu cheiro ainda hoje deve estar presente em diferentes atmosferas. Alguém seria tão desatinado e estúpido de perder sensações duramente adquiridas em momentos de rara felicidade? E as formas de seu corpo, pouco mais que esboçadas pelas roupas especiais nas educadas sessões das disputas esportivas? Tiveram o destino de serem completadas pela nudez total, idealizada por uma geração de competentes Fídias. Seria a mais completa coleção de musas jamais vista por qualquer museu se resgatada das mentes de dezenas. A mais perfeita proporção adquirida pelo belo, ali, em seu corpo. O sublime, cristalizado como bem permanente e universal, acima dos conceitos, externo aos moldes culturais, à história, absoluto. Como a língua materna, há "coisas" que acompanham os homens pelo resto da vida, tal qual fantasmas, exatamente como um sinal particular, indelével, exclusivo de cada um, como que sem elas houvesse um desvirtuamento de sua condição de serem o que são. Como o código que matricia as ligações elétricas que se traduzem em pensamentos, aquele com que cada um se interlocuta em monólogos permanentes.

Nunca mais havia sido vista. E isso há mais de quatro décadas. Diziam que havia se casado com um militar e ido morar por aí, indo de Ceca a Meca, sempre a observar em casa a disciplina da caserna. Nenhum filho da puta do seu tempo para livrá-la do calabouço em que a meteu o desconhecido estrangeiro, e trazê-la para o espaço de todos, pelo menos para que pudesse ser vista no seu devir como mulher temporal, de ossos pontiagudos talvez, talvez de carnes moles, de pródigas banhas, rugas paralelas e melenas grisalhas, para exorcizar lembranças e livrar a todos desses apêndices espectrais. Por isso ela continuava aqui, ali, lá, do mesmo jeito, com os mesmos peitos arredondados e duros, a mesma bunda em maçã carnosa, as mesmas aveludadas coxas roliças, os mesmos pés de dedos proporcionais, as mesmas mãos macias que muitas nucas e costas ainda sentiam, os mesmos olhos negros e vivos, o nariz de abas iguais, a boca carnuda, o riso de dentes alvos e hálito de menta. A mesma tez morena, o mesmo idealizado púbis, espumado de negros cabelos, ocultando a mesma longa fenda de tamanho, profundidade, cores e odores que transformaram muitos em insaciáveis posseiros sobrenaturais.

Ali havia estado ela, na inteireza de sua juventude, a provocar os mesmos impulsos, os mesmos desejos e os mesmos resultados. O milagre do sonho não respeita o tempo, não admite as barreiras das distâncias, não se conforma à intransponibilidade. Quando não pune os homens com os aguilhões dos pesadelos, premia o sono com compensadoras imersões do mundo pelágico do esquecimento.

Depois de tudo, refeito do aborrecimento provocado pela razão da crua realidade que rapidamente havia reconstituído a calma pré-libidinosa, já desperto e conformado com o distanciar irrecuperável da fugaz excitação, mudou de lado, ajeitou a ponta do paletó do pijama que lhe incomodava os movimentos, percebendo que seus lábios há algum tempo esboçavam um leve sorriso, buscou uma nova posição no travesseiro para a calva cabeça e, sentindo-se compensado, relaxou e, de novo, adormeceu.

A MÁ IDEIA

Isso aconteceu comigo. Não é mentira. Eu aqui sou ele.
O fato só vem confirmar um ditado que acompanha aquilo creditado aos ventos da ventura. Só petisca quem se arrisca! Vidrado em loterias, rifas e sorteios, sempre achou, como todo mundo que joga acha, que um dia acertaria na milhar. Anos e anos curtindo aquela expectativa, só menos tola e ingênua que a da certeza de um dia ir para o céu. Na segunda-feira, ao comprar o pão daquela manhã, passou em frente àquela casa lotérica que o atraía com seu canto da sereia. Não resistiu. Entrou e cravou, num volante da mega-sena, as seis dezenas que carregava no bolso há um bom tempo. Se não guardasse o lembrete, seria capaz de se confundir na hora de marcar o volante. Sua memória há muito já não era dada a guardar muita coisa. A cachola, acomodada pela repetitividade de uma vida de aposentado, apresentava claros sinais de preguiça, de indiferença cada dia maior. Alguma voz interior lhe dizia que palpite não pode ser espontâneo e para não ficar variando assim como quem não tem aquela fé no jogo. Se é para acreditar no destino, há que se ter contumácia. Os seis números eram os mesmos há bastante tempo: 02, 33, 34, 37, 41 e 51. Não tinha o 7, muito menos o 13. Sabia que sempre havia muita carga em cima deles e a fortuna não gosta de atender pedidos assim que são de todos. Pedidos têm que ter personalidade. Têm que demonstrar um mínimo de convicção. É assim que o diabo gosta! Na quarta-feira seguinte, dia de uma das extrações da semana, depois de passar os olhos pelo estoque de bens da despensa, foi ao supermercado para prover a casa da santa cerveja de cada dia e daquele papel que só é higiênico antes do uso. Lá deu de cara com a casa lotérica que, de vez em quando, também recebia suas apostas. Esquecido de que já havia jogado para aquela extração, cravou aqueles seis números num outro volante. No dia seguinte, ao conferir o resultado, foi surpreendido pelas coincidên-

cias entre os números sorteados e os números jogados. Um a um eles foram batendo, até o quinto. O sexto se encarregou de fugir dos trilhos, descarrilhando aqueles vagões carregados de dinheiro de uma bolada de mais de noventa e nove milhões. Ninguém acertou os seis números naquele sorteio. Tinha dado o 53 no lugar do 51. Está aí a confirmação de seu pensamento sobre do que o diabo gosta ou não gosta: 51 era uma boa ideia de muitos embriagados pelo jogo, como ele. Mas a estrela da sorte, num gesto de benevolência em relação aos que nela acreditam, o fez lembrar, logo em seguida, que ele tinha um outro volante para conferir. E aí, sentiu na própria pele que aquele outro ditado, no qual também acreditava, havia sido jogado por água abaixo. Probabilidade infinitamente menor que a de acertar os seis números na loteria: o raio havia caído duas vezes no mesmo lugar.

Mas… boa ideia mesmo, convenhamos, era o 53!

A VOZ DO DONO

Especial para Judith

Eu não posso me queixar. Ainda sou muito jovem para achar que a vida que levo não é aquela a que teria o direito de levar. Vivo tranquilo em um ambiente em que os que me rodeiam gostam muito de mim. Sou bem alimentado, até em excesso, não posso deixar de confessar. Tenho sempre água fresca que, aliás, me é servida sob duas formas diferentes. Aprendi a gostar de ambas, dadas as peculiaridades a que elas estão associadas. Uma é própria de quando estou em repouso. Sempre está lá um recipiente à minha disposição. A outra é quando chego cansado de minhas caminhadas diárias. Aí me levam até uma torneira do quintal, onde me refestelo com a corrente fresca que desce pela minha garganta. Por dentro e por fora! Tenho uma casa relativamente confortável. É limpa, porém com o tempo ficou um pouco pequena para mim. Mas, como aprendi desde pequeno a dormir encolhidinho, hoje tiro de letra a necessidade de dobrar as pernas e de ajeitar a cabeça junto a uma de suas paredes. Está certo que meu focinho fica um pouco para fora, mas o que é que se vai fazer. Isso não é ruim, não. Desse jeito é mais fácil ver o que acontece do lado externo, assim como ouvir os ruídos do ambiente, coisa que para mim é essencial. O excesso de zelo com que fui cuidado quando cheguei aqui levou o pessoal a optar por colocar meu abrigo dentro da casa, coisa que, reconheço, acabou gerando a fixação de um mau hábito em meu comportamento, pois mais apropriado para mim seria passar as noites no quintal, já que, em troca do carinho com que venho sendo tratado desde criancinha, eu deveria, com mais ênfase, passar a todos a segurança que meus dotes de bom vigilante seriam capazes de oferecer. Mas agora é tarde! Lá fora, à noite, com frio e com chuva, deve ser um ambiente difícil de engolir! Esse exagero de proteção que me foi proporcionado também não foi coisa muito boa, não! Confesso que me sinto um pouco inseguro, mesmo quando os instintos me levam a esbravejar nas ocasiões em que sinto qualquer coisa diferente no ar. Mijar à noite, por exemplo. Não vou! Mesmo a porta estando entreaberta para que eu possa circular pelo quintal à vontade. Só quero ver o dia (o dia não, a noite) em que algum ladrão pular o muro. Como é que irei me comportar? Será que esperarei que alguém venha me acompanhar, com as luzes do quintal acesas, para manifestar meu estado de fúria amedrontadora? Vai ser uma barra!! Eh! Acho que estou fadado a me acovardar se isso acontecer um dia. Está certo que sou de índole mansa, dotado de um impulso natural para ser um bom e fiel companheiro, que gosto imensamente de brincar de pega-pega, de correr para apanhar os objetos que jogam para mim, coisas que têm a ver, às vezes, com situações aborrecedoras, pois nem sempre se está disposto a fazer o gosto dos outros. Muito menos quando sou obrigado a essas demonstrações de bom-mocismo para que vejam como sou um cabra porreta. Tá certo! Ninguém duvida que seja razoavelmente inteligente e que isso vem de longe, de ancestrais que se perderam no tempo. O fato de ter nascido favorecido por faro excepcional, coisa que na história da família fez com que muitos de meus "irmãos" tivessem que se adestrar na arte de apontar aves para os outros sacrificarem, me garante distinguir, de longe, odores que são ou não familiares, qualidade que me permite, por exemplo, saber quando é que está para chegar em casa alguém a quem devoto uma preferência especial. Isso é muito bom. Sabe por quê? Porque às vezes quando me vejo sozinho, aborrecido, deitado em meu canto, sem a companhia de quem gosto, a ansiedade de ver chegar alguém especial me leva a saborear por antecipação esses momentos de grande felicidade e segurança. Bom, não? Quando isto acontece, faço aquela festa! Não resisto ao impulso de pular por sobre a pessoa, numa demonstração de bem-querer extremo e de um contentamento sem par. Quase sempre, nessas ocasiões, me sinto mais autêntico quando tenho alguma coisa na boca. Por isso, corro a procurar um dos pequenos bonecos de pano que me fazem companhia desde pequenininho. Quando não os encontro, sirvo-me de qualquer pedaço de pano, o que, para mim, é a mesma coisa. Três pessoas me são muito especiais nessas ocasiões. Duas delas são as que cuidaram de mim assim que nasci. Fizeram o meu parto, ajudando minha mãe na sua primeira experiência de dar à luz. Tenho um papel emblemático nessa história. Minha mãe era primigesta e eu fui o primogênito de uma ninhada de sete. Não sei se vocês sabem que, por questões anatômico-funcionais, o primeiro a nascer é aquele que foi o último a ser gerado e acomodado, na sequência, em fila, ao longo do útero da mãe. Dependendo do número e da distância em dias dos acasalamentos, o último concebido pode ter até uma semana de diferença de idade em relação ao primeiro. E, como o período de gestação dos cães é de mais ou menos sessenta dias, uma semana é muito significativa na maturidade do feto. Geralmente, quando isso acontece e a ninhada é grande, os primeiros a nascer não sobrevivem, pois lhes faltam condições constitutivas e forças para concorrer com os demais na "luta" pela amamentação. A própria mãe, articulada que está com o "projeto" de preservação da espécie, naturalmente protege os mais aptos, rejeitando os mais fracos. Sendo assim, não fui uma exceção entre meus irmãos. Nasci mais fraquinho e preguiçoso. Desde cedo enfrentei dificuldades na luta para arranjar uma teta que me saciasse a fome. É aí que entram meus pais adotivos. Sempre estiveram atentos às leis da natureza (ingrata e bruta para certas "éticas" humanas), protegendo-me com cuidados especiais. Fui paparicado por eles desde que nasci. Até mamadeira tomei. Mais fraquinho, mais carinho! Com isso, não só sobrevivi, como também consegui compensar do lado de fora o que o lado de dentro não teve oportunidade de me dar. Hoje, quem me vê não diz que eu fui um indez, um rapa-de-tacho. Sou sadio e absolutamente normal. Tenho muita força e um latido "amedrontador". Atualmente não vivo com eles, mas, quando eles vêm me visitar, sinto de longe o seu cheiro, o que me dá aquela vontade incontrolável de manifestar alegria. A outra pessoa é aquela com quem aprendi a viver após ter sido apartado de minha mãe e da casa onde nasci. É uma coisa muito forte na formação de minha personalidade. Conosco é assim mesmo! É necessário que tenhamos uma ligação afetiva com aqueles que nos ensinaram a viver. Bem entendido, se isso foi feito através de demonstrações de carinho. Passamos a ter uma relação de complementação vital com os que nos fizeram companhia nas fases iniciais de nossas vidas. O ato de satisfazer nossas necessidades básicas e de, concomitantemente, nos fazer sentir os prazeres derivados do carinho e da atenção nos embutiu um automatismo hedonístico quando sentimos o seu cheiro. O fato de não conseguirmos ficar longe dessas pessoas é uma resposta natural que temos e que elas difundem como sendo produto de nossa fidelidade. Apesar de não ser bem isso, aceitamos com orgulho este fato e até, por isso, não achamos ruim sermos tidos como uma espécie de arquétipo ao considerarem que somos os seus melhores amigos. Nem sempre é assim. Veja-se, por exemplo, quando roubamos da mesa aquele naco de queijo que estava reservado às visitas. Causa um certo transtorno e um grande aborrecimento à pessoa que nos devota seu bem-querer. É que há dentro de nós impulsos naturais que nos levam a fazer certas coisas sem pensar, impossíveis de serem controlados a não ser pela dor das punições desumanas. É o caso de latir para estranhos que invadem o nosso território. É de nosso feitio a reação barulhenta para com aqueles que não fizeram parte de nosso ambiente nos primeiros meses de nossa vida. Mas logo percebemos se são de fato amigos ou inimigos. Eu tenho, por exemplo, certos inimigos pessoais, muito embora sejam eles muito amigos do pessoal aqui de casa. Sabe por quê? É que essas pessoas nos amedrontaram quando éramos crianças e, assim, toda vez que sentimos o seu cheiro, ficamos ressabiados, intimidados e não aceitamos a reconciliação. Quem já fez uma vez pode fazer outras, não acham? Mas deixa pra lá! No fundo, no fundo, são pessoas complicadas. Não entendem a nossa natureza e ficam achando que podemos ser objetos de suas descargas emocionais, frutos, muitas delas, de problemáticas psicológicas, adquiridas e cristalizadas no correr da vida. Relevar é preciso, mas é melhor reagir com a espontaneidade de que somos dotados. Se é assim com uns, com outros é exatamente o contrário.

Veja o caso da pessoa de quem eu mais gosto e preciso. Olha que é uma pessoa a quem eu dou a minha vida, mas o comportamento dela para comigo — benza Deus! — é de um exagero preocupante. Eu adoro esses exageros, não posso negar! Mas, fruto dele, ela me acostumou mal, e hoje até que pago caro pelos maus hábitos que adquiri e de que não conseguirei mais me desfazer. Tenho a sensação de que ela passou a precisar, numa altura de sua vida, de um objeto para descarregar sua afetividade, que ficou contida no âmbito de um longo relacionamento tornado repetitivo e desgastante com o passar do tempo. O marido envelheceu, deixando de ser aquela "Brastemp", historicamente sempre disposto a trocas afetivas mais à flor da pele. Agora sua bola deve ter murchado e ela, na falta de um "interlocutor" mais permanente e ousado, não podendo contar, ao mesmo tempo, com ninguém mais que ele, acabou encontrando em mim a válvula de escape para uma realização psicológica mais plena. Aposentou-se, depois de uma longa vida de forte engajamento profissional. Os filhos, adultos, foram embora. No bom sentido, é claro! Não mais estão presentes para servir de canais de realização direta e imediata, como quando ainda eram menores e dependentes. A sensação de liderança e comando, a atuação concreta na marcha das condutas pessoais, o gostinho ininterrupto de se fazer presente na vida deles, tudo isto dava uma plenitude ao bem-estar pessoal quando dos retornos bons ou maus dos comportamentos deles. Agora, longe de casa, uns mais do que outros, apesar do amor e bem-querer serem os mesmos (ou mais até), a falta do corpo presente é uma ausência, cujo peso e definição são impossíveis de imaginar, especialmente para mim. Com eles em casa, o mundo deveria ser outro. Penso eu que o futuro era, seguramente, a cada momento, o presente. Isso deveria dar aos diálogos um sabor de construção, de realização. Está certo que aquilo que fora no passado um projeto, hoje é um campo fértil de produções saborosas. O quotidiano da casa, nesse particular, eu sinto, recende a perfumes exóticos e a doces sabores indescritíveis. Mas onde estão os interlocutores? A vida não é boa senão com os outros. Vejo isso por mim.

O que eu seria sem eles? Um rasga-saco? Um sarnento? Um atropelado? E o que adianta ter a alma cheia de amor para dar se não temos com quem compartilhá-lo? E a partilha, para ser completa, tem que ser permanente, diuturna, específica, concreta e não ocasional, genérica, fugidia, abstrata. Está percebendo o meu lugar na história? Ser o degas! Bom, não? O escolhido para completar a felicidade e o equilíbrio pessoal dessa mulher rica por dentro e pródiga em bondade por fora. Isso não é pra qualquer um, não! Sinto esse valor na fala dela, quando ela conversa comigo sobre coisas que eu nunca imagino o que possam ser. Ela se diz minha vovó. Eu presto atenção e às vezes até faço cara de quem está entendendo. Ganho por isso, muitas vezes, mais carinho e uns petiscos de que aprendi a gostar, muito embora nunca tenham sabor nenhum. Sabendo disso tudo, fui construindo um comportamento meio malandro, mas, acho eu, de muito bons modos. Objeto de compensações de afetividades perdidas, percebi que poderia estar a cavaleiro de certas situações, desde que criasse com minha conduta certos tipos de constrangimento no seio das relações domésticas e das relações de vizinhança. Eu me explico melhor. Quando sinto falta de alguma coisa, o que é que eu faço? Choro! Não é o que as crianças fazem para ganhar as coisas que querem? Eu faço o mesmo. E, como desde a primeira vez que chorei fui logo atendido, continuo chorando quando quero sair para passear, quando acordo de manhã cedo e ninguém vem logo abrir a porta para eu entrar em casa, quando acompanho minha protetora e ela não me deixa entrar no banheiro com ela. Isso entre outras coisas! É que o choro enche o saco do marido, dos vizinhos e... você vê coisa melhor do que usar isso para conseguir o que se quer? Afinal, o amor não é uma espécie de escravidão, já que, quando assume a forma de um sentimento autêntico, cria uma dependência psíquica no interior de quem ama, a ponto de a pessoa não conseguir ser ela mesma sem o outro? Não é como estar amarrado ao pelourinho e quando solto não conseguir fugir, pois a liberdade é insegurança, é falta, é castração? Sofre-se, porque a "gente", não conseguindo ser completo sozinho, fica permanentemente esperando que ocorram as circunstâncias em que as complementações se concretizarão. Sonho e realidade, realidade e sonho, formam um binômio orgânico contraditório. Não é por isso que nos seus graus máximos ele se vê acompanhado de uma fidelidade extremada e de uma requisição de exclusividade? Então! Minha companheira protetora parece, no tratamento a mim dispensado, despejar essa carga maravilhosa de afetividade que chega até mim sob as formas mais deliciosas. Sinto isso quando choro e ela vem me atender. E nos banhos que ela me dá!? A água, imagine, é a mais quentinha possível. Tanto é que, quando ela me chama para o banho, vou correndo. Sei que, depois dos carinhos molhados, emoldurados por xampus perfumados, vêm as toalhas felpudas, os lencinhos úmidos na orelha (ah, que sensação!!), os cuidados com a limpeza no vão dos dedos e aquela bolachinha sem gosto de que acabo gostando. E tudo isso no sol, na maior parte das vezes.

Como é de minha natureza gostar da vida ao ar livre para poder correr por espaços bem amplos, de exercitar o faro para saber distinguir, a um só tempo, os diferentes cheiros que meus canais olfativos estão aptos a diferenciar, de perseguir objetos em movimento sejam eles animados ou não, o passeio fora de casa é de vital importância para meu equilíbrio psicossomático. E eu só me faço mais obediente e dócil se não faltarem comigo com a satisfação dessa imperiosidade natural. Assim, eu também choro quando acho que já está passando da hora de dar a minha "voltinha". E durante a qual sou eu que mando: *"Non ducor, duco!"*. A ansiedade com que faço o passeio exige que meu acompanhante seja esperto e rápido, pois eu puxo mesmo! Eu não aguento aquela moleza de boa parte dos meus companheiros de rua. Aquela submissão aos métodos de adestramento fascistas que acabam fazendo da "gente" arremedos de seres espontâneos. Mas fazer o quê? Eles próprios são produtos de uma submissão castradora. Caso contrário não seriam seres sociais, não é mesmo? A obediência a regras é o fundamento do equilíbrio entre eles. E nesse equilíbrio somos, como a maioria deles, elementos subalternos.

Se nosso comportamento extrapola os limites impostos ou desejados, lá vem castigo. Direitos, deveres, obrigações e... sanções. Mas como há sempre os que mandam, e como os que mandam sempre dão um jeitinho para terem mais direitos e menos obrigações, eu não tenho por que me queixar demais, pois, pelo que acontece comigo, acho até que mando um bocado! Muitas vezes até mais que outros da casa, seguramente! Mais que aqueles a quem o choro já não causa nenhum efeito desencadeador de preocupações, por exemplo. Assim, posso fazer de minha casa, tomada no seu sentido mais lato (desculpem o trocadilho), o meu território. Ando com desenvoltura por toda ela, à exceção de um maldito cômodo de onde sou sempre enxotado quando uma certa pessoa está nele. Mas, quando ela não está, largo lá também os meus pelos, só por desaforo! Afinal, não dizem que sou de uma família de seres voluntariosos, de difícil educação? Não, não exageremos. Eu sou até que dócil demais. Olha que, para comer a ração que essas multinacionais e esses veterinários metidos a entendidos em dietas animais enfiaram goela abaixo desses proprietários aburguesados, precisamos de uma grande dose de despojamento. E, depois, acham que devemos nos comportar como idiotas na cozinha da casa em meio àqueles cheiros provocantes a denunciar dignas e geniais combinações proteicas e carboidráticas contidas nos insuperáveis mexidinhos de arroz e feijão e nos deliciosos bifes acebolados. Honestamente, pode? É lógico que, sendo repositório de uma confiança ingênua depositada em cima de tanta história evolucionista que carregamos, nós iríamos deixar de cometer uma pequena traição com uma roubadinha de um queijo de vez em quando?! Mas, como o amor também é fonte de compreensão (não nos esqueçamos de que há também o chamado amor de mãe), esses deslizes são muitas vezes tidos como sinônimo de esperteza, de feeling, de bom pedigree, o que, aliás, fica muito bem num ser que nasceu para caçar, e não para ficar de "braços" cruzados. Somos tidos carinhosamente como astutos. E, nesse país em que vivo, onde o que importa são os fins e não os meios, isso é um forte indício de que temos tudo para "dar certo" na vida!

Bem, estou um pouco sem graça de ficar assim falando de mim, de minha família e espécie, e dos outros sem muito sentido. Daqui a pouco acabo perdendo o direito de continuar sendo tido como exemplo de fidelidade. Mas a vida é assim mesmo. De vez em quando, em benefício do equilíbrio entre o corpo, a mente e o ambiente, precisamos exorcizar os fantasmas dos desejos reprimidos, das inibições acumuladas, do sentimento de culpa, e nada melhor para isso que ter alguém fingindo que nos entende, não importa, para ouvir o discurso de que os outros é que são sempre responsáveis pelos nossos insucessos e mazelas. Espero que você, como bom analista, também se cale para sempre! Agora, que fique só entre nós. Vou aproveitar que meus donos estão extremamente compenetrados em afazeres que devem ser transcendentais, dada a concentração que investem no que estão realizando (ela parece fazer palavras cruzadas e ele digita sem parar naquela máquina infernal que separa os que estão perto no afã de aproximar os que estão distantes), vou dar uma dormidinha no sofá da sala, junto a umas almofadas fofas e quentinhas, do qual sei que serei enxotado assim que me pegarem em flagrante delito. Não me incomodarei nem ficarei indignado como alguém aqui de casa fica quando lê os jornais do dia e diz que neste país… o crime compensa!

ABSOLUTAMENTE NADA

Acordei com uma sensação esquisita. Pareciam me dormir os braços. As pernas não conseguiam alcançar os chinelos que, em seguida, aparentaram ficar enormes em meus pés insensíveis. Passei a mão pelo rosto e lá estavam, no lugar, meu nariz, meus olhos e minha boca. Bocejei demoradamente, cocei com a ponta dos dedos da mão direita a lateral da cabeça, fazendo-os entrar pelos cabelos, endurecidos pela pressão da cabeça sobre o travesseiro. Acendi a luz fraca do velho abajur e li, sem a dificuldade costumeira por estar sem os óculos, que ainda eram quatro horas da manhã. Julgava ter dormido tanto e ainda era madrugada plena, pensei satisfeito por poder descansar mais um pouco. Fui até o banheiro num andar claudicante, apoiando-me nas paredes do quarto. Iluminei-o com a luz lateral do espelho sobre a pia e, levantando a tábua da privada, urinei, num jato forte que há muito já não tinha, quantidade incomensurável do mais puro líquido, coisa que voltou a me dar um prazer já perdido nos tempos. Dei a descarga silente e voltei-me para o espelho que me iluminava com uma luz ao mesmo tempo difusa e concentrada. Minha figura se salientava nítida em meio a um plano escuro, como se estivesse sendo projetada de um profundo subterrâneo sem fim. Acheguei-me junto ao cristal e tive uma visão extremamente clara de meu rosto, que não apresentava nenhuma das muitas rugas que ultimamente povoaram minha pele como se ela fosse uma superfície de areia marcada pelo vento. Passei a mão de leve pelas maçãs do rosto e a sensação que tive era como se a maciez de um veludo tivesse tomado conta delas. Sorri um sorriso ao mesmo tempo de satisfação e surpresa. Há quanto tempo não me via tão indiferente. Parecia uma imagem de vitrine. Meu olhar fixo em mim tirava-me ainda mais a minha naturalidade. Desviei a atenção para outras partes da face e me deparei com uma cabeleira muito mais basta que aquela que eu imaginava ter. Apesar do desalinho, a marca da histórica risca do lado esquerdo, que inconfundivelmente sempre dera a mim um toque pessoal, estava ali a demonstrar que era eu mesmo que me via. Havia muitos cabelos brancos a se misturarem ainda com o negro forte da maioria dos fios. Não era uma má figura. Penteei-os com meus dedos e os pus em certo alinho, o que livrou uma boa área da fronte. Minha testa, que sempre foi larga e desenhada por traços de expressão por conta de um franzido permanente, marcante desde cedo em minhas fotografias, se salientava alva e destituída das áreas sombrias das protuberâncias da cimeira de meus olhos. Estes, que voltei a encarar, estavam profundos. Assemelhavam-se a dois túneis limitados por largas molduras de cor pérola que se esmaeciam para o exterior. Lá no fundo, uma luz azulada piscava intermitentemente num compasso sincopado, ora mais forte, ora mais fraco. As orelhas se destacavam aumentadas na sua verticalidade numa coloração mais para vermelho que para cor-de-rosa. Esvaziei os pulmões como se fosse tomar em seguida uma longa inspiração. Tentei, mas foi impossível fazê-la. Não tive forças para puxar o ar como queria. Conformei-me com o insucesso. Um barulho de água corrente chamou-me a atenção. Imediatamente fiz os movimentos para fechar a torneira do lavabo à minha frente. Em vão. Ela estava fechada. Examinei o compartimento todo do banheiro e não encontrei a fonte daquela maviosa música de cascata em ebulição. Desprezei a possibilidade de explicação, envolvido que fiquei com a doce suavidade da sua minimalista melodia. Ao mesmo tempo, havia no fundo acordes claros, mas longínquos, de algo semelhante às sonatas dos clássicos a sugerir um meneio de cabeça em movimentos pendulares. Apaguei a luz num toque quase imperceptível, como se o ato de se fazer a escuridão tivesse sido produto exclusivamente de meu cérebro. A passos flutuantes deslizei de volta para a cama. Sem me dar conta da pequenez do trajeto, a sensação desses dez passos foi a de uma longa viagem em voo cego na direção do que não tem limite. Cheguei junto à cama, onde o desalinho das cobertas sugeria ter havido ali uma luta entre gigantes, e vi, com meridiana clareza, meu corpo inerte e frio esticado em decúbito dorsal, a me olhar com os olhos semicerrados dos que estão prestes a pegar no sono. Aceitei aquele quase olhar como um convite a um repousar permanente, de suave tendência à eternidade. Sentei-me junto a mim num movimento vagaroso, repleto do mais absoluto respeito, busquei a melhor posição para que meu deitar coincidisse com meu corpo e, tomado de pensamentos que fugiam para meu passado cheio de venturas e aventuras, aceitei, manifestamente tranquilo, partir para o nada. Para o absolutamente nada!

AO PERDEDOR A...

Lá foi ela, garbo de Greta, toda Chanel, irradiando sensualidade por todas as cores do corpo. Marinhas, brancas, verdes, douradas, negras, com seu topete azul royal brilhando a laquê, naquele compasso a passo de passarela, para o tapete relvado daquele batido terreiro. Ela era uma pavoa. E que pavoa!! Nova no pedaço, de imediato, fez aquele grupo de cinco pavões, há meses curtindo uma reiterada solidão, um pelotão de combate pronto para o ataque. Sabe-se que um só pavão dá conta de três a quatro companheiras durante a fase de acasalamento e de postura dos ovos, que costumam ser até dez. Imaginem, então, o furor das cloacas masculinas, sedentas para uma sessão reprodutiva, diante daquele único exemplar de estimulação amorosa. Ela, toda vaidosa, com aquele ar furtivo de quem parece não perceber a preparação do longo cortejo que está por acontecer, com os olhos semicerrados, dissimulada, a fingir indiferença e retidão de caráter, vai, pé ante pé, de passadas cruzadas balançando seu penacho traseiro que se arrasta suavemente pelo chão. Os machos, de idade e capacidades semelhantes, não perdem tempo em se posar de interessados, inscrevendo-se a concorrentes naquela fila de ávidos pretendentes. E, então, começa a dança da conquista. Cada um a bancar o mais poderoso, belo, garboso e capaz, no afã de ganhar a distinção daquela verdadeira princesa asiática. Sabem eles que quem vai decidir é ela, porém cabe a cada um se apresentar com a maior plasticidade e harmonia que seu leque caudal é capaz de produzir. Cores variadas, cada uma das mais de centena de penas ostentado com seus ocelos redondos a finalizar o grande leque, que chega a atingir dois metros e meio de uma ponta à outra. Cada macho quer fazer crer à fêmea ser o mais convincente para o acasalamento naquela dança que roça os corpos e arranca poeira pelas patas esporadas. Sabem eles, também, que a feliz escolha que está por vir tem tudo a ver com a intuição que a sábia natureza deu às matriarcas. Está em jogo a preservação da espécie e, se Darwin estiver certo, a vitória caberá ao mais forte, mais poderoso e mais bonito. Afinal por que somos, nós pavões, tão apavonados assim? Somos vaidosos não por querer próprio, mas pelo poder que essa ilusória aparência carrega de convencimento a fundamentar nossas qualidades subordinadas a um instinto pétreo e consequente: o da reprodução das espécies.

Longe de qualquer "filosofice", aquele terreiro virou uma verdadeira rinha de galos. Era só pena de pavão que voava naquele pega-pega propagandístico dos candidatos ao foro privilegiadíssimo da tão almejada cobertura. Ao escolhido para galar um ovo, estará garantido o batismo espermático dos outros ovos.

Pois bem, para abreviar esse "dá para mim que eu sou o melhor", a vaidosa pavoa opta e leva para o escurinho daquela sebe, num canto de cerca, um dos cinco pavões do pedaço. Cantando vantagem e num ar de desprezo em relação aos quatro companheiros, o eleito segue, lançando aos ouvidos de tantos o mais que sonoro pupilar, arrogante e vitorioso, merecendo, como vencedor, as batatas.

Ao perdedor, ódio e compaixão, como diz a literatura? Que nada! Muito pior.

No dia seguinte, os pavões perdedores, envergonhados, encontram a toda risonha, feliz e satisfeita pavoa na Delegacia de Polícia mais próxima. Eles, tentando convencer o delegado de que foram vítimas de chantagem, de indução ao erro e de estelionato sentimental, e ela, usando o argumento de subalternidade em relação aos machos, denunciando os quatro pavões descartados por assédio sexual.

• • •

ASSIM, NÃO DÁ!

Não havia maior religiosidade que pudesse estar além da encarnada naquela senhora, símbolo vivo da maior virtude, arquétipo do que de mais puro alguém pode conter. Praticava uma vida de dedicação absoluta ao marido, de fidelidade cega à família, constituída no mais absoluto respeito ao bem-querer. Pelas demonstrações exteriores de seus atos, eles vinham sempre envoltos numa atmosfera de sinceridade, desprendimento, carinho, compreensão, despojamento e caridade. Sempre que inspirava o ar exterior de alguma discórdia, transformava-o em uma atmosfera de harmonia numa expiração de bonança e generosidade. A igreja era para ela uma extensão da casa. Era como se fosse um aposento extra ao qual dedicava boa parte de seu dia e de suas obrigações. Se em casa ela oferecia aos afazeres a devoção de uma exemplar doméstica, na igreja ela qualificava seu trabalho com devota obrigação. A submissão aos ditames dos dogmas do mais retrógrado catolicismo era o tom permanente da ampla tessitura de suas práticas religiosas, que iam da varredura diária das naves, dos transeptos, do átrio central, da abside, do lavar e passar as toalhas do altar até a mais absoluta obediência aos atos litúrgicos e o cumprimento existencial dos valores morais pregados pelos párocos de plantão na cidade. Era uma carola exemplar. Nunca havia mostrado em público as suas canelas, seu olhar nunca havia atingido o queixo dos homens, seu pudor nunca havia admitido o mais leve e ingênuo desvio naquilo que fazia em sua alcova como a mais envergonhada obrigação. Nunca havia sentido a menor vontade de conjuntar-se com alguém. Nem com seu marido. A libido era coisa do demônio e a carne havia sido feita por Deus para a reprodução da espécie. Foi assim que havia levado sua vida conjugal durante todos aqueles vinte e cinco anos em que gerou, criou e educou seus três filhos, hoje maiores e capazes. Tão capazes que, assim que ganharam a maioridade, os dois rapazes e a moça deram o pinote de casa e só apareciam de quando em vez para verificar se a saúde da mãe, que sempre estivera em estado de equilíbrio instável, ainda não necessitava de maiores cuidados. E, diga-se, para continuar constatando que o pai, pobre coitado, ainda vivia na esperança de um dia ver a "papa hóstia", como ele chamava sua fiel esposa, mostrar-lhe por inteiro seu corpo, coisa que ele imaginava como poderia ser, sem nunca o ter "visto" fora de suas rápidas manipulações e de seus esporádicos, rápidos, frios e indesejados encontros. Jamais havia tido a oportunidade de amanhecer com seu amor-próprio de macho reconfortado por uma demonstração de sabedoria e capacidade que não sabia se tinha ou não tinha nas artes marciais dos embates amorosos. Suas lembranças nunca se povoaram de cenas de qualquer prática que deixasse seu orgulho de varão apaziguado. Nunca havia conseguido despertar aquele árido rochedo. E nem sabia como! Viveu amortecido em seu amor pela eterna namorada, na mais absoluta concordância com a ética casta da mulher. Os filhos o viam como um coitado e devotavam a ele um respeito e uma compaixão pelo conformismo por ele praticado, pela colaboração submissa que havia dado à casa a permanente atmosfera de concórdia, bonança e bem-querer. Um dia amanheceu morto. Seguramente, pela relativa mocidade de sua madurez, deve ter sido vítima de um mal súbito há muito cultivado no remoer permanente de uma angústia surda que carregara por boa parte da vida. Velório cercado de todo aparato espiritualista, regado a véus, velas, cânticos, terços, unções e carpideiras, antecedeu volumoso séquito que acompanhou o corpo até a capelinha que a esposa havia erguido no cemitério local, para onde sempre disse a ele e aos filhos, noras e genro que repousaria para todo o sempre, já que sua alma, como a do marido, ganharia o céu com a rapidez dos instantes. Qual nada! Mal o corpo saiu de casa, esta se viu vasculhada pelo espírito do marido que se recusou a deixá-la. Ali ficou para proteger tão frágil criatura que não sobreviveria às mazelas de um mundo de perdição sem sua proteção. Os filhos iriam embora e a coitada teria que enfrentar sozinha as procelas do mar revolto do quotidiano que ele sempre escondera ser difícil, sujo, bruto, canalha, vil, interesseiro, falso e cheio de perfídias e traições. Não deu outra! Mal a poeira se assentou, os filhos debandaram e um novo dia a dia passou a solicitar da virtuosa senhora encargos que ela jamais imaginara existir. A alma do marido, sempre ali presente, era boa, porém não milagrosa. Ela podia torcer, se preocupar, velar. Mas não ajudar, interferir no curso do mundo material a ponto de mudar-lhe o destino. Ficava a vagar daqui pra lá e, quando muito, recolher-se, à noite, no interior das imagens de barro ou madeira e das estampas coloridas dos santos que faziam do quarto da viúva simbólico repositório das devoções as mais ecléticas. E, assim, ouvir-lhe as preces bem de pertinho, cara a cara com a ex-amada, antes de fazer-lhe companhia por toda a noite e zelar pelo sono puro daquela vida rotineira, sem sonhos.

Isso foi assim tranquilo até que a viúva recebeu em casa um distante amigo da família que, sabendo do acontecido, fez uma visita de pêsames à distinta e virtuosa conhecida. Homem experiente que havia talhado seu caráter no grande moinho que era a vida na capital, foi logo se interessando em transformar as palavras e gestos de conforto, que habilmente entregava à ingênua criatura, em rica sementeira e em seara de pródiga e rápida colheita. Afinal, por debaixo daquelas vestes negras que desciam até quase os calcanhares, deveria haver uma boa carne, seguramente mal usada, sugerida nos perfis bem delineados pelo menear dos quadris, que seu andar e seus gestos desenhavam com certa perfeição. Carente como estava, a boa "comadre" foi entrando na lábia sebosa e romântica do flibusteiro visitante. Convidado a pernoitar na casa não demorou muito para convencer a hospedeira de que a vida de muitas graças era, no fundo, uma vida sem graça. Deus havia feito os homens para serem felizes e a felicidade tinha lá suas dimensões materiais. O amor, o sexo, a fornicação estavam abençoados por Deus na forma dos prazeres patrocinados pela união entre os seres complementares. Era uma questão de encontrá-los, como o pólen com o gineceu da flor, e para isso haveria de sair em sua busca. O pecado da carne não era coisa de Deus, era da Igreja. Era preceito religioso e Deus não tinha religião porque não tinha no que acreditar já que era o todo. E com essa conversa mole foi doutrinando a inteligente viúva que, logo, se viu despertada pelas promessas de delícias sem culpa que tanto lhe faltaram durante toda uma existência anterior de sublimação de suas energias. Estava sozinha mesmo, sem ninguém a lhe guiar os passos, sem testemunhas oculares, auditivas ou olfativas, diante de uma oferta prestes a ir embora para sempre, que mal teria em engendrar um segredo que seria só seu, de mais ninguém? A igreja, fundamento da fé expressa para a comunidade, estava longe, e Deus, razão da sua existência e de sua ventura, estava ali, presente, a dar-lhe, seguramente, o beneplácito. Como o pensamento sempre engendra as razões que sustentam as posições, desígnios, papéis e interesses dos homens, lá foi ela para o quarto com aquela doce esperança há tanto tempo sonegada pela vida. Logo percebeu que para as coisas do amor não é necessária nenhuma propedêutica. Basta desativar os freios que cerceiam os impulsos da natureza, as amarras da pesada nau de nossas condutas. E, assim, levantar voo em direção ao infinito.

— "Mas que diabo esses santos todos estão a me olhar e me recriminar?" Mas, mesmo no escuro, lá estavam os seus santos com os rostos bem iluminados a lembrar-lhe os abismos que esperam os pecadores da carne. Não eram bem os santos que ali estavam para recriminar os seus atos e não os deixar produzir todo o seu conteúdo de prazer. Era a alma do marido, que se sentindo traído, brilhava em cada par de olhos das múltiplas imagens que habitavam todos os móveis do quarto, todas as paredes.

Tomada por impulso incontrolado, fruto da impossibilidade de ir além de certos desfrutes já por demais voluptuosos, inesquecíveis, levantou-se da cama num ímpeto de fúria e, nua em pelo, para o espanto do bom amante, grita bem alto: "Assim não dá!". Abre a janela e atira com todas as suas forças para o escuro quintal as imagens e estampas que a acompanharam por décadas e às quais oferecera, até então, o mais devoto respeito e gratidão. Juntamente com elas acabava de expulsar da vida os entraves de sua liberdade. Com elas atirara para fora de casa, em definitivo, a alma do marido, mau fodedor.

Tivera ainda uma longa vida, de alegria nos lábios, de roupas coloridas, de variadas distrações, sem nunca precisar voltar à sua igreja para continuar fazendo o bem para os mais necessitados. Aprendeu que o livre pensar não foi "inventado" à toa. Que há sempre uma ética a sustentar uma ideologia... E que ela, pelo sucesso alcançado em seus novos afazeres e pelo desfrute de gozos jamais antes imagináveis, considerava-se, sem dúvida, uma predestinada!

BICO DE BEXIGA

Sentou naquele banco da praça, apoiou os braços junto aos joelhos, olhou fixamente o chão, como se este ficasse no infinito, e deixou-se levar por aquele sentimento ambíguo que mesclava o orgulho afagado e, ao mesmo tempo, mais que ferido. Sentia-se como o vencedor e o vencido. Davi e Golias com o mesmo sinal ou com sinais trocados. Essa unidade na duplicidade o tornava confuso. Não distinguia bem onde se separavam, nem onde se confundiam. Lidar num mesmo momento com manifestações tão díspares do espírito, expressões de conceituações e significados que a lei dos homens de sua história tão preconceituosamente punha como naturais, não era lá coisa muito fácil de engolir. Muito menos de digerir! As qualidades absolutas do mundo físico e as convencionadas pela sociedade historicizada falavam diferentemente da mesma coisa. Ela, enquanto fenômeno só podia adquirir qualidades se vista pelo prisma humano, pelo que de simbólico existe em toda mediação do homem com a natureza. Simbolismo estético, ético, político, ideológico e, por que não, da física, da química, da biologia. Mas o que vem posto pelas relações sociais ganha foros de verdade temporalizada, pelos valores que encerra. E era verdade que seu orgulho e sua penitência derivavam de definições postas com este e aquele significado pelos partícipes de seu mundo. Não havia como fugir delas. Eram aceitas como nobres ou como mundanas. Como elogiáveis ou como condenáveis. Seu silêncio nada garantia, pois era a ele, e somente a ele, que os acontecimentos interessavam. Ninguém sabia deles. Mas as maiores satisfações sobre nossos comportamentos e qualidades temos que dar a nós mesmos. Se acreditamos serem boas, justificáveis, podemos, com segurança, enfrentar o mundo para nos sentirmos nele funcionalizados. Ou, pelo contrário, absolutamente seguros de nossa posição contestadora. O que fazer para se libertar daquele jugo? Não era uma questão de opção entre concordar ou discordar das construções sociológicas que vigiam para a maioria. Era um problema de digestão concomitante com um antigo remordimento e uma nascitura euforia. O velho e o novo sincretizavam o Gólgota e a Epifania, não necessariamente nessa sequência. Sentiu o valor do vício de fumar, hábito que havia deixado como exigida condição da felicidade buscada. Mesmo assim, num gesto automatizado, procurou nos bolsos cigarros e fósforos, prelúdios de fugas passageiras ou permanentes. E quem não precisa delas?! Álcool, canabis, cocaína, heroína, anfetaminas, baralho, bilhar, sexo, arte, crença, religião, trabalho... nas suas singularidades ou nas mais diferentes composições e intensidades.

A lembrança daquelas brigas na saída da escola, quando seus amigos e colegas o viam levar surras de seus detratores, voltou-lhe à mente como um cristal multifacetado a lhe falar das razões desse seu estado. Imagens e mais imagens de derrotas inomináveis. Derrota física, biológica, social. O apelido que lhe deram era de uma maldade infinita. Politicamente incorreto, como a maior parte deles. Expressões da maldade picaresca, perfeita em sua expressão semântica, mordacidade com que os moleques, ainda eticamente insubmissos, costumam acertar na mosca e assim ferir fundo a alma do próximo. O quatro-olhos, o pontaria, o deixa que eu chuto, o tição, o abano, o alicate, o bolão, o galera, o tucano, o bunda branca, o florzinha. Ele era o Nenê Bico de Bexiga. Nenê, pelo tamanho. Bico de Bexiga, pelo pronunciado prepúcio do "nenê".

Aquele acaso programado pela genética e que lhe havia imposto como legado da vida, uma marca registrada em pouco músculo e muita pele, era, entre tantas coisas boas, a única que se arrastava atrás de si, como uma sombra pesada que marcava o chão de sua trajetória. Estava ali, sempre a avivar-lhe a derrota e a fuga da vergonha que haviam marcado seu primeiro período de refúgio. Na primeira maturidade, a luta que também mantivera com seus concorrentes, sem respostas orgulhosas por um bom tempo e que o levaram a atrasar seu plano de constituição de uma família, paralelamente também lhe acorria como se fosse um protagonista de cinema de horrores. Nada, naquelas horas, parecia existir para aplacar, como um consolo que fosse, o espírito de solidão que dava a cor de seu inconformismo. Está certo que agora até que conseguia compensar a escuridão do longo túnel que percorreu com aquela luz, pequena luz, que brotou num sem querer. Bendito sem querer! Mas carregado de maldito! Por que as coisas boas hão de acontecer eivadas de coisas em ruína, de impurezas? Caprichos? Maldades? Já havia ouvido muitas vezes o ditado que dizia que muitos preferem perder o amigo, mas não a piada. Falar e calar. Quão mais difícil é silenciar! Dizem que é de ouro, mas ninguém pede a palavra para ficar em silêncio. Quem cala, consente. Isso mesmo, muitas vezes é também expressão de covardia, de ignorância, de submissão, de fraqueza. A realização pessoal passa pelas ações positivas, pela palavra posta, qualquer que seja ela, pelo embate de ideias e de suas forças de convencimento. É a palavra que argumenta, que expressa convicção, que acusa, defende e consola. É ela que marca a história quando se perpetua. Mas naquela hora ela não foi altaneira. O silêncio e a reserva teriam sido mais sublimes, mais magnânimos, mais compreensivos e bondosos.

Aquela experiência que acabara de ter jamais tivera guarida em suas expectativas. Afinal, ele ainda não era um velho a ponto de não poder experienciar a vida naquilo que ela oferecia de mais natural. Um ano e meio de viuvez, curtida numa muda solidão só menor que aquela que tivera antes do casamento. O coração sangrava-lhe ainda. Mas a dolorida purgação da saudade daquela que havia sido, por tão pouco tempo, sua grande motivação de existir, já havia se cristalizado como marca em seu corpo, tal como outras cicatrizes que não se apagam nunca. Não poderia ser dela aquela maldade. Só poderia ser dela aquele elogio rasgado, digno de ser guardado em redoma cristalina. Aquele ano e meio estava sendo longo demais. A urgência de dar cabo àquela martirização exigia-lhe decisões. Estas não eram fáceis. A subordinação que seus valores e comportamento ainda tinham com a fidelidade, solenemente prometida, o impedia de ser livre para decidir sem sofrimento. Quebrar aquelas regras tão solidamente aceitas era uma traição antecipadamente sentida. Mas os valores do corpo venceram os da mente. Faziam parte da perpetuação do acaso da vida. Não havia como, nem por que, desprezá-los. E a ideia de concretizar o atendimento ao básico instinto não haveria de levá-lo ao desespero da transposição. Não! Nada de deixar-se levar por um estado de exasperação. A angústia poderia colocá-lo num beco sem saída. Não! A decisão estava tomada.

Estudou a melhor maneira de fazer aquilo com segurança e responsabilidade. Aliás, coisas que marcavam sua vida. Soube, por fontes absolutamente confiáveis, da existência de uma viúva madura, de aparência pra lá de estimulante, de excelente folha corrida, criteriosa nos negócios e exigente nas condições. Já havia servido a reis e cardeais, pois, possuidora de capacidades ímpares, tinha um preço de monopólio. Achou que valia a pena servir-se daquele vinho do porto! Suas posses não eram obstáculo. E sua vontade não haveria de fazer forfait. Apesar de pequeno, sempre havia sido cumpridor. No dia aprazado, uma boa hora antes, muniu-se, ainda, de um colorido estimulante químico. Perfumou-se com uma colônia de marca, de bom cheiro masculino, e partiu para sua primeira grande batalha que conquistaria os grandes espaços de uma nova vida de liberdades. E não deu outra. Maravilha!!! "O que fiz eu que demorei tanto para tomar tão fácil e prazerosa decisão?" Quem hesita também se trumbica!

Como o ambiente era sofisticado, e a protagonista, educada até acima da expectativa, após a recomposição, foram os dois para a sala, onde uma mesa posta os esperava para um pequeno lanche, reconstituidor das forças e restabelecedor das relações que devem ser comuns aos que sabem receber, como fazem os bons anfitriões. Afinal, essa era também a hora do acerto de contas! Pródigo como sempre havia sido, fez um bom acréscimo ao preço contratado, bem além dos dez por cento comuns nas transações comerciais mais mundanas. Com um sorriso por demais galante, a conservada senhora pediu licença para lhe confessar um segredo. Disse-lhe, um tanto ruborizada, com uma fala tomada por perceptível emoção, que nunca havia tido uma relação sexual como aquela. Que agradecia a sorte por ter aberto a porta para tão afortunada visita. Anos e anos de serventia a machos das mais altas estirpes que a haviam feito achar que foder era realmente se abrir para membros de bom tamanho que só faziam entrar e sair nos mais apressados e violentos movimentos. Aquela deveria ser a regra. Todos eram iguais. Vinham, se despiam, deitavam e, sem se perguntar se o prato já estava aquecido, metiam-lhe a colher e gulosamente, em rudes deglutições de brutamontes, se satisfaziam rapidamente. Limpavam os beiços, pagavam e se mandavam. Para ela era lucrativo, já que a rotatividade poderia ser maior. Mas não valia muito a pena. Era um tanto degradante, e nem sempre satisfatório, muito menos agradável. Sempre achara que as coisas do sexo poderiam ser no mínimo mais amicais, mais corresponsáveis, mais educadas e, acima de tudo, mais recíprocas e interativas. E, assim, após uma propedêutica abertura em que a prosa correu solta, disse-lhe que ele havia sido um homem extraordinário. Que sabia fazer aquilo como nenhum outro. Que havia sentido prazeres que achava impossíveis. Que ele a havia levado àquele paraíso de que ouvia falar, mas que achava apenas figura de pobres literaturas. Que lhe ficava tão grata a ponto de se sentir constrangida em receber em pagamento pelo prazer que havia tido. Que seria mais honesto que se passasse o contrário. Levantou-se, carinhosamente passou as duas mãos pelas suas faces e, antes das palavras finais, deu-lhe um beijo que não deixava dúvidas sobre o que havia dito a ele. Havia muita sinceridade em tudo aquilo.

Ele nunca poderia imaginar que um dia ouviria palavras tão reconfortantes. Não havia se dado conta, nem poderia, de que por detrás daquela confissão estavam procedimentos que sempre fizeram parte de sua vida íntima com a esposa, no fundo, compensadores do falo nano que possuía. Suas preliminares se estendiam num jogo intrincado de afagos e massagens, onde as mãos e a boca supriam à larga os desejos femininos e que o pequeno tamanho de seu genital apenas ficava exatamente nas áreas mais erógenas do duto feminino. Não tinha, nem poderia ter, a pretensão dos machões que acham que ir fundo e romper com colos e úteros é a maior expressão de sua masculinidade. Nada mais que maus fodedores. Que seguem o exigido pela natureza bruta, que faz do sexo entre os animais apenas a maneira de introduzir o mais fundo possível o sêmen multiplicador da espécie no vaso receptor feminino. Aquilo que faz do macho, forte e fisicamente poderoso, o senhor do acasalamento. Que faz do sexo apenas uma conjunção carnal, sem nenhuma relação de compromisso com o carinho, com a fusão de identidades, com o respeito pela satisfação mútua, com o romance. E, nisso, a fêmea dança! Gozo profundamente natural. Gozo profundamente psicológico. Gozo profundamente político.

Já quase na porta, pouco antes daquele abraço esperado que selaria o magnífico rendez-vous, ela se vira para ele e diz, revelando-lhe a primeira expectativa que havia tido: "Tenho que confessar que você realmente me surpreendeu. Num primeiro momento, quando você se despiu diante de mim, tive um choque fundado em toda minha experiência de vida. Achei que a sessão seria extremamente constrangedora para nós dois. Nunca havia visto na minha vida um membro tão pequeno. Para mim parecia um verdadeiro pinto de neném. E, mais surpreendente ainda, com aquela quantidade de pele a explodir pela ponta, era um mais que perfeito bico de bexiga".

BIS COITO INTERROMPIDO

Ele nada mais era que um pedacinho daquele bom polvilho produzido pelas mãos da fada das farinhas lá das encostas da velha Mantiqueira. Toda produção de dona Benedita alimentava as fornadas diárias dos biscoitos da antiga padaria daquele sardento italiano que ainda não havia conseguido se libertar do sotaque de seus ancestrais, tradicionais habitantes das baronias dos Apeninos da Campanha.

Ela, mais modesta, era apenas uma gota d'água da mesma fonte que alimentava o pão e tantas outras receitas, além das serpentinas que envolviam o forno a lenha de tradições centenárias. Quis o destino, pois o destino sempre quer, que os dois se encontrassem entre os dedos das mãos do alegre padeiro, enquanto a massa se formava a partir da farinha escaldada. Logo de pronto se encantaram um com o outro. Naquele amassa-amassa, que ia ganhando corpo à medida que a sova acontecia, ele e ela, por diversas vezes, se juntaram e se despertaram para o amor por conta de um apelo sensual, cada vez mais excitado pelo sal que se juntava e pelo perfume embriagador das sementes de erva-doce, paulatinamente adicionadas àquela fermentação.

Depois de ritmadas colheradas, a massa pronta foi dando a cada biscoito seu formato tradicional, cada qual com um perfil particular, a fazer das grandes assadeiras uma espécie de rendado jamais repetido. Quis o destino, mais uma vez, que eles, agora separados em corpos distintos, ficassem lado a lado naquele tabuleiro que ganhava o forno. Lá dentro, um à frente do outro, tiveram ambos a oportunidade única de cristalizar, na maturação que os encorpava, um amor tão ardente que se veriam transformados em cinzas se a mão sábia do artesão confeiteiro não os tivesse livrado daquele tórrido desejo de conjunção.

Depois de instantes, sofreram muito com a separação que uma escolha aleatória os guardaria em recipientes diferentes. Ela, delicada na forma, apertadinha em sua fina cintura e amorenada na cor, ganhou a direção da mesa de um circo que passava pela cidade, indo cair na boca de um brutamontes levantador de pesos. Ele, comprido e encorpado, como convém acontecer em todos os sonhos eróticos, teve um fim mais pudico e menos violento. Acabou satisfazendo o recatado e parcimonioso apetite das monjas de um venerando convento local.

O tão desejado coito, ansiosamente aguardado por qualquer paixão que se preze, desta vez o destino quis que não se consumasse, ao mandar os dois amantes para alcovas de direções por demais apartadas. E, com isso, muito menos permitiu que acontecesse, como em todos esses casos, aquele tão costumeiro bis.

CACHAÇA, GILETE E SABÃO

Se tivesse pensado o mínimo que fosse antes de aceitar o convite-determinação, não teria vindo parar nesse mundo distante de tudo e de todos. Agora era tarde! Já estava ali há uma semana e, pelo jeito que as coisas caminhavam, era impossível ter ideia do quanto ainda teria que ficar. Aquela estada, com outras duas pessoas com as quais jamais tivera antes algum contato, era apenas o início de um projeto cujo futuro se indefinia num tempo sem limites. "Que diabo de vida é a de muitos, mas que vida de diabo é a de alguns", concluía olhando para trás, num exame rápido do que já havia passado no trabalho.

Começara cedo a enfrentar a necessidade de se autossustentar. Nascera pobre e pobre ainda estava, depois de mais de vinte anos dedicados à mesma empresa. Está certo que sua história apontava uma trajetória ascendente no universo da diversidade de postos e de salários que aquela complexa máquina de produzir necessitava para existir. Já era grande e complexa quando nela entrou. Agora, depois de duas décadas de expansão, era impossível saber onde estavam seus limites físicos e operacionais. As unidades de produção se multiplicaram no interior de contextos sucessivos de diversificação. As unidades humanas do trabalho perderam a possibilidade de se localizar dentro daquele conglomerado de interesses. Isso minava e muito o papel de cada um no plano das lutas reivindicativas, cada vez mais determinadas por estratégias distantes, gestadas e gerenciadas por uma liderança fora do alcance visual como antes. A participação nos movimentos determinadores das políticas de conquistas de novos direitos e da defesa dos velhos agora era feita de forma burocratizada, em atendimento ao que vinha de cima, já que a máquina, a sessão, o departamento não eram mais importantes. O que importava era o todo. Cada um foi deixando de existir como peça representativa no plano da produção. Cada vez mais aquela qualidade antes exigida de saber fazer as coisas era substituída pelas coisas que a máquina sabia fazer sem qualidade. Ninguém mais era dono de um saber fazer o todo. Este era produto de um saber fazer as partes que em si deixava de ter importância pessoal. A automação que vinha na esteira do que chamavam progresso desumanizava a produção e despersonalizava o produto. O que fora aprendido com muito esforço e adestramento, como conquista envaidecedora, e que voltava ao que se produzia como um pedaço do próprio corpo, de uma hora para a outra passou a não valer mais nada. O que passou a importar era a habilidade de desaprender, uma vez que, a cada dia novas maneiras de fazer, substituíam as "velhas". Muitos não conseguiam acompanhar a velocidade das transformações e dos requisitos. Ficavam ultrapassados muito antes de terem consolidado saberes tidos como importantes. A quantidade de jovens à espera de um lugar ocupado por mais velhos era crescente. E sempre com salários menores. O saber deixava de ser algo substantivo, um patrimônio pessoal, para ser uma adjetiva capacidade de se ajustar às novas ordens. Perdeu-se a tranquilidade adquirida na repetitividade das operações para ganhar o permanente estado de instabilidade concorrencial. Como as necessidades da manutenção da vida pessoal e da comunidade familiar, no mínimo, mantinham-se as mesmas, o esforço para se manter dono de uma ocupação formal no mercado redobrava-se a cada dia, exigindo de cada um, ao mesmo tempo, espírito de resignação e de luta, muitas vezes incompatíveis entre si. Destruía-se o corpo com os ferimentos ao amor-próprio. Esgarçavam-se as fidelidades de classe no clima de competição e individualismo crescente. O que antes era solidário, agora ganhava um ar de disputa. A rasteira substituiu o aperto de mão! A saúde e o clima lúdico do trabalho deram lugar a uma sisudez melancólica e a um rol de patologias antes desconhecidas. A altivez do caráter, a uma medrosa subalternidade. Como, então, não atender a uma convocação como a que havia recebido dos chefes? A resposta foi sim, sem sequer ter levado em conta o grau de necessidade de sua presença junto aos seus, agora, cada vez mais, entidades secundárias em sua vida. Já se acostumara a eleger diariamente uma nova prioridade.

E assim foi. Chegou em casa naquele dia e disse à mulher para onde ia sem se dar conta de que poderia não mais voltar. Disse apenas para comunicar. Nada de trocas de ideias, sequer de como as coisas ficariam em casa sem ele. A família há muito virara uma instância da vida sem nenhuma prioridade. Olha que ele estava indo para longe! Na verdade, para um lugar que nem ele sabia direito onde ficava. A empresa se metera recentemente em negócios ligados à prospecção de minerais e, pela confiança conquistada durante o seu longo servir, agora a escolha estava recaindo sobre ele para chefiar um grupo de pioneiros que desceria num determinado ponto no meio da floresta para ali definir o que deveria ser, no futuro, o acampamento dos engenheiros. Seria levado de helicóptero, juntamente com mais dois peões-mateiros experientes, para uma pequena clareira estratégica que iria paulatinamente receber os primeiros equipamentos essenciais para a construção do que seria o estabelecimento permanente de um pessoal técnico que viria mais tarde para as primeiras sondagens. Na verdade, teria que descer por uma espécie de cesta, já que nessa primeira investida não havia como fazer pousar o aparelho em segurança. Assim também desceriam os ajudantes e os petrechos. Era preciso fibra, coragem, destemor e um pouco de sorte naquele início de operações para o desmate que permitisse a substituição das incipientes barracas pioneiras por construções mais permanentes, confortáveis e seguras. Era preciso força e capacidade de luta para enfrentar o trabalho de domínio daquela natureza intocada e muita criatividade e audácia nas ações que se fizessem necessárias para superar as dificuldades que viriam com situações impossíveis de antecipar. Os primeiros dias seriam de construção de um mundo novo, só diferenciado das fábulas da criação pela presença de alguns instrumentos que facilitariam as mãos naquele processo de dar à luz condições de sobrevivência. Algumas ferramentas, uma ou duas motosserras, três pequenas barracas individuais, kits de alimentação e de primeiros-socorros, um pouco de aguardente e quase nada mais. Para facilitar a higiene, o pequeno curso d'água próximo seria um meio auxiliar. Para garantir a segurança, algumas armas e munições. Para a iluminação, lampiões a gás e algum combustível para botar a funcionar os motores das serras que deveriam desbastar parte do local para os futuros pousos dos helicópteros. Um pequeno rádio receptor-transmissor seria o único meio de comunicação com a barbárie do mundo civilizado. Assim mesmo, somente em alguns horários e em condições predeterminados. Quem seriam seus companheiros? Quanto tempo ficaria a enfrentar esse começo? O que ganharia com isso? As respostas viriam com o tempo, uma vez que não havia tempo para as perguntas.

A partida foi tão precipitada que não houve oportunidade para lucubrações que pudessem acender no espírito algum ponto de lucidez, dúvida, temor ou covardia. Mal deu para dar um beijo na esposa e nos filhos. Partiu sem acertar montes de coisas que ficaram como encargos a serem carregados e descarregados por quem nunca antes havia se preocupado com tudo aquilo. O que é formal na vida dos homens não vale mais que discursos. A verdade é o que se come no dia a dia. E geralmente cru. Direitos, conquistas, valores, tudo não passa de acordos e contratos só válidos nas teorias, sempre bonitas. A lógica da vida é a do império da força e da necessidade. Os que mandam, impõem. Os que necessitam, obedecem! Os rebeldes? Bem, esses se marginalizam. Ou melhor, são marginalizados. E, assim, lá foi ele para não sabe onde. Quando deu conta de si, já estava enterrado num inferno de árvores, mosquitos e delírios! Os primeiros dias foram de arrebentar. Sem saber por onde começar, traçou um plano de abate para a construção dos primeiros abrigos. Foi difícil para os três se livrarem das grandes árvores que mal caíam no chão. Transformá-las em pedaços era uma empreitada de gigantes. Realocar cada um deles em lugares adequados, uma tarefa impossível. A dimensão vertical nada tinha a ver com o tamanho adquirido na horizontal. A relatividade ganhava sabores amargos. Um homem em pé anda. Um cadáver, tem que ser carregado. Com os recursos que tinham, era impossível dar um andamento rápido ao programado. A realidade superava em tudo a possibilidade de extrair do trabalho e da criação resultados aceitáveis. O cansaço e o desânimo vieram cedo demais. O temor do isolamento crescia na proporção inversa do sucesso da empreitada. As noites não eram reparadoras. Era a véspera de novos desafios e derrotas. A esse clima era necessário acrescentar os sobressaltos provocados pelas vozes da floresta, mistura aterrorizante de sons indicativos de ofensas, repulsas e vinganças. Como refazer as forças para enfrentar o amanhecer? O abatimento e a desesperança foram a matriz daquele acidente pra lá de inoportuno, dada a gravidade da lesão. Um galho mal serrado, cujo peso fez descer com velocidade aquele lenho pontiagudo, entrou com toda violência nas carnes musculosas da coxa de um dos peões. A sorte o protegeu da morte instantânea por ter escolhido a perna e não o peito. A falta de sorte lhe proporcionou um sofrimento maior pela impossibilidade de livrá-lo do lenho que se instalou atravessado em seu corpo. De imediato, o que se pôde fazer foi serrar os pedaços que ficavam para fora e que impossibilitavam transportá-lo para dentro de uma das barracas. Foi demorado estancar o sangue. Foi impossível diminuir a dor. De nada adiantava o consolo e a presença solidária dos companheiros. Aquela noite a floresta viu enriquecer seu rico vocabulário de palavras que vinham dos três reinos da natureza com a contribuição do canto dolorido e desesperador do bicho homem, a um só tempo frágil e dilapidador. A febre logo irrompeu com seus suores malcheirosos. Os lamentos deram rapidamente lugar a gritos desesperadores. A ajuda do rádio vinha sob a forma de promessas para dali uma semana. O quadro que se formava indicava a necessidade de cuidados mais que urgentes. A vida não haveria de ser tão mais longa, era o que objetivavam o paciente e a realidade. O que fazer era a questão posta de pronto.

Premido pela situação, em que a morte se anunciava para o agora ou o daqui a pouco, num quadro de desespero e sofrimento ímpares, ele muniu-se de coragem e convenceu-se de que algo haveria de ser feito em substituição ao aceitar pacífico da inexorabilidade. Abriu uma das garrafas da aguardente ainda intocada e ofereceu-a toda ao paciente. Obrigou-o a tomá-la por completo. Assim que os sinais objetivos do coma alcoólico foram induvidosos, muniu-se da faca mais afiada e das giletes de seu estojo de barbear e partiu, sem escrúpulos, para a operação de abertura da perna para livrá-la do corpo estranho que provocava a infecção e o sofrimento. As carnes, mesmo intumescidas, ainda tinham força para fazer jorrar um sangue ora pálido e aquoso, ora vermelho vivo e denso. Sem descanso, não havia espaço para indecisões. Como se estivesse guiado por um saber absolutamente seguro e tomado por um propósito firme e objetivo, só parou quando o corpo estranho foi atirado ao longe e quando, antecedido por um banho de água e sabão, o improvisado curativo de estopas, embebido em álcool, iodo e aspirina dissolvida, foi fortemente amarrado com algumas dezenas de voltas e laçadas de barbante e esparadrapo que imobilizaram o membro do quadril à metade da perna. Feito isso, os espíritos dos que estavam sóbrios se desanuviaram como a se livrar do peso da cumplicidade com aquela sórdida emboscada. A feição de alívio que viam projetada no paciente os fez, ambos, sorverem também outra garrafa do espírito da coragem e da transcendência.

No dia seguinte, os três acordaram de ressaca, porém livres das febres do corpo e da alma. Puderam se entreolhar sem culpa e sem responsabilidade. O doente esboçou, em meio aos lamentos mais comedidos, um arremedo de sorriso. Naquele dia não trabalharam. Receberam visitas de macacos curiosos que, por certo, vieram saber por que o barulho do progresso havia parado. No dia seguinte o helicóptero já pôde pousar para transportar os três até a cidade mais próxima. Levado ao hospital, o acidentado foi recebido pela equipe de médicos que já o esperava. Na mesa de atendimento, desfeito o tosco curativo, a equipe constatou que o estado do ferimento estava muito além do que poderia a melhor medicina esperar. Já não havia sinais evidentes de que a infecção poderia recrudescer e o processo de cicatrização em alguns pontos indicava um caminho na direção de uma rápida recuperação. Boquiabertos, os médicos afirmaram ao paciente que sua vida havia sido salva pela prontidão do atendimento que tivera logo após o acidente, pela competência da pessoa que o havia operado e pela eficácia da decisão em relação aos meios profiláticos utilizados durante e depois do ato cirúrgico. Havia sido uma atuação digna dos melhores profissionais. Oportuna, correta e segura, qualidades que só a longa experiência é capaz de forjar. Se a elas fosse acrescentado o ato de coragem que deveria ter acompanhado o procedimento, o caso deveria seguir para o Conselho com uma solicitação de registro de mérito no prontuário do responsável por aquele atendimento.

Ao saber de tudo isso, o chefe da missão olhou para si mesmo e pensou: A verdade muitas vezes não passa de uma interpretação da ficção que é a vida! Tendenciosamente absoluta. Absolutamente tendenciosa!

De quantas emboscadas é feita uma existência? Quem só tem as costas e não os chicotes, quantas vezes tem que sublimar o sentimento de dignidade pessoal para se transformar em mero objeto de sua própria história? Ele já não tinha mais condições de marcar em seu fio do tempo a ocasião em que deixara de ser um pouco o seu sujeito. Sua consciência há muito estava fechada a considerações dessa natureza. Sua existência material coletivizada restringira-se ao seu pequeno núcleo familiar de uma mulher e dois filhos e, para preservá-la íntegra, sentia-se um pau-mandado, capitulado que estava diante do leviatã do mercado. Agora estava ali a saborear o avesso de uma cilada. Orgulhoso, sentia-se o sujeito da vida de um próximo. Da vida mesmo, na sua dimensão mais elementar e básica.

Não aceitou voltar para a floresta desfrutando de uma situação materialmente mais vantajosa, como lhe propuseram seus superiores. O heroísmo do acaso e a da circunstância havia chegado tarde em sua vida. Não haveria motivos para potenciá-lo a seu favor. Seria um comportamento oportunista tirar proveito do que achava ter sido uma obrigação. O acidente, a oferta e a recusa foram fatos para ele emblemáticos. Permitiram refletir melhor sobre a crueza das contingências naturais, em que a objetividade fatual não encerra valores, sobre a sordidez das moedas de troca usada sem escrúpulos pelos poderosos para comprar atos e consciências e a altivez dos espíritos como uma maneira que ainda sobra aos subalternos para não capitular e continuar sonhando com um mundo melhor para todos.

É melhor a oposição com pureza do que o poder com mística e traição! Voltou para casa radiante para poder retomar sua rotina.

CACHORRADA!

Todo dia, bem cedinho, ainda quando todo mundo está dormindo, naquela horinha especial do último e gostoso sono, eu acordo com essa luz na cara. Caramba! Não sei bem a razão da falta de uma cortininha que fosse nessa janela acima do tanque. Eh, área de serviço é um lugar meio desprezado em qualquer casa. Mas não posso reclamar. Meu colchãozinho de espuma é bem fofo e meu descanso bastante longo, já que ele me coloca para dormir assim que anoitece. Apesar da claridade, acordo disposto. Quero logo companhia. Que nada! O único sinal de vida é a queda do jornal no corredor lateral, lançado pelo entregador com a força dos brutos e a pontaria dos justiceiros. Já me acostumei. Pra ele eu não dou mais bola. Antes, até que eu reclamava, dizendo, ou pelo menos pensando, bobagens muito bem articuladas. Seu isso e aquilo! Seja menos invasivo! Seja sensível, doce. A sutileza é um dom dos humanos. Mas, vencido pela atmosfera selvagem em que este país se meteu, já não me aborreço mais com os comportamentos alheios. Sei, e muito bem, que de minha porta pra fora impera a ignomínia, o descaso, o individualismo, a irresponsabilidade, o hedonismo, a impunidade, a barbárie. E nunca se falou tanto em cidadania como agora. O Estado faliu no seu mister. A sociedade mudou na sua essência social e econômica, mas os aparelhos jurídico e político são os mesmos de antanho. E ponha antanho nisso! Corporativismo, assistencialismo populista, o lucro fácil de poucos, sonegação de toda e qualquer contribuição social, e o salve-se quem puder do oportunismo de ocasião. Fórmula impecável para a reprodução mascarada do status quo. O Estado continua sendo uma grande organização criminosa. Dos coronéis à farda; da farda à universidade; e desta aos sindicatos. O pós-ditadura militar só fez consolidar a velha ordem, mudando a cara dos técnicos e dos jogadores. O jogo, porém, é o mesmo. Só que a plateia mudou de lugar nas arquibancadas dos estádios. Estes não são mais os de fazenda. E agora ela está mais exigente na repartição das benesses dos "bichos" recebidos só pelos jogadores e cartolas. Os 99% estão cobrando que os torcedores cheguem até ela, como preconiza o novo estatuto aprovado em 1988. Como não chegam, por total incapacidade de percepção dos que comandam o jogo, a torcida está cada vez mais insatisfeita. E a história não anda para trás, pois para trás ela já é por natureza. Andam quebrando o pau nos estádios e partindo para o confronto fora deles. Quando nos prometem e as promessas não são cumpridas, o clima, com razão, esquenta. E aí é um Deus nos acuda! A barbárie se instala, e a violência, naturalmente radicada no âmago do sistema, se generaliza imanente nas mais diferentes formas de manifestação pessoal ou institucional.

Bem, parece que alguém se tocou em casa e está vindo para me dar satisfação.

A porta da cozinha se abre e eu digo: bom dia, meu dono! Como passou a noite? Você sabe se o jornal já chegou?

COM O DIABO NO CORPO

Desde cedo ele era dado às coisas da libidinagem. Com o sexo à flor da pele, ele não respeitava nenhuma parceria, fosse ela animal, vegetal ou... simplesmente digital. Nascera com aquela inclinação que o fazia ver o mundo como um grande repositório de peitos, bundas e xoxotas. E a vida, como o grande dom de proporcionar aos homens as oportunidades de concretização dos gozos e delícias. Dom, aliás, que sempre dizia ser mais do que divino, pois não podia acreditar que tudo aquilo que sentia, desde a irrefreável volúpia pela conjunção com a carne alheia até as sublimes explosões terminais de cada experiência, pudesse ocorrer sem a mão do demo, do satanás, do belzebu, do anjo-rebelde. Deus havia dado a ele a vida, a saúde, o falo grande e forte, mas só podia ser o pedro-botelho o comparsa daquele incitamento, daquele impulso, daquele entusiasmo, daquelas sensações. Tinha para si que deveria haver em cada coito um concomitante preito de gratidão ao capiroto, pois, ao dividir com ele a felicidade episódica, tinha aliviado o espírito de toda a responsabilidade que costumavam dizer acompanhar os pecados da lascívia. Prática precoce, apetite voraz e vontade insaciável foram ingredientes importantes na criação do mito de bom amante que se formou na comunidade e que fazia dele, moço de boa figura, o objeto de cobiça surda das moças "honestas", de desejo concreto das não tão "honestas" e do desprezo e temor dos pais de família. Não havia por que se amarrar em nenhuma delas, como também não se preocupar com a má fama de irresponsável Casanova construída pelo despeito e pela inveja de muitos.

A troca permanente, a variação dos estímulos, das cores, formas, tamanhos, cheiros e texturas, a sensação de poder envolto em cada sedução e em cada conquista eram importantes elementos desencadeadores de buscas de aperfeiçoamentos na arte do desfrute e da produção do prazer. Ter e dar, possuir e entregar, apoderar e comungar, binômios sensoriais que haveriam de ser repetidos como projeto de todas as jovens, mulheres maduras e velhas senhoras que com ele haviam se deitado e se deliciado. Explosivas e entusiasmadas confissões das liberadas e descomprometidas, silentes e secretas sublimações das santas prevaricadoras. Não havia na cidade quem não o desejasse, de novo ou pela primeira vez. Na realidade ou no sonho.

Fez-se juridicamente maior e foi servir ao exército. Ausente por um tempo, teve que asilar seus instintos nos rudes e disciplinados ambientes das tropas de subordinados machos. Porém, o destino guardava para ele, ali, o golpe certeiro, seletivo, tão rogado por tantos inimigos. Contraiu, na vida comum da caserna abjeta, virulenta caxumba que lhe encheu de papos o pescoço. Recaiu, em seguida a uma rápida melhora, em traiçoeira e não menos ferina orquite. Dupla? Nunca se soube! Mal diminuíra as protuberâncias faciais, ganhara um andar balanceado e jocoso que resguardava seu enorme e dolorido repositório de tão pródigas glândulas! Caxumba quando "desce" deixa o homem infértil, era o que dizia a nem sempre sábia sabedoria popular. E, muitas vezes, nas doses duplas, o pobre hospedeiro do impiedoso vírus costuma ficar desabilitado para a procriação para o resto da vida. Isso até que seria uma benfazeja consequência. Poderia estar ganhando a imunidade que sempre desejara e que poderia fazer superlativar suas qualidades. Não haveria motivo, nem ele nem suas parceiras, para se preocupar com contracepções sempre inconvenientes e limitadoras. Era necessário dar ao malfadado acontecimento a mais ampla divulgação pela mídia sempre eficaz no boca a boca.

Mal dera baixa das hostes verdes-oliva, a comunidade toda, a um só tempo saudosa e temerosa, o recebeu de volta totalmente ciente do fado pelo qual passara. E, tomados pelo mito da incapacitação para a reprodução de seu ídolo e desafeto, riam uns — riam também muitas, senão todas — pela desobrigação de certos cuidados redutores dos prazeres, riam outros pela felicidade provocada por tão superior castigo. O fato é que, continuando mais viril do que nunca, procurou logo superar dúvidas a respeito de sua masculinidade, distribuindo felicidade a mancheia a tantas quantas se entregassem a ele, agora despidas de todos os mais comezinhos cuidados requeridos pela fertilização indesejada. Voltou melhor do era. Disponibilizou-se abertamente às que ainda não haviam tido a coragem de provar os manjares dos seus banquetes devassos. À jovialidade das solteiras, à madurez das casadas e à sede contida das viúvas ele continuou aplicando o mesmo remédio: o dos atributos que todas ajudavam a aperfeiçoar.

Passado um tempo, soube que nem sempre a traiçoeira e infantil caxumba anula para sempre o seu anfitrião. Atinou para o fato de que todas as suas parceiras, não importando se solteiras ou casadas e mesmo aquelas que, não sendo nem uma nem outra coisa, ainda eram possuidoras da capacidade de transformação do prazer em vida nova, gestaram filhos que pensavam não poder ser seus. O *baby boom* assistido pela comunidade e o fato de nenhuma das amantes ter vindo cobrar-lhe paternidade atestavam, de um lado, a grande farsa das que não podiam demonstrar de público a sua infidelidade e, de outro, a certeza de que, além dele, outros comedores menos engajados e mais subliminares também andaram passeando pelas sendas da boa aventura que ele havia aberto em terrenos muitas vezes íngremes e pedregosos.

Conformado pelo fato de que até os grandes garanhões têm seu dia de rufião, já que nunca havia dado para atender convenientemente a todas o tempo todo, muitas vezes era pego a comentar consigo mesmo, remoendo os mais variados episódios de sua intrincada novela, sentado numa das mesas do bar da esquina, quando elas passavam com seus rebentos morenos, loiros, ruivos, brancos ou mulatos: aquele é filho do coisa-ruim, aquele é do pé-de-cabra, aquela do bode-preto, aquele outro é do sarnento, e aquela do excomungado, do beiçudo, do diogo, do mal-encarado, do bicho-preto, do maldito, do tição, do capeta, do futrico, do cão-tinhoso, do rabudo, do diacho, do mafarrico, do temba, do mofento, do porco-sujo, do tisnado, do...

CUPIM

A cachoeira era a atração mais bonita do lugar. Todos os habitantes se gabavam do maravilhoso véu da noiva que se desfraldava de uma boa altura naquela pedranceira cuja polidura fazia reluzir o sol filtrado pelas altas árvores nos verões escaldantes. Não havia no lugar quem não tivesse, pelo menos uma vez, se deixado banhar naquelas águas frescas empoçadas nos sucessivos lagamares que antecediam as corredeiras que iam dar, mais abaixo, na retomada do curso estreito e profundo daquele piscoso manancial cristalino. Era aquela parede basáltica que, brotando do fundo das terras arenosas daqueles campos de perfis suaves e vegetação carrascosa, provocava a ruptura do perfil da água que buscava juntar-se ao rio principal não muito distante dali. Esses afloramentos da rocha mais dura, formada por ebulições de vulcanismos remotos, davam aos arredores, aqui e acolá, a sensação visual de que eles eram povoados por sucessivos castelos pedreguentos, únicos acidentes a romper a monotonia dos retilíneos horizontes. Numa escala menor, o cerrado, com suas árvores de caules tortos e suberosos, com sua forração mais baixa de plantas espinhentas e cortantes e sua população rarefeita de um gado de pé duro sempre no limite de uma magreza doentia, era o império dos cupinzeiros, alguns de gigantesco tamanho e anosa filiação. Pobreza de chão, onde as areias não conseguiam fazer crescer muita coisa além de minguados suplementos para as mesas dos poucos fogos daquela vila de pequenos agricultores teimosos. Milho, mandioca, feijão, a trilogia básica a articular composições variadas com as linguiças mistas, a carne de sol, alguma caça, o peixe, a couve e um arroz de terceira buscado nos armazéns da cidade "grande", tradicionais compradores das farinhas e dos queijos.

Pouca gente tinha o lugar. Porém, sua composição vinha de famílias numerosas que há anos se misturavam sem muito observar as restrições impostas pela melhor genética. Os aparentados eram muitos e os estranhos raramente se fixavam por ali. Não era o caso da professora que respondia, já por vários anos, pela formação básica daquela meninada pra lá de desinteressada pelas coisas da história, das letras e das matemáticas. Mas, engraçando-se pela paz do retiro e pela simplicidade dos hábitos, ganhou raízes e fez votos de fidelidade àquela comunidade onde os seus moleques e suas mocinhas davam vida ao seu projeto de bem servir ao próximo. Era difícil dar unidade e garantir um trabalho fecundo naquele barracão onde, juntos, estudavam os pequeninos que se iniciavam no beabá e aqueles que já se anunciavam candidatos aos namoricos dos que adolescem. Tudo num lugar só. Era a pedagogia da congregação e da polivalência.

Terminado esse ciclo, os rapazes ganhavam rápido as enxadas, as rédeas, o aguilhão, as pás das farinhas ou as rodas das moendas. Cedo eram chamados pelo trabalho. Cedo também eram levados a formar uma comunidade fechada motivada pelo espírito de grupo fundado na latência dos impulsos reprodutivos e nas necessidades de busca de suas superações. Até que o casamento se apresentasse como única saída.

As meninas, além das agulhas, dos bastidores e dos fogões, passavam indistintamente por um período de sazonamento, de incertezas e de nenhum sonho, entre o fim da escola e o início sempre antecipado de uma vida matrimonial escravizante e cristalizadora. Sexo e afeto eram coisas que dificilmente formavam par. O interesse material geralmente matriciava as escolhas. A carne, como sempre, era departamento dos machos. As parceiras eram meras reprodutoras. O amor, essa invenção romântica, era trocado pela proteção no caso das mulheres. Às putas é que eram oferecidas as oportunidades das verdadeiras parcerias sexuais, nas quais o prazer era o alimento dos encontros. E elas viviam à margem da comunidade, física e funcionalmente. Era preciso buscá-las fora da vila. Como as mulheres deveriam nutrir pertinente inveja delas! Mas o pecado e a vergonha se encarregavam de silenciá-las, mesmo entre elas.

A professora, intelectualizada e experiente, fazia desenrolar seu "pendor" sexualmente andrófobico, afastando os machos do lugar, assumindo sempre comportamentos e atitudes de uma repulsiva superioridade. Implementou a oferta de cursos complementares às adolescentes em períodos em que a escola ficava ociosa. Tinha a concordância tácita da comunidade adulta pelo respeito e consideração que inspirava por seu trabalho e sua dedicação à superação dos problemas que vinham até ela para serem resolvidos. Era juntar a corda à caçamba. As moças se viam livres e a professora autorizada a investir em mato que poderia dar bom lenho. Uma das atividades desenvolvidas por ela, com o consentimento dos pais, era levar as moças, em domingos predeterminados, para se refrescarem na cachoeira, coisa que os rapazes e moleques faziam costumeiramente em outros dias.

Na vila havia uma grande proporção de moleques. Púberes e adolescentes. Entre eles destacava-se um moreno forte, ativo e inteligente e que, por isso, exercia certeira e respeitável liderança no grupo dos rapazes. Era Juca do Tonho, filho do dono de uma pequena carvoaria. Irmão gêmeo de Rita, chamada por todos de Rita da Cença, sua mãe. Moça de ímpar beleza, onde a natureza havia depositado tudo no lugar certo para que ela se convertesse em ponto de fuga de todos os olhares da comunidade. Era a menina cobiçada em todos os sonhos, quando os olhares se voltavam para dentro de cada um na construção de situações idealizadas pela libido. Recatada e protegida pelo pai e pelo irmão, pouco circulava fora de casa, a não ser para ir, com eles e a mãe, de carroça até a vila próxima para assistir à missa nas manhãs domingueiras.

Juca do Tonho, machinho possessivo, não gostava nadinha, nadinha quando ouvia qualquer comentário a respeito das qualidades da irmã. Mas só da irmã! Pois foi exatamente ele que, mais astuto que os demais, arquitetou um plano para que, juntamente com seus liderados, se locupletasse com a oportunidade de acompanhar visualmente aquelas visitas da professora e das moças aos banhos nas lagoas da cachoeira. E, com isso, evidentemente, ver criados, ao vivo, os quadros que eram arquitetados na cabeça de cada um por ocasião das purgações dos humores de seus falos sempre em posição de sentido.

O campo de cupinzeiros no alto da colina bem em frente à cachoeira compunha um conjunto ideal de postos de observação daquilo que poderia acontecer nos espaços da baixa encosta. Era só adaptá-los para essa função. Nada difícil. De bom tamanho, com toda a segurança exigida pela necessidade de não serem vistos, todos os cupinzeiros acomodariam em sua retaguarda qualquer um do grupo. E isso bastaria para completar a função, que neles fossem esculpidos um bom orifício na altura dos olhos de cada observador. Reunido o grupo, relatado o plano e decidida a operação, durante algumas noites, cada um se encarregou de escolher o seu cupinzeiro e rasgar-lhe, na posição mais ergonômica, o visor de onde se poderia ter a melhor visão para usufruir das delícias, secas e molhadas, que deveriam acontecer naquele palco iluminado diante da queda d'água.

Juca do Tonho, cheio de si pelo fato de todos o considerarem um gênio estrategista, radiante pelo êxito esperado, comandou, num domingo de sol forte, a primeira incursão na direção da cachoeira, uma meia hora após a partida da vila da professora e sua confraria de belas e pródigas adolescentes. Não deu outra! O plano estava coroado de êxito. Um estratagema perfeito, uma irrepreensível operação tática. À primeira vez sucederam-se outras, domingo sim, domingo não. Nunca a molecada se lambuzou tanto. Era bom demais ver aquela chusma de pernas desnudas, peitinhos e peitões colados pela água às vestes íntimas que deixavam transparecer auréolas e bicos, nichos escuros no encontro das coxas, uns já bastante bastos, outros ainda infantis, acanhados. Tudo, porém, muito, mas muito bom mesmo! A professora, então, de vez em quando dava vazão à sua liderança, arrojada que era, quando buscava indicar procedimentos ainda mais independentes ao se despir totalmente para suportar o peso do impacto da ducha fria da cascata vertical mais junto ao fundo da piscina maior. Era o pré--clímax. O clímax se dava mesmo quando algumas meninas maiores a imitavam lançando fora suas roupas molhadas para serem batizadas por aquela "água benta" que descia do alto, espumada e transparente. Meu Deus! Era uma verdadeira orquestra de punhetas por detrás daqueles cupinzeiros. Os sons emitidos tinham que acontecer num pianíssimo exagerado para não serem denunciados, mas os trombones indicavam que os compassos eram repletos de sustenidos, colcheias, bemóis, fusas e semifusas, num andamento vivace nervoso, apressado, no qual as repetitivas codas antecipavam sempre finais apoteóticos, extenuantes. Não se falava de outra coisa nos dias subsequentes. Para não dizer do aumento da produtividade do trabalho e da felicidade que se via estampada na cara de cada um. Benfazeja professora, emissária de Deus, na sua prática da teopedagogia da libertação!!!

Correram semanas e a unidade do grupo em torno daquele segredo repartido era mantida na sua absoluta integridade, condição para que as sessões de voyeurismo continuassem a saciar a sede e a fome indistintamente dos espertos ocupantes dos montes de terra solidificada das moradas dos cupins, transformadas agora em protegidos mirantes por força de um destino jamais imaginado pela sábia natureza. Anos e anos, exércitos de insetos fotofóbicos carrearam daquele subsolo, num trabalho noturno continuado, imensas quantidades de matérias sólidas para abrigar suas colônias e defender suas rainhas. Povoaram as imensas extensões dos campos cerrados da redondeza, construindo salientes aglomerados de diversas dimensões, verdadeiros suspiros por sobre redes intrincadas de dutos subterrâneos que os levavam às raízes e troncos de árvores, seus principais alimentos. Símbolos de "terra ruim", não sabiam eles o quanto de "terra boa" estavam a edificar junto à ribanceira, defronte ao grotão da cachoeira. Cupim, cachoeira, lagoas. Homens, sexo, valores. Naturezas qualitativamente distintas, mas absolutamente complementares. O poder de apropriação da natureza bruta pelo saber dos homens expressava naquele exemplo, *ex abundantia*, as possibilidades de transmutação da matéria radicada na força das necessidades, do saber e de suas técnicas. Essa mediação, que é sempre criadora, às vezes se põe veloz e extremamente revolucionária. Os meninos que o digam...

Mais um domingo de sol e lá vai, no pé ante pé, o grupo crescente de observadores de plantão. Puxa! A quantidade de meninas aumentou bastante, é o comentário geral. Viva! São maiores as chances de escolha no tiro ao alvo dos ávidos pares de olhos. Como as meninas se transformam rapidamente! As que ontem ainda tinham no meio das pernas apenas sugestões, agora estão ali a mostrar que o fermento dos hormônios do sexo faz o bolo crescer e transbordar rapidamente pra fora do forno. Peitos que eram pequenos são doravante abundantes. E como elas estão mais soltas, desinibidas! Chegam a praticar entre elas jogos eróticos que só fazem antecipar as afinações dos instrumentos guardados atrás das termiteiras. A professora era, de fato, uma educadora de primeira... E aquela novata que se destaca das demais e que passa a ser o centro da atenção de todos, não é a Rita da Cença? Puxa! Quem diria! Quem te viu e quem te vê, hein? Vê-la assim nua, com aquele par roliço de impecáveis coxas, aquele corpo acinturado que só faz destacar a bunda mais que carnuda, até então escondida por saias pródigas em panos. Que peitos, gente!!! Jamais outros se igualarão a eles. Os dois, exatamente iguais, numa distribuição impecável. Cor, forma, consistência, tudo articulando composições que alteram as belezas do resultado quando em movimento. E o púbis!? Deus nos acuda!!! A implantação dos pentelhos desenhando um nítido coração negro, intumescido, a lembrar algo em sagração, pronto para a coroação. Deus, você realmente existe!!!

Nesse dia a orquestra tocou apressada, em descompasso, em andamentos distintos, completamente desafinada. Ninguém respeitou partituras. E não foi uma só récita. Foram tantas que a volta pra casa se deu com os músicos desidratados, como se a plateia os houvesse castigado pelos repetidos pedidos de bis. Havia se instalado um clima de cobiça ainda não visto até ali. Todos estavam levando consigo, para não mais esquecer, imagens simbólicas que se tornariam indeléveis, como provocadoras do melhor estado de excitação sexual. O único que não exultava, sorria ou comentava o espetáculo era Juca do Tonho. Envergonhado, sentia-se traído pelo destino.

No dia seguinte àquele domingo de epifanias, o alto da colina, que tanto havia proporcionado imaginários festins licenciosos ao servir de belvedere, amanheceu num clima de selvagem destruição. Algo de muito violento deveria ter acontecido naquela madrugada. Numa triste desolação, nenhum dos cupinzeiros permanecia em pé.

DECLARAÇÃO DE AMOR

Por acaso, como sempre por acaso, ela foi apresentada a mim na hora certa. Entrou na minha vida pelas mãos de um amigo. Chegou para dar um fim àquela situação que estava ficando por demais insuportável. A solidão até então sentida deixou de ser aquele sofrimento angustiante de todos os dias. Andava precisando, cada vez mais, de um ombro amigo para dar cabo do sentimento de abandono que exigia um partícipe que me complementasse. No início fiquei hesitante em aceitar aquela companhia que, confesso, quando presente apaziguava a alma e me dava estimulações jamais imaginadas pelos meus sentidos. Nunca havia pensado que sua presença, cada vez mais assídua e indispensável, pudesse levar minha vida a desfrutar de realidades tão novas, tão impensadas. Toda vez que com ela me encontro é como um viajar para um paraíso. Um paraíso onde a euforia me causa uma leveza celeste, onde minha autoconfiança não permite a dor física ou qualquer embate espiritual. A partir de certo momento, não resisti à dependência a que ela me havia submetido. Entreguei-me a ela com a irresponsabilidade dos apaixonados. Jamais imaginaria que aquele férreo comportamento anterior, definido, há muito, por um orgulho causador de tanto sofrimento, pudesse se render a ela, aquela que, sem dizer ou impor nada, é uma mistura de Deus e do Diabo ao mesmo tempo. Ela é minha alegria e minha tristeza; minha febre, meu riso e minha lágrima; meu desejo, meu orgasmo. Possui a capacidade de subjugar sem argumentos ou autoritarismos ao despertar uma atração voluptuosa, apesar de sua pureza. Chega a ser doce na sua alvura, como são os anjos que socorrem os que se encontram vazios em seu desespero. Seu corpo sempre me patrocina sonhos jamais sonhados. Quanta revelação nas energias redobradas. Quantos devaneios inebriantes. Quantos suores eróticos. Quantas promessas sem temores.

Quantos prazeres... prazeres.

Faço aqui uma declaração de amor, pública e definitiva. Na sua companhia, rainha, me sinto um verdadeiro herói.

Não consigo mais viver sem você, minha heroína!

DELETUM

— Por que você não fica mais um pouco? — Ela sugeriu com voz de leve súplica. — Lembre-se que amanhã começa o final de semana e não será necessário levantar tão cedo como nos outros dias. Fica!

Ele meneou a cabeça, fez um muxoxo com os lábios, fechou os olhos e, simplesmente, respondeu:

— Não! Tenho que voltar. Já está tarde para o que ainda é necessário fazer antes de me deitar. Estou com meus compromissos atrasados e, se der moleza, não conseguirei dar conta do que prometi à editora. Já estou com os prazos estourando. E, desta vez, não quero passar pelo sufoco da experiência passada. Foi muito constrangedor ter que enfrentar a turma sem poder contra-argumentar. Ficar sem ter o que dizer é o mesmo que abrir a guarda para o puxão de orelhas. Na minha idade isso não é coisa para acontecer mais.

— Mas você tem o direito de dar uma relaxada. E, mais, a editora não está na posição de cobranças assim tão cortantes a você. Afinal, o maior sucesso de vendas é seu último livro. O que ela tem mais é que oferecer um clima adequado a uma produção de nível semelhante. Se você se apressar vai acabar escrevendo o que não quer. Sei de suas preocupações com a perfeição e com a coerência ideológica. Embora ela tenha, para mim, ficado um pouco aquém do esperado para uma pessoa que durante um bom tempo se sustentou como arauto da inflexibilidade política. Não esqueça seus discursos, suas construções derivadas de uma militância responsável. Seu papel no passado foi importante. Sua sobrevivência, não se esqueça, fundou-se na absoluta clandestinidade. Só assim a organização pôde preservar o que você guardou, e que é hoje material histórico, em cima de sua total observância dos preceitos da impublicidade de seus atos e papéis. Veja o que aconteceu com boa parte de seus antigos amigos. O oba-oba e a necessidade de parecer e aparecer resultou no quê para muitos? Cadeia? Tortura?

Delação? A essas perguntas você, estou certa, não esquecerá de acrescentar a morte como resposta. Portanto, você pode se arrepender.

— Não, não estou fazendo nada com a faca no pescoço, não! É que como ando mesmo um pouco cansado eu não posso abrir mão da continuidade no trabalho, mesmo que seja pequena em rendimento. Caso contrário vou acabar interrompendo o fluxo e, para retomar a dita inspiração, vai ser dose. Já passei por isso. E é desgastante. Você sabe, chega uma hora que escrever é compulsivo. E, quando esses episódios pintam, não há que jogá-los fora. Não que eles sejam importantes para a qualidade do texto. Geralmente não são. Mas o rendimento em quantidade tem muito a ver com esses momentos. Depois de um bom tempo de marcar passos, parece que agora está começando uma fase justamente de pequena aceleração. As coisas parecem estar ficando mais claras e as ideias iniciais que fazem parte do esquemão começam a ser implodidas pelo próprio caminho que a história tomou e por saídas paralelas interessantes, mas de difícil administração. Vou precisar de uns dias de muita serenidade e isolamento pra dar cabo desse emaranhado de possibilidades que está a se articular. Isso é muito bom. É excitante. E eu não posso deixar a coisa fluir sem policiamento. Senão, vou acabar me envolvendo com um escrever sem compromisso. A correnteza é sempre boa, mas, se der numa cachoeira, as águas podem fazer um grande estrago. Tenho que me debruçar sobre o contexto e, com muito critério, decidir por quais caminhos seguir. Posso ir, agora? Teremos muito tempo para as leituras. Quero crer que este é o tempo de escrever.

— Tá bem! Não tenho como segurá-lo, muito embora minha admiração e mesmo necessidade sejam mesmo com você e não com o escritor que já parece controlado pela explosão da fama. A fama é boa, mas afasta os homens deles mesmos. Você vai acabar se desfigurando. Cuidado! E, no meu caso, ela começa a querer afastar o meu homem de mim.

Ele, absorto com o plano de que tinha que voltar pra casa, não reagiu como esperado à observação da namorada. Beijou-a sem muita demora e partiu logo, com o pensamento voltado para suas personagens, para o contexto, como insistia. Mal desceu do carro na garagem do prédio, deu de cara com Ivan.

— O que você faz aqui embaixo? Não pedi a você que não saísse de lá!? Você já pensou se alguém vir você esparramado por aí antes da hora? Você quer estragar toda nossa história? Como foi que você saiu? Eu deixei a porta da biblioteca fechada. Estou com a chave aqui.

— Não, não, eu não saí. Eu estou lá ainda. É que a ansiedade bateu forte e, como você me deixou naquela situação de absoluta indecisão sobre como deveria agir na investigação, eu não resisti tanta pressão interior e tive a necessidade de dar uma volta para esquecer meus deveres e aguardar você para discutirmos o que seria melhor.

— Tá bom, tá bom! Não me tire a serenidade. Eu ainda não decidi o que será melhor. Acho bom você se acalmar e voltar quietinho lá para a página, para a página... ahn.

— Vinte e sete.

— Vinte e sete?

— É isso mesmo. Foi lá que ficou a dúvida, não foi?

— Sim, foi.

— É que você já está na quarenta e dois e, se demorar muito, você corre o risco de perder o fio da meada e colocar seus leitores a se esquecerem de mim. Ou você está pensando em quebrar a minha importância na trama?

— Nem pensar, nem pensar! Você é personagem-chave naquele labirinto em que me meti. Me meti, não! Te meti. Fique tranquilo. Não vou me livrar de você tão cedo.

— Por que tão cedo? Não vai se livrar nunca! Quero sair dessa sem ferimentos na minha integridade. Quero meus direitos respeitados, porra!

— Opa, que petulância é esta!? Vamos com calma! Tenho que pensar. Vim ansioso pra cá para ver se dava uma continuidade, pequena que fosse, na história, e você, com essa pressa que não faz par com seu espírito, nem com sua formação, muito menos com seu papel, me põe fora de condições de retomar o trabalho. É melhor você se recolher mesmo e me deixar um pouco em paz. Vou fazer um café e, quem sabe... dormir. Acho que seria a melhor coisa a fazer. Eh, e quem disse que consigo? Acho melhor voltar ao café. Mesmo frio é melhor que esta insônia. Em que imbróglio fui me meter. Já estava quase decidido a mudar o curso dos acontecimentos, tirando dele a importância que vinha dando ao seu papel. E agora, essa! Com a introdução de uma nova amante do coronel, com a mudança da programação política, não só sua como a da maioria de seu partido, com sua qualidade de líder das massas, de seu convencimento assumido de que de pequeno articulador poderia se converter em grande mediador entre forças diversas e mesmo opostas, de sua conversão no homem certo, no lugar certo, na hora certa, de messias articulador, mas agora a serviço de um projeto maior de construção de uma funcionalidade ajustada à história real, e não mais a um projeto de sonhos, proposta de ação que havia exigido que o rei, embora agora nu, tentasse acobertar sua ligação orgânica com interesses nacionais e internacionais até então tidos como espúrios, não teria tanto sentido deixar que um inspetorzinho de merda como ele, introduzido na história num momento em que ela ainda estava para ser formatada, viesse a descobrir todo o jogo de artimanhas engendrado pelo serviço secreto para liquidar os opositores do Grande Oficial. Mas, ao mesmo tempo, agora, com essa irreverência toda dele, eu até acho que poderia dar uma guinada na narrativa e colocá-lo como um agente de duplo significado, ou de nenhum significado. De fazê-lo um ignóbil e obscuro candidato a crítico e pau-mandado de uma facção extremista do mesmo partido, traidor da causa reformista que só está a olhar para a frente do tempo e não para trás. Portanto, sem condições de fazer uma análise isenta das situações e daí, sem mais poder incorporar o sentido responsável que uma investigação sobre desvios e traições requer. Eh, acho que isso faria todo um sentido para seu novo papel. Ele vai ver quem manda aqui. Ele vai ver!

— Epa! Espera lá, meu chapa. Não me venha com essa de alterar a integridade de meu caráter nesses seus novos planos. Isso não! É inaceitável. Na vida real, os sem lastro moral, aqueles que vendem toda sua vida em troca de momentozinhos de prazer e sucessos passageiros não são merecedores de integrar seu romance com papéis de importância política como o meu. O que é que há? É você que está se deixando subornar por um público que está lhe dando uma boa grana com a alta tiragem de seu "mais vendido da semana". A editora já fez suas pesquisas de mercado e identificou que a grande maioria de seus leitores, hoje, não é mais aquela chegada aos valores do seu tempo de estudante, quando as propostas libertadoras estavam na ordem do dia. Agora, com o nivelamento do mundo a uma só expectativa de sucesso político e econômico, os do meio, como você, que nasceu burguesinho e vai morrer o mesmo burguesinho, só que com mais grana e mais barriga, já estão se rendendo ao deus mercado para mudar o curso da história. Da sua história. Não da minha. Se é assim, não conte comigo. Não vou obedecer à sua pena aliciada pelo dinheiro. Prefiro pular fora do que embarcar nessa conversa de alternativas contemporâneas para chegar-se aos velhos objetivos. A vocação de poder sempre envolveu a definição clara de fins a se alcançar. Subir no bonde que passa, mesmo que ele seja de outra linha, só porque suprimiram a sua, com a desculpa de que o importante é o exercício da força, da autoridade, do domínio, é botar a nu o que sempre esteve escondido, não é mesmo, "companheiro"? É difícil manter a linha, não acha? Especialmente quando essa atitude o alija das benesses que escapam pelas beiradas da mesa farta dos banquetes, não? Que bom poder ir e vir de avião. Morar em hotéis estrelados. Portar dourados crachás que abrem portas. Aproveitar amizades coloridas. Exercer pretensas influências ao atender pedidos. Almejar ficar, pelo menos, com um pouquinho do conteúdo dos últimos elos dos cofrinhos da banca. Que bom ter um longo rabo preso e não poder ficar indignado ou bravo com quem quer que seja. Tudo pelo bem de todos e felicidade geral da nação. Não?

— Para! Para! Seu filho duma puta! Assim ninguém aguenta! Não é nada disso, não está vendo? Sou só um observador atento da realidade. E, se quero ser ouvido, tenho que falar a linguagem do momento. E contar a história real e fazer parte dela para não escapar para uma utopia romântica e retrógrada. Darei à minha produção o que minha capacidade e crença atual me exigem. Já tive dúvidas, mas elas ficaram nos capítulos iniciais. Lá no começo, onde você foi introduzido. Ali ainda as coisas estavam infantilizadas. As expectativas ainda eram de um alvorecer reluzentemente vermelho. É nesse começo que você nasceu. Agora o sol já está a pino. Não há mais sombras. Não há mais como medir altanarias. As verticalidades perderam suas referências de qualidade. Tudo corre em direção à planura das chapadas uniformizantes. Quem se recusar a ver essa verdade ficará para objeto de observação arqueológica. Com maior clareza, vejo agora, que, de fato, você já está a merecer uma nova roupagem. Que tal lhe reservar nesse nosso carnavalzinho literário o papel final de um farsante Arlequim, ou, melhor ainda, de um sempre ingênuo Pierrô a sonhar com amores impossíveis? Ah, a vingança, a vingança, essa companheira que nos salva. Que nos lava a alma. Afinal, eu tenho a força!

Sentou-se diante do computador. Esboçou movimentar os dedos pelas teclas escuras onde as letras brancas o esperavam ansiosas. Olhou para a tela e para o teclado por diversas vezes sem se definir por uma sequência que o deixasse isento em tudo aquilo. O diálogo que havia mantido com seu personagem o tocara de forma contundente. Passou a mão pelos cabelos, como num gesto automático de purgação de todo aquele solilóquio, voltou-se para a xícara de café, que, apesar de frio, ainda se punha ao seu alcance. Ameaçou escolhê-la como opção de fuga para aquele embate que era travado por dois gigantes em seu peito. Pensou na namorada e na burrice que havia sido dispensar o insinuante convite que ela ainda há pouco lhe fizera. Remordeu mais uma vez aquela dupla convicção que há algum tempo já vinha se digladiando quando de suas últimas decisões na vida. Viu na clareza da luz frontal do monitor sua imagem, ao mesmo tempo, de herói e vilão. Sentiu o quão difícil é ser, quando não se é de verdade. E, como todo aquele que subordina seus princípios à circunstância das oportunidades, não fez nem como o Jesus, nem como o Judas de Junqueiro. Não teve a coragem dos convictos. Nem para a caridade, nem para a justiça. Cravou a coluna do meio. Deletou todo seu texto.

DIANA

Para meu irmão Nereu.
Pulso firme,
pontaria certeira!

Branca, pintada de preto. Assim era Diana. Uma cadela perdigueira, da raça braco alemão de pelo curto. Sua prodigalidade em produzir filhotes fez dela mãe de várias dezenas de cachorros caçadores de perdizes, codornas, patos, marrecos como ela e, no final de sua vida, faisões. Não havia na cidade e redondezas, entre os aficionados, quem não tivesse um cão que, direta ou indiretamente, fizesse parte de sua árvore genealógica. Isso porque sua performance — nos campos em que a levavam, desde muito cedo em sua vida — criou uma mitologia que fez dela um objeto de referência em matéria de qualidade de comportamento e, especialmente, de resultados práticos que se espalharam por um universo de caçadores de se perder a conta.

Essas qualidades de cão farejador e apontador, de competência na realização das tarefas de cada etapa do processo de busca das aves perseguidas, de dedicação aos objetivos exigidos pelos caçadores, de fidelidade ao dono e ao grupo vinham acompanhadas por uma alegria de estar em atividade, cujos produtos alcançados eram incalculavelmente superiores aos de outros cães de cepas diversas. Não havia quem não desejasse tê-la em sua companhia. Era garantia de que, após uma sessão de caça, os cinturões voltariam no final da tarde cheios de exemplares de perdizes e perdigões, de codornas mineiras, de inhambus, de paturis, de marrecas assobiadeiras, piadeiras, caneleiras, carijós, de marrecões... A cinegética se transformava, da arte de caçar com cães, em experiência de caçar com arte. Nos cerrados secos e espinhentos era imbatível. Fazia inveja aos seus acompanhantes. Em casa, era uma companheira dócil com as crianças, um animal cioso de seu território, sem, porém, ser agressivo com quem quer que aparecesse em sua frente pela primeira vez. Estava todo o tempo com um trapo, uma bola, um pequeno osso entre os dentes, como a sugerir que as mandíbulas deveriam se mostrar sempre aptas a não deixar a caça escapar, depois de recolhida em meio às macegas. Sentia de longe o cheiro das aves e pelos movimentos sempre idênticos de seus passos, pela velocidade de seu andar, pela altura de sua cabeça, pela fixação de seus olhos e pela disposição de seu rabo, tenso e imóvel, e de suas patas, nem sempre apoiadas no chão, já se podia prever a qualidade do animal que iria em breve irromper pelos ares à frente das cartucheiras dos caçadores. A cada pássaro um comportamento, um estilo.

Em toda ocasião que saía para o campo, repetia com absoluta competência o zigue-zague rastreador, o vaivém referenciado pela posição do caçador, como a permitir que seu trabalho fosse permanentemente observado pelos sujeitos da caça. Nariz ora no chão, ora no ar, lá ia ela absorta em sua missão de distinguir os odores que importavam e separá-los dos cheiros descartáveis. De quando em vez, olhava atenta para o dono como a perguntar se seu mister era ou não de seu agrado. Esperava sempre um gesto, uma palavra em código, um pequeno assovio que lhe demonstrasse se deveria continuar, parar ou aguardar novas determinações para sua ação ou comportamento. De longe, de muito longe, identificava com precisão onde a caça andava ou se escondia. Determinava pelo seu ritmo a velocidade da ave perseguida. Pela sua excitação, a quantidade do bando. Tudo isso trazia para o caçador uma segurança extraordinária na opção tática de ataque e uma certeza de que a operação estava destinada ao sucesso. Jamais falhara num aponte. Quando se aproximava do animal perseguido, seu cuidado parecia aumentar antes de dar o próximo passo. Nas situações em que tinha plena segurança de domínio sobre a ave, dispunha o corpo em clássica postura de espera da ordem para afugentar o animal e fazê-lo dar seu derradeiro voo antes do abate. Apenas sobre três patas, a dianteira direita dobrada no ar, parecia hipnotizar o pobre coitado do xororó ou da buraqueira, na repetida pose da amarração tão esperada. Daí para o ataque que punha as aves no ar corria uma questão de segundos. Para isso, apenas aguardava que seu dono lhe dissesse, num quase silente balbucio, uma ordem de "vai", ou lhe desse um pequeno empurrão junto ao rabo, para que o bote que espantava a ave solitária ou todo o bando se transformasse no momento mais aguardado por aqueles que empunham suas armas carregadas de chumbo. Alçado o voo, era só o caçador aguardar a longa parábola desenhada no ar pela trajetória do animal para, no momento em que se entrecruzassem a ave e a mira da arma, apertar com segurança o gatilho detonador do explosivo que porá a ave por terra. Mas esta cairá em local distante. Muitas vezes dezenas de metros do local de onde os tiros saíram. Os estampidos não amedrontam o cão. Pelo contrário, o excitam. É aí que, novamente, entra em ação a capacidade do fiel perdigueiro que corre em meio ao campo, muitas vezes sujo pela vegetação carrascosa, na busca do animal abatido. Momento solene e pleno de expectativas. São os instantes mais cheios de ansiedade. A alegria explode quando o cão aparece com a caça na boca e a deposita aos pés do caçador. A alegria se compartilha em seguida, quando homem e animal se acariciam num ato de vaidade mútua, de respeitoso e recíproco agradecimento. O sublime se instala na trilogia formada por caçador, cão e caça. Uma trilogia, ao mesmo tempo, magnífica e orgulhosa para o homem, compensadora para o cão e definitiva, inapelável e macabra para a caça. A vida, o prazer e a morte, ditada não pela inexorável busca da sobrevivência, mas pela construção hedonística da cultura. O dia é sempre do caçador! Quantas vezes esse ritual se repetiu, tantas vezes se reafirmou a reputação de Diana, batismo perfeito, cheio de pressentimentos.

Em nome de seu desempenho, dos repetidos sucessos de suas excursões, de sua imagem de animal simbólico, seu dono foi obrigado, certa vez, a patrocinar uma ida ao campo para demonstrar, a uma equipe seleta de caçadores visitantes, a qualidade de tão falada cachorra. Para que a empreitada não sofresse nenhum percalço oriundo da escassez de aves em meio à estação em que elas ainda nidavam, a equipe da grande cidade fez soltar no campo da "fazenda-escola" um lote relativamente grande de faisões criados em cativeiro. Era um procedimento normal dos clubes de caça dos quais eram associados. E lá foram com os visitantes, o dono da fazenda, seus empregados, alguns aficionados locais, uma matilha selecionada, mais Diana e seu dono. Maravilhosa empreitada. Diana não decepcionou, como não poderia. Deixava a todos extasiados pela elegância, beleza e capacidade de realizar todos os atos do ritual de caça.

Com a vaidade a lhe sair pelos poros, com aquele amor-próprio a lhe tirar a serenidade, o dono de Diana quis ainda, no final daquele exaustivo dia para todos os cães, fazer a busca do último faisão que, pela contabilidade, restava vivo, solto no amplo cerradão, cada vez mais fechado e transformado em denso capão de mata nativa que ia morrer, distante, em um dos boqueirões do rio que cortava a propriedade. Não foi difícil aguardar aquele momento. Logo Diana acusou ter achado o rastro da caça faltante. Pôs-se num frenético caminhar em direção à mata. O grupo inteiro a acompanhar a orientação dada pelo animal. À frente, seu dono com linda espingarda de canos remontados, de origem italiana, calibre 12, que muito já havia feito dupla feliz com seu incomparável cão apontador, fazia esforços para não perder a distância mais adequada para o tiro, assim que o animal amarrasse a caça. Pronto! Ali estava ele a indicar que esta havia sido encontrada e encurralada. Estava pronto para receber a ordem de avançar e fazê-la voar. A expectação atingiu o seu ápice. Ninguém, sem exceção, acreditava no que estava vendo. Havia por detrás daquele momento algumas dezenas de anos de experiência a assistir tão inusitado espetáculo. Dada a ordem de avançar, Diana fez sair, praticamente dos pés de seu dono, a linda ave de perfil nobre, com suas longas asas coloridas e seu volumoso rabo de penas escuras, a realizar no ar longo voo em direção ao rio. Sem se deixar levar pela beleza do espetáculo, com a calma dos peritos que confiam em seus diagnósticos e atos, o velho caçador esperou a ave ganhar o alto do céu e, quando ela iniciou a grande curva para flutuar na corrente de ar quente, disparou dois tiros certeiros que fizeram, de imediato, o pobre animal interromper sua trajetória e despencar em queda vertical. Ato contínuo, Diana saiu em desabalada correria na direção exata do local onde o faisão deveria estar. Foi a última vez que foi vista. Pelo seu dono e por respeitável plateia que ainda hoje falam dela com o orgulho próprio dos que compartilharam uma longa vida de atividades mais que prazerosas.

Uma semana depois, veio a notícia de que naquela fazenda havia sido morta, por um experiente retireiro, respeitável exemplar da mais legítima onça-pintada brasileira. Caça e caçador: os papéis da natureza; a natureza dos papéis.

DIREITO DO CONSUMIDOR

Ele se encheu de coragem e decidiu abordar a jovem que fazia ponto na esquina. Já fazia algum tempo que pensava ser aquela a única forma de dar vazão a uma necessidade que lhe apunhalava o instinto. Na verdade, tratava-se mais de um apelo de seu orgulho, do que propriamente um chamamento da carne. Afinal, já havia feito setenta e cinco anos e a última vez... deixa pra lá. A guria, exalando provocações, tinha lá seus vinte aninhos, se tanto. Foi por demais receptiva, colocando aquele senhor grisalho em total segurança, dando-lhe todo suporte tranquilizador com seu comportamento educado, caramelado por uma finesse mais que profissional. Foi logo dizendo quanto custava o programa e do que ele poderia se constituir, sem nenhuma ressalva ao prognóstico de que as dificuldades por ventura emergentes seriam seguramente superadas por uma absoluta compreensão e paciência. *No stress*! Uma única exigência: o pagamento deveria ser adiantado.

Acertada a avença, dinheiro vivo na mão, lá foi ela em direção ao motel que lhe dava suporte à atividade costumeira. Ele, ainda tomado pela apreensão do que poderia vir a acontecer, sentindo-se responsável por uma resposta que mostrasse ao mundo que ainda era bom de bola, tomou, assim que chegaram ao quarto, a pílula aditiva que lhe garantiria que o fracasso não ocorreria. Para ganhar o tempo necessário à ativação do estimulante, foi logo dizendo que precisava tomar um belo banho, fato que demorou lá boa meia hora. Em meio à ducha, sentiu que os efeitos benemerentes das combinações bioquímicas já anunciavam uma boa performance. Enxugou-se e, enrolado à toalha, ainda um tanto envergonhado pelo inusitado da hora, cedeu seu lugar no banheiro para aquele corpo escultural que, em pelo e desinibidamente, potenciava o chamamento a uma conjunção carnal de sucesso garantido.

Assim como ele, ela se demorou na preparação. Enquanto isso, ele se deitou no leito redondo e, distraído com sua imagem no espelho do teto, relaxou seu corpo e... adormeceu.

Ao sair do banho ela se depara com o inesperado flagrante. Sentou-se ao pé da cama, trouxe ao peito a toalha umedecida, olhou com candura a patética figura estendida em um profundo abandono, com os lábios a sugerir um sonho gratificante, acrescido de um leve e quase inaudível ressonar pausado.

O que fazer? Lembrou-se da criança que foi e do valor do sono como alimento reparador do corpo. Com o espírito maternal que lhe desabrochara, passou de leve sua mão carinhosa sobre aquela perna nua e cobriu seu corpo com o leve lençol que lhe daria maior proteção. Vestiu-se em absoluto silêncio, deixando sobre o criado-mudo metade do valor recebido. Não fazia parte do contrato, mas entendia que o pacote combinado não havia sido cumprido como prometido. Não houve consumação. Uma questão de maturidade profissional.

E A GORJETA?

A casa onde moro, construída na década de 1960, ainda tem a entrada e a garagem abertas diretamente para a rua. O aumento da criminalidade e dos assaltos às residências têm repercutido em toda minha vizinhança com a adoção de medidas protetoras contra a vulnerabilidade a que elas se expõem. Muros altos, cercas elétricas, monitoramento eletrônico, guardas particulares, além de um paranoico ânimo antiterror, vêm transformando o bairro de classe média alta em um verdadeiro gueto militarizado. Assim, minha teimosia em continuar insistindo em um modelo arquitetônico de confiança pública faz de minha casa, na parte fronteiriça, um espaço que se confunde com a calçada e a pista de rolamento dos carros.

Antes do alvorecer, o jornaleiro, há muito tempo, repete o hábito de atirar o jornal, envolto em plástico, em meio ao pequeno gramado lateral, onde medram arbustos, cactos, roseiras, hibiscos, hidrângeas, azaleias, alamandas e trepadeiras que, juntamente com outras folhagens, dão certa graça aos muros laterais e ao frontão da residência.

Via de regra, minha "secretária" doméstica, quando chega pela manhã, recolhe as notícias impressas, já envelhecidas pela rapidez dos jornais eletrônicos lidos na noite anterior, e as coloca sobre a mesa do café à espera do leitor habituado a dar bom-dia em hora tardia, pelo gosto que tem de levantar com o sol já a quarenta e cinco graus. Aos sábados e domingos, por conta da merecida folga da serviçal, quem recolhe a "gazeta" é o dono da casa, que, num voo de pássaro, tem que localizar entre as plantas o local onde o bólido aterrissou.

Pois bem, certo sábado, ainda com remela nos olhos, enquanto o café passava pelo coador, lá fui eu em busca do noticiário. Lá estava ele num cantinho escondido, como se estivesse na defensiva, fugindo dos olhares dos passantes. Assim que me agacho para pegá-lo, fui surpreendido pela presença de um chapéu branco em ótimo estado de conservação.

Fato inusitado, me pus de pé e, antes de apanhá-lo, razonei sobre as circunstâncias que teriam feito aquele capelo ir parar em meu jardim. Nada me ocorreu na oportunidade, assim, de imediato. Bem, voltei-me para o local para recolher a cobertura e eis que, de repente, não mais que de repente, me vejo diante do malfeito do dono do dito cujo. Mal feito? Não!!! Uma bem-feita escatologia, ainda cheirando a fresquinha, mas já cobiçada por uma plêiade de moscas seguramente encantadas com tamanha competência. De imediato, duas coisas me ocorreram. Primeiro, estar pagando barato pela disponibilidade daquele espaço para atendimentos emergenciais de semelhantes. Segundo, me recusando, como ato matinal, a remover tal "Arte de Obra", tomei o chapéu nas mãos, espantei as moscas e o coloquei por sobre a avantajada arquitetura, protegendo-a das intempéries. Deixei para a secretária dar conta de sua remoção quando chegasse na segunda-feira. Naquela altura, dois dias depois, aquela massa, de cor e consistência apropriadas, já consolidada, não deveria mais causar tanta repulsão e natural resistência às necessárias manipulações sanitárias.

Na segunda-feira, lá estava o jornal ao lado de meu café. Chamo minha ajudante e digo a ela se tudo estava normal lá na área onde o diário costumava aguardar seu recolhimento. Nada de anormal, apontou-me ela. "Por quê?" "Bem porque acho que temos que dar conta de uma 'cagada' que fizeram lá no jardim da frente." "Como assim?" "Como assim, não!! É isso mesmo!"

Tomei meu café e lá fomos nós dois até o local onde o ato havia sido perpetrado.

Qual foi meu espanto! O chapéu não estava mais lá...

Nem o cagalhão!!

O cagante misterioso, reflexivamente arrependido e orgulhoso de suas propriedades materiais, havia vindo, na mesma calada, resgatar o que era seu de direito!!!

E LA NAVE VA

Corria o risco de não ser eleito. Sua garantia estava na certeza da necessidade de obter mais alguns votos. Refazia o cálculo todos os dias e, quanto mais rabiscava os números, mais a aritmética se mostrava um perverso adversário. Tinha na mão o nome de todos os seus eleitores. Afinal, a cidade era pequena e não era difícil elencar aqueles que, com certeza, lhe dariam seu voto. Como fazer para chegar a um total confortável? Precisava de uma saída. Era urgente! O pleito já estava chegando. E a solução veio através de uma tragédia. Juiz da comarca, ele havia avaliado a prisão feita pelo delegado de um contumaz meliante da cidade, por conta de um novo roubo de galinha. Havia abusado, sem dúvida, de um excesso de zelo jurídico para botar atrás das grades quem, há tempos, costumava dar trabalho aos cidadãos do lugar. Não era nenhum facínora, mas o povão não gostava de ver seus "quintais" molestados. E aí, decisões, mesmo arbitrárias, fazem o jogo do sucesso público dos baronetes de plantão. O poder de decidir sobre a vida alheia e as aspirações políticas faziam do magistrado um exímio praticante das táticas maquiavélicas. Era bem e malquisto pelo mesmo comportamento. Com a mesma decisão criava amigos e inimigos. Teve, entretanto, no caso em questão, que cumprir uma ordem de habeas corpus emanada de autoridade superior e soltar o ladrãozão.

Em represália ao abusivo ato adrede praticado pela justiça, o fórum local, dias depois, amanheceu incendiado. Não sobrou pedra sobre pedra. Tudo havia sido consumido pelas chamas. Prédio velho, madeiramento seco, instalações precárias, uma montanha de papéis amarelados, eram um pitéu à espera de um incendiário qualquer. O antigo casarão dava um abrigo precário a todos os serviços jurídicos do local, inclusive ao Cartório do Registro Civil. Com o fogo, foi para o espaço, com a fumaça pardacenta do bom direito, todo o passado de uma infinidade de cidadãos. Vivos e mortos. Processos, sentenças, alvarás, atas, decisões graúdas e miúdas, foram evaporados dos registros das prestações jurisdicionais da comarca. O passado havia ido literalmente para o arquivo morto. Por sua vez, também, nascimentos, casamentos, separações e óbitos agora eram apenas lembranças. Dos que lembravam, é lógico! Inicialmente possesso, a autoridade máxima envolvida se sentiu fortemente atingida pelo gume afiado da vingança. Mas qual! Quem tem um limão que não o chupe. Que faça dele uma limonada! Na primeira noite após a tragédia, decidiu, com o delegado, não botar o aparato policial atrás do fugitivo. Consigo mesmo articulou um plano de tirar proveito da tragédia: incontinenti providenciar a recuperação da história pessoal de seus concidadãos. Convocou a população, atingida pela perda da identidade civil, a comparecer diante do escrivão local no escritório improvisado que instalou nos fundos do combalido hotel da cidade. Ali ele ganharia a eleição! Como num passe de mágica, todo adolescente entre quatorze e dezessete anos poderia ser transformado em um cidadão "de maior". Bastava alterar o ano de nascimento. Num tempo em que o cidadão só ganhava o direito de votar aos dezoito anos, a cidade poderia ganhar uma massa de votos superior àquela que, de direito, originalmente tinha. Que adolescente jogaria fora a oportunidade de frequentar desacompanhado os bailes rala-coxas do clube e os bares com mesas de sinuca da cidade? De perambular pelas ruas depois das dez da noite, ir às sessões de filmes proibidos para menores, beber alcóolicos em público, entrar nas casas de lanternas vermelhas lá da beirada do córrego, onde vivam a decantada bunda da Zula, as roliças pernas da Norfa, os abundantes seios da Baiana e o que dizer da Nica Três em Um? De ganhar salário de adulto fazendo o mesmo serviço de antes? Que família menos abastada não via nisso, também, uma forma de exigir maiores ganhos para os filhos que já trabalhavam? A porta do hotel ganhou grandes filas nos dias seguintes. Foi um tiroteio de envelhecimentos e rejuvenescimentos. Casamentos desfeitos, filhos que apareceram por encanto, irmãos que se tornaram gêmeos e até mortos que voltaram a viver. Como o local era ainda extremamente conservador, a única determinação ortodoxa era não alterar o sexo das pessoas, já que isso seria uma safadeza que contrariava os princípios da boa ética da tradicional família daquele interior. Essa sacanagem era de todo pecaminosa. Onde já se viu?! O pároco local, mesmo sendo amigo do juiz, não permitiria. Quem é que não gostaria de se aposentar por idade antes do tempo? Junto com os novos papéis estava a vitória eleitoral do juiz: os novos registros do cartório eleitoral da cidade. A chuva de títulos de eleitor apagou rapidinho o estrago feito pelas labaredas. Afinal, de boas intenções a fogueira do inferno está cheia. E os plenários das câmaras e assembleias também! Mentira, sacanagem e política são farinha de um saco só, afinal!

Decorrente da apuração vitoriosa, como manda o bom figurino da aparência, sob o aplauso de seus companheiros de bancada, foi empossado solenemente, após cívico e emocionado juramento de cumprir honestamente seu dever, finalizado, em retumbante brado, punho estendido, com o patriótico lema: *Pro Brasilia Fiant Eximia*.

E... la nave va!

FABULAÇÃO

Logo depois de ter assistido à semifinal da Copa do Mundo, em Belo Horizonte, no dia 8 de julho de 2014, quando o canarinho levou sete estilingadas do moleque alemão, senti que havia contraído a gripe Felipão, aquela que acaba com você em vinte minutos e a recuperação fica para as calendas. Tosse ladrante por vinte e tantos dias, peito carregado de matéria plástica multicolorida, falta de ar permanente, indisposição para tudo, me levaram várias vezes ao pronto-socorro para receber os atendimentos formais de sempre. Cada "consulta", antecedida de esperas desesperantes, recebia, de aprendizes diferentes, a medicina reiterativa dos protocolos. Radiografias pulmonares, antibióticos e cortisonas, além daquilo que era o mais necessário nessas ocasiões: as três inalações de Berotec e Atrovent, distanciadas por um intervalo de vinte minutos, meia hora, fundamentais para que se continuasse respirando. A persistência dos sintomas exigiu, numa das vezes, o acréscimo de novo antibiótico, mais anti-histamínicos, analgésicos e a recomendação de novas inalações domésticas, gargarejos com água morna e sal, mel e, se possível, uma boa dose de sorte várias vezes ao dia.

Depois de três semanas, a garganta pediu água. A recomendação do pneumologista foi a de que eu procurasse um otorrinolaringologista. Afinal, cada macaco no seu galho. O corpo é o mesmo, os órgãos fazem parte de um sistema solidário, mas o "saber" deve respeito às especialidades. Afinal, é ela quem nos dá notoriedade, além de servir para repartir o mercado da saúde entre seus sócios.

Resolvi desconfiar do serviço público de saúde, ao qual tinha até então recorrido, e procurar um especialista privado, com consultório montado em moderno edifício de médicos, numa avenida burguesa da cidade e que atendesse ao convênio estabelecido com uma tradicional entidade de classe, o que, diga-se, não é pouca porcaria. Pensava eu ser aquela minha decisão um belo contraponto ao atendimento SUS.

Afinal, pagaria a consulta e o senhor doutor saberia que seu paciente não era um "tigre", como costumam chamar os pobres coitados que usam o atendimento de massa.

Qual!!! A consulta não durou nem cinco minutos. Anamnese? O quê? O que é isso? Para que serve? Vai logo abrindo a boca e tome lá o diagnóstico: alergia! Recomendações imediatas, seguras, categóricas: mude de São Paulo. O ar daqui não presta! Tome este antialérgico por dez dias, seguido por mais este mantenedor por trinta dias. Agora, uma exigência: não compre a versão genérica do remédio receitado. Compre o de marca. E eu explico por quê. Você já tomou Kuat? É a mesma coisa. Kuat é uma bebida que quer se passar por guaraná, mas, na verdade, não o é. Guaraná é o da Antarctica!!!

Na parede, um diploma de medicina, ricamente emoldurado.

Na mesa, a maquininha do cartão de crédito.

Na cabeça do profissional, seguramente, um monte de pretensiosa massa fecal.

No espírito, a coragem dos impunes.

No comportamento, a indiferença dos superiores e a absoluta ausência de cidadania.

Na frente, eu, um idiota contumaz.

FOI BOLA

Fui ao banco, onde tenho minha conta corrente, um dia após ter sofrido um pequeno acidente na disputa de uma partida de voleibol com o pessoal que, há quase quatro décadas, faz atividade física duas vezes na semana no Centro de Práticas Esportivas da escola onde fui professor. É um grupo em que predominam as pessoas com mais de sessenta anos, não sendo muitos os que estão abaixo dessa idade.

Assim que me pus diante do caixa, o atendente, vendo-me com o braço gessado, perguntou-me de forma muito simpática o que havia acontecido. Essa demonstração de interesse vinha carregada de uma simpática demonstração de solidariedade e respeito, uma vez que sempre se referia a mim como Senhor Professor. Faz parte do meu modo de ser, sempre que entro em interação com quer que seja, puxar prosa e procurar tornar a relação a mais descontraída possível, superando as formalidades e abrindo caminho para a troca de opiniões sobre o que de oportuno apareça. Por essa razão, com naturalidade, respondendo à indagação feita por ele, contei-lhe que, numa disputa de voleibol, ao subir junto à rede e me posicionar de braços erguidos para tentar obstruir uma cortada de um jovem adversário, a força do impacto da bola em minha mão fez com que rompessem os ligamentos da articulação com meu braço e provocasse a lesão que, agora, exigia a imobilização e deveria durar ainda alguns dias.

Ele olhou bem para meu braço gessado, da metade da mão até o cotovelo direito e, com um ar de certo descrédito em relação à história, me fez a seguinte pergunta: "Professor, quantos anos o senhor tem?". Respondi-lhe, com certo orgulho, que faria oitenta anos dentro de alguns meses. Logo em seguida, ele fez um muxoxo com os lábios, num rito de certo descrédito, como quem quisesse dizer: professor, conta outra! Percebendo que ele não estava acreditando que eu, naquela idade, ainda jogava bola a ponto de sofrer uma contusão que exigisse atendimento hospitalar, resolvi responder-lhe com a seguinte ironia:

"Peço-lhe desculpas, eu apenas dourei a pílula. A história dessa contusão é bem outra. Vou lhe contar a verdade: estava eu num colóquio secreto com uma de minhas vizinhas, quando, num repente, o marido entrou em casa. Vesti-me às pressas e, com os sapatos nas mãos, ganhei o quintal e pulei o muro. No afã de me safar daquela situação, ao pular o muro caí e torci feio meu braço". Ele olhou bem para mim e disse: "Eh, acho que foi bola mesmo!!".

FORA DE CATÁLOGO

Aprendeu a ler ali pelos três anos, três anos e meio. E sozinho. As revistas em quadrinhos, os anúncios dos outdoors, a televisão e as reiteradas e muitas vezes "impertinentes" inquirições aos pais, irmãos ou seja lá quem fosse, eram os meios e os instrumentos pelos quais foi pondo sua irrefreável curiosidade a serviço de um aprendizado espontâneo, pedagogicamente irrepreensível, como todo autodidatismo. Nada de formalismos, de regras, de etapas, de condicionantes, de teorias. Tudo fluía natural e ininterruptamente. A cada necessidade, uma estratégia. A cada resultado, um novo objetivo! E, assim, já aos cinco anos, tinha uma leitura fluente. Engasgava, porém, na escrita. Não tinha a paciência exigida pelo aprendizado da caligrafia. Muito menos da boa. Esse negócio de ficar desenhando aquilo que a mente já deixou pra trás era uma coisa difícil de aceitar. "Enquanto eu escrevo uma palavra", dizia, "minha cabeça já pensou em muitas outras e, se eu perder tempo com isso, vou pensar muito menos em minha vida. E se eu pensar menos vou fazer mais coisas sem pensar!" Mal sabia ele que o mundo que o esperava não era um mundo de pensadores. E muito menos de pensadores responsáveis. Se essas qualidades denotavam a tantos com quem compartilhava seu tempo e espaço sempre comentários sobre sua "precocidade" e sua "inteligência", a ele isso só acarretava problemas, pois estava sempre a se aborrecer com a demora com que as coisas aconteciam, com as respostas sempre inadequadas às suas curiosidades, com os estímulos sempre ultrapassados, com as solicitações sempre aquém de suas capacidades. Era um pouco como se a vida fosse uma espécie de jornal de ontem! Tudo o que lhe ofereciam, ele já estava pra lá de careca em saber, provar. Descartar coisas e oportunidades era o seu lugar mais comum. A escola passou a ser coisa de criança. O mundo era o da gente grande! Seu interesse sempre estava voltado para o que faziam dentro e fora de casa o pai, os irmãos mais velhos e seus amigos. Cedo voltou-se para o universo dos adultos. E aí é que mora o perigo. Pois este mundo não é feito para aceitar os "de fora". É o mundo dos homens, das mulheres, dos adultos, dos ricos, dos brancos, dos machos, dos homossexuais, dos cultos, dos que nasceram aqui, dos que não são de lá, dos corinthianos, dos... bem, dos lugares, dos status, dos papéis, das posições, dos interesses. Dos preconceitos! "O que uma criança está aqui a fazer no lugar dos adultos?" Não é necessário dizer que a escola foi durante toda sua vida um lugar inútil. Ela foi feita para atender aos medíocres. Melhor dizendo: para atender à maioria. Melhor dizendo ainda: para atender a quase todos. "Ai daquele que estiver fora dela! Quem mandou crescer ou ficar gordo demais! Que azar de ter nascido ou ficado aleijado! Caralho! A gente bem que poderia ter uma outra chance. A natureza. Ah, essa autoinvenção malparida!" Enfim, ele estava ali buscando apenas um lugar. Vivia a procurar a sua turma. Como ler era um passaporte para suas viagens por searas que não exigiam documentos para entrar, queimava suas pestanas lendo, lendo, lendo. Sua percepção aguda das dimensões que o tempo e o espaço poderiam ter o levava sem freios para momentos e lugares onde só um maia, um itita, um aborígene ou mesmo um romântico cortesão espanhol do sul da Itália puderam estar. Trabalhava com essas duas dimensões da existência com tal naturalidade que, de olhos fechados, manipulava a realidade qualquer que fosse a sua materialidade. Território e sociedade, tempo e espaço, estrutura e processo eram sincronicamente instrumentos para entender a diacronia da história enquanto conhecimento do todo. Não era capaz de análises sem referi-las às sínteses, nem entender o geral teórico e hipotético sem o particular objetivo e concreto. Nunca nada sem o compromisso estabelecido entre entendimento e valores ideológicos. Afinal, nada para o homem ocorre fora dos interesses e dos conflitos. Fazia sempre esse vaivém sem o qual o conhecimento é uma técnica e não um saber verdadeiro, crítico e engajado, como todos somos, mesmo sem o saber. Tudo isso o fazia ainda mais diferente dia após dia. Essa diferenciação, porém, não o separava dos outros, pois ele os compreendia como se compreende os animais num zoológico. E como os admira e os escolhe.

Apesar de se ver num mundo de diferentes, buscou, quando jovem, o mundo dos adultos. Era, pelo menos, o mais excitante. O que lhe impunha desafios. Mas, para esses, era sempre o pirralho, muitas vezes marginal, muitas vezes respeitado, sempre querido e protegido. Impunha-se pelo talento. Talento que não ficava só nas coisas do intelecto. Estendia-se às habilidades manuais e às atividades esportivas. Era sempre o mais novo nos times da cidade, fosse de basquete, vôlei ou futebol. Passou pelas escolas sem se dar conta delas. Elas foram mais lugares de socialização. Apesar de muito educado e complacente com os professores, todos tinham certo receio em ministrar aulas em sua classe. Poderiam cair no ridículo com as perguntas e observações que ele seria capaz de fazer. Como já havia ocorrido muitas vezes, o fato de ele tomar a palavra e encantar a todos em sala de aula com seus discursos cheios de densos e encantadores conteúdos fez com que ele passasse a ser uma espécie de assistente permanente para assuntos curriculares. Isso o divertia, mais que envaidecia. Era a autoridade dos que sabem que ficava na berlinda. E os colegas gostavam disso!

Tornou-se adulto e se perdeu por entre os descaminhos das alternativas profissionais. Não se fixou em nenhuma delas, pois nenhuma poderia indicar roteiros satisfatórios, coerentes e seguros para seus anseios e pendores. Sem lugar para exemplares dessa espécie de gente, o mundo perdeu um gênio, mas ganhou um folclórico "vagabundo". Para não perder a única vida que se vive, ia se ajustando às vicissitudes dos presentes, incluindo-se ora aqui, ora acolá, nesse ou naquele grupo, nem sempre com a naturalidade que as inclusões devem ter. À medida que envelhecia, sua busca de fuga se dirigia aos grupos dos mais jovens. Agora eram eles que ofereciam mais oportunidades de estímulos. Era sempre, porém, um mal-ajustado. Assim amadureceu e assim envelheceu sem nunca ter encontrado o mundo para o qual veio. Nasceu pirralho, morreu coroa.

GEORGETTE

O telefone privativo sobre a mesa tocou pela décima vez naquela tarde. Aborrecido, Jérôme atendeu, interrompendo mais uma vez a leitura daquele importante relatório que poderia trazer, finalmente, para a empresa de prospecção de minérios, da qual era um dos principais acionistas, o tão esperado contrato de prestação de serviços na Guiana. Eh! Mas desta vez não eram os impertinentes gerentes, subalternos que Jérôme sempre achava incompetentes nas opiniões e reticentes nas decisões, fato que acarretava, para ele, um permanente adicional de serviço e um aumento de tempo despendido para os acertos finais. Não! Era uma pessoa muito especial que estava do outro lado da linha, a pedir que ele fizesse o que jamais esperava que pudesse lhe ser solicitado nos últimos trinta anos. Era Georgette!

Por mais que o tempo tivesse passado sem ter proporcionado sequer um reencontro, sem ter fornecido nada a não ser retalhos esparsos de notícias vagas, além de uma pequena carta muito lacônica, a voz que o chamava agora, ainda pelo carinhoso apelido que ganhara nos tempos em que foram namorados e amantes, parecia ter sido ouvida ainda ontem. Tomou, de súbito, a consciência de que ela apenas dormia o demorado sono dos gênios enclausurados, sempre prestes a ser interrompido pela primeira claridade dos contatos diretos. Continuava doce na melodia, enérgica e precisa no andamento, e decidida no tom. Pedia que fosse vê-la pela última vez antes de sua partida, já que não estava conseguindo deixar Paris sem antes refazer seu antigo retrato, que, seguramente, as décadas de separação haviam modificado. Não queria ir para o último exílio, onde, após uma longa dedicação ao ensino na Universidade Paris 7, resolvera esperar sua aposentadoria como professora de Realidade Social Latino-Americana numa escola para operários recém-aberta pelo governo do Nord, nos subúrbios de Tourcoing, levando consigo uma imagem romântica e doce de um passado de lutas ingênuas e de um relacionamento fundado na pureza dos amores totais. Queria levar na bagagem uma lembrança mais adequada ao símbolo de uma vida de contínuas e empedernidas resignações intelectuais e políticas que a fizeram desembocar no ceticismo amargo a que a coerência filosófica a levara. Queria vê-lo da forma como ficara, já que não pôde envelhecer junto a ele. Queria saber se sua calvície precoce o havia deixado mais charmoso, como sempre lhe repetia, numa espécie de convicção e consolo. Queria saber, ao menos, se vivera feliz ao lado da companheira que lhe havia dado os filhos que tanto dizia que queria ter. Queria, enfim, abraçá-lo, para reabastecer de calor seu corpo, que o tempo, apesar de impor-lhe a frieza dos conceitos e dos nexos lógicos, apenas amornara. Queria ter a certeza de que a morte não a surpreenderia sem que ela ainda levasse bem dentro de si um pouquinho daquilo que eles haviam construído juntos: um amor sanguíneo e uma cumplicidade medular. Pedia uma decisão rápida, que não se atrasasse, pois sua hesitação em telefonar-lhe havia reduzido o tempo que ele por certo teria para chegar até a Gare du Nord, onde ela, já com as malas na plataforma 14, esperava que o trem das 17h36 encostasse para embarcar.

Jérôme, tomado pela surpresa, desligou o telefone sem saber ao certo o que havia respondido, ou, mesmo, se havia respondido. Olhou para os lados, abaixou a cabeça por alguns instantes, levantou-a até fixar a vista num ponto definido da ampla superfície de madeira encerada que formava a bela parede frontal de seu escritório. Olhou o relógio. Ele marcava 16h45. Não poderia sair de imediato. Era imperioso alertar alguns funcionários sobre a necessidade acidental de se ausentar e pedir a suspensão dos compromissos ainda pendentes com clientes, marcados para aquele final de tarde. Esperava voltar, de qualquer forma! Pelo elevador privativo, desceu os sete andares do belo edifício que a companhia mandara construir na Rue Daguerre, quase na esquina com a Général Leclerc, sem se dar conta de que já se haviam passados minutos preciosos. Chegou ao rés do chão ainda atordoado pelo que estava se desenrolando, fato que o levava a não ter muita clareza do que seria melhor fazer para chegar ao local de encontro. Tomar o RER na Place Denfert Rochereau e ir direto até a Gare du Nord? Ou tomar um táxi ali mesmo na esquina, sem perder tempo com a ida até a praça; a descida das escadas até a plataforma do metrô; a espera da chegada do trem; as paradas em meia dúzia de estações; e, quase numa linha reta, vencer o boulevard Saint-Michel, atravessar a Île de la Cité, cruzar o boulevard de Sébastopol, virar à esquerda no Magenta e descer na estação?

A pressa e a dificuldade de racionalizar as operações com as variáveis em jogo o fizeram decidir pela solução mais imediata. Tomou ali mesmo o primeiro táxi que passou, um belo e magnificamente bem conservado Citroën DS-19, que já remeteu Jérôme de imediato aos idos da década de 1960. Como a direção a tomar, na avenue Général Leclerc, era contrária à mão de direção que deveria levá-lo até a Place Denfert, o táxi teve que fazer um breve percurso até a Rue d'Alésia para, em seguida, retornar em direção à *cité*. Aí, ao passar pela grande praça, o Leão de Belfort ganhou estatura de dimensões extravagantes. Era como se a cidadela dentro da qual ele enclausurara a vida que havia desfrutado com Georgette, num passado já longínquo, tivesse sido devassada e oferecida, nua e absolutamente evidente em todos os seus detalhes, às suas lembranças, como numa revelação cinematográfica. Sua cabeça rodou. Entrou num torvelinho regressivo que o levou aos tempos de estudante daquela Paris que tanto ele quanto ela começavam a incorporar às suas vidas de jovens, após a chegada de ambos da província para cursar a universidade.

Ele vinha de Argueil, pequeno vilarejo da ainda recém-arrasada Normandia, onde os pais começavam a retomar suas antigas atividades rurais na nova economia que o país estruturava após o término da Segunda Grande Guerra. Depois da conclusão de seus estudos secundários, feitos num liceu do estado em Rouen, com as vistas voltadas para um novo mundo que se descortinava à frente dos jovens dessa primeira geração de filhos da guerra, ele projetara um futuro comprometido com o bem-estar material, com uma vida mais hedonística, alicerçado na profissão de geólogo, carreira que o apelo do mercado fazia parecer promissora e libertária. Não admitia, nem de longe, pensar em repetir a trajetória de resignação que os pais expunham com clareza, na repetitiva e conformada atmosfera em que havia sido criado. A tristeza da mãe e a renúncia do pai eram forças determinantes de sua promessa de resgate da vida que mereciam. Era como uma promessa de vingança histórica. Veio para a grande cidade que, além de significar o ponto de partida para a ruptura com a tradição de reproduzir a vida campesina, abria-lhe as portas para um universo de dimensões intelectuais, sociais e políticas ajustadas às inquietações de sua geração, disposta não só a participar, mas a interferir no curso material de um tempo que marcava o início da reconstrução de uma nova Europa.

O táxi, ao atravessar a praça, o fez lançar os olhos para a entrada das catacumbas, velhos corredores subterrâneos de antigas minas de pedra calcárea, cuja filiação chega a remontar à época galo-romana. Utilizadas como ossários já no final do século XVII, quando iluminismo, revolução e capitalismo começam a exigir uma nova cidade, cuja remodelação mais definitiva vai acabar nas mãos dos projetos de Hausmann, já na segunda metade do século XIX, numa França, pós--napoleônica e pós-comuna, nitidamente imperialista, republicana, burguesa e refinada. O desmonte do velho e bem situado Cemitério dos Inocentes, e de tantos outros ao redor das velhas igrejas, liberou espaços nobres para parte da expansão moderna da cidade, e foi a fonte dos milhões de ossos que ocupavam as paredes de suas galerias. Lembrou que foi ali que, pela primeira vez, uniu seu corpo ao dela, de início num forte aperto de mão, depois por abraços que a protegeram, por entre os ombros e pela cintura, de qualquer manifestação de insegurança emocional que pudesse advir daquela experiência. A curiosidade provinciana da primeira visita foi entrecortada por lances de ousadia, êxtase e pavor. Já na descida da escada espiralada, que atinge vinte metros de profundidade, foi necessário que ambos se dessem uma das mãos, estando ocupada a outra pela fugaz luz de uma vela que fazia as vezes da lanterna iluminadora do "passeio" de centenas de metros. Não demorou muito para que, naqueles aterradores corredores úmidos e bolorentos, aparecessem as paredes de tíbias, crânios, fíbulas e costelas a apadrinhar, num quadro macabro, uma afinidade que se consolidaria, logo em seguida, entre seus corpos e entre suas almas. Quando saíram, aliviados, na Rue Rémi-Dumoncel, a claridade do sol daquela tarde de primavera parecia selar, para sempre, uma união que, agora, pela ansiedade por eles vivida, percebia que havia sido, indiscutivelmente, para sempre!

Mais à frente, com o táxi já no boulevard Saint-Michel, as evocações de seu memorial borbulharam em sua cabeça e dispararam a pulsação. Eram muitas, imensamente muitas, as lembranças. Talvez aquelas que mais significados tiveram na vida dos dois. Primeiro, o alojamento para estudantes no recém-inaugurado edifício da esquina do boulevard de Port-Royal, uma das pedras angulares da nova política do Estado para fomentar a expansão do ensino superior, tanto para franceses quanto para alunos bolsistas das antigas colônias e demais países estrangeiros, que formariam a massa crítica de profissionais, técnicos e intelectuais, indispensáveis para a manutenção das engrenagens da reprodução da "inteligência" sustentadora do crescimento da nova economia de mercado e do projeto de continuar fazendo do país uma fonte irradiadora de cultura, imperial e subordinadora. Ali, ele morou praticamente de graça por todo o período de sua formação, podendo gastar as poucas economias enviadas pela família nas *badinages* que a vida de estudante oferecia, potenciadas pelo clima de liberalidade de costumes difundido pela juventude da época. O sexo deixava de ser tabu. Os cuidados agora eram só com a maternidade. A identidade de oportunidades e a liberdade de comportamento faziam de homens e mulheres um só exército. As distâncias desapareciam, as barreiras se desmanchavam, e o amor, finalmente, podia contar com as experiências sexuais e com a coabitação para se consolidar como sentimento mais autêntico, mais sublime. Nesse clima havia nascido a identificação que alicerçara o projeto de vida imediata entre ele e Georgette. Ao passar pela Escola Nacional Superior de Minas, onde tanto o velho edifício do n. 60 da Rue Saint-Jacques, quanto o mais novo, agregado ao Jardim do Luxemburgo, fazem uma espécie de vis-à-vis, viu-se carregado de imagens de livros, estudos, excursões, análises, trabalhos, serões, exames. Mas foram as vezes, e foram muitas, em que ele e Georgette almoçaram juntos no restaurante Mines, no subsolo do velho edifício do antigo Hôtel de Vendôme, onde a escola se instalou em 1815, que determinaram uma fuga para os cantos mais felizes e saborosos de sua memória. Da rede de restaurantes universitários da cidade, onde se comia comida boa e farta por alguns *centimes*, enfrentavam ambos, no Mines, com o companheirismo alegre e desprendido, regado a beijos e abraços após os encontros, as longas filas formadas antes de se chegar aos bandejões que recebiam, em menus variados, fartas colheradas de arroz, copiosas conchas de feijão-branco ou lentilha, purê, ou batatas fritas, *sautés*, legumes e as carnes, que poderiam ir das coxas ou peitos de frango às porções não identificadas de carneiro, cabra, coelho, pato e, às vezes, até à tão desejada *chevaline*, verdadeiro pitéu principesco. A salada inicial e a sobremesa de fecho (humm! aquele iogurte na garrafinha de vidro!) completavam uma refeição que o corpo jovem devorava na expectativa de repetir, à noite, o encanto da sopa quente que recompunha o ânimo para os programas noturnos.

O táxi, que andara muito rápido até ali, parou no semáforo do cruzamento sempre movimentado da Place Edmond Rostand, com seu chafariz, ao centro, a aspergir a fotográfica água da fonte que embeleza a visão que se tem do Panthéon, no final da Rue Sufflot, e dá graça especial à Rue de Médicis, que vai morrer no Odéon. O Jardim do Luxemburgo, à esquerda, fez vê-lo atravessar dezenas de vezes, quando nos finais de tarde, após o encerramento das aulas, ia ao encontro de Georgette para acompanhá-la até o boulevard Raspail, onde ela morou por longos anos, nos alojamentos da Alliance Française. Abraçados, sempre comentavam sobre as flores dos canteiros impecavelmente tratados. Das cores que ganhavam, após o longo período de inverno, do dia para a noite, com o transplante das multicoloridas tulipas ou dos tapetes de amores-perfeitos de tamanhos descomunais. Desciam, carregados de livros e cadernos da papelaria Joseph Gibert, os terraços da entrada, circundavam a grande bacia octogonal, subiam do outro lado para ganhar o extenso bosque de altas árvores simetricamente plantadas, sempre ocupado por animados grupos de homens idosos a disputar as ruidosas partidas da *pétanque*. Enlevo e romance. Paris não conhecia outro lugar igual!

Esses devaneios, que anestesiavam os sentidos, só foram quebrados quando o motorista, indignado com o engarrafamento, comentou que algo de extraordinário deveria ter ocorrido em meio à descida do boulevard, que põe as terras mais altas do Montparnasse em ligação com as partes mais baixas das antigas várzeas do Sena. Estavam exatamente diante da Place de la Sorbonne. Ele como que agradeceu a sugestão que tão desafortunada ocorrência fez lancetar seu baú de lembranças e livrar seu interior de sensações que estrategicamente o espírito havia embotado num processo subliminar de proteção. Olhou à direita e viu Georgette. Lá estava ela, exatamente como a havia conhecido. Sentada numa das muitas mesas dos inúmeros bares que, nos dias mais quentes, ainda hoje enchem as calçadas de jovens estudantes, de inquietos professores, de turistas menos sofisticados, numa disciplinada algazarra a sugerir desprendimento e alegria. Em companhia de outros colegas, naquele dia, juntou-se ao grupo do qual ela fazia parte e, desde aquela primeira taça do *rouge ordinaire du Postillon*, que depois se tornaria um compromisso no ritual diário dos encontros, não conseguiram por um longo tempo se separar um do outro. Que força, que química, que natureza estiveram contidas naquela empatia determinadora? Uma espécie de sufocação subiu-lhe estômago acima e entrecortou-lhe a respiração! Voltou a sentir aquela mesma sensação de que seu íntimo era o mesmo que o dela, coisa que logo depois ela lhe confessara também haver sentido. Ali mesmo, naquela tarde em que a conhecera, sua beleza, sua candura, sua simplicidade, sua transparência, mas, principalmente, sua história e suas convicções, o fizeram um refém cada vez mais acorrentado àquela que viria a ser sua referência de felicidade e a metade eleita para ajudar a cumprir seu projeto de vida. Mal sabia ele (e ela) quantas dificuldades e surpresas se escondiam, como sempre, nas paixões repentinas. Especialmente quando elas precedem amores demorados, estes sempre egoístas, interesseiros e subordinadores. Encantos e desencontros parecem ser ingredientes comuns nas relações entre os homens! Assim como o oposto.

Ela havia nascido em Arras, onde seu pai, prisioneiro dos alemães durante o final da guerra, refugiara-se na casa de uma irmã, depois de haver milagrosamente escapado com outros militantes comunistas da resistência operária de Lille, onde era tecelão. Ali sua mãe fixara residência até que, após a libertação da França, seu pai voltara a ganhar novamente condições de retomar suas atividades numa das novas unidades que ressurgiram das cinzas em que o parque industrial do triângulo industrial do norte havia se transformado em 1945. Vivera a infância e a adolescência embebida nos ideais de transformação do mundo em um universo de igualdade, longe dos valores egoístas dos que pregavam uma vida de apropriações e desfrutes particulares. Avessa aos preconceitos, desde cedo nutriu forte simpatia por uma vida de cunho comunitário, rotulando de abjetos os privilégios individuais e pregando a equidade como fundamento da justiça. O exemplo dos pais e a convivência com as dificuldades materiais dos que lhe eram próximos levou-a muito cedo a interessar-se por um engajamento escolar associado a um interesse pelo saber crítico e participativo. Os textos trazidos pelo pai, oriundos das discussões travadas nas salas de aula do sindicato a que pertencia, fizeram dela, precocemente, uma estudiosa das questões de economia política que explicavam a orientação que tomava a reconstrução do parque produtivo francês. Foi leitora precoce de Politzer e, mais tarde, dos textos que vulgarizavam os pensamentos de autores marxistas e anarquistas, transformando-a em apaixonada pela vida e obra de Rosa Luxemburgo. A altivez com que se portara desde menina parecia ter tudo a ver com a segurança que as colinas de Arras sugeriam oferecer a seus habitantes. Do alto delas, descortinavam-se as amplas planícies da Flandres do Pas-de-

-Calais, que morrem nas dunas de Boulogne ou Dunkerque. Aliás, ela carregava no nome a homenagem que o pai havia prestado ao militante intelectual, fuzilado em 1942 pelos nazistas, que fundara uma universidade livre para divulgar aos operários franceses os fundamentos filosóficos e científicos do Materialismo Dialético e Histórico. Ela não era Georgette de graça. Foram exatamente essa filiação e essa determinação que a levaram a Paris para estudar, na Sorbonne, os segredos dos saberes de conteúdos transformadores. O clima vivido pela França nos primeiros vinte e tantos anos após o final da guerra era de grande ebulição intelectual e de forte engajamento militante, tanto entre os jovens quanto entre os comunistas, socialistas e anarquistas que saíram politicamente fortalecidos pelo papel desempenhado na resistência aos nazistas e pela oposição à Guerra da Argélia. A jovem Georgette estava engajada até o timo nas propostas de construção de uma França mais igualitária e menos burguesa, diferente daquela preconizada pelos "reconstrutores". Sua aversão às subordinações partidárias, sempre castradoras das verdadeiras liberdades, fazia com que a altivez de seu estandarte pendesse mais para o negro que para o vermelho. Foi imbuída por esse ideal de independência que se entregou a Jérôme, numa opção de clara vontade pessoal e de certa necessidade material de companheirismo que rompesse com seu isolamento inicial na cidade grande. Autêntico sentimento de complementaridade, alimentou naqueles anos de estudante um romance que unia a pureza da entrega à rigidez das cobranças ideológicas. Estas eram mais claras quando dos permanentes atritos provenientes da escassez de disponibilidades e dos descumprimentos dos horários dos encontros, pois Georgette havia montado uma vida de estudante recheada de compromissos derivados de sua atuação política, o que concorria para dificultar e encurtar o tempo em que se apossavam um do outro. Na escola, os grupos de estudos teóricos, as conferências, os debates. Fora dela, a militância com os sindicatos e as fábricas. Mas a atração materializada na convivência, a alegria da repartição das experiências e a fruição dos prazeres do corpo superavam todas as divergências e concorriam para o estabelecimento de um clima de harmonia de vontades pela aceitação virtuosa das diferenças.

Jérôme olhou mais uma vez para a praça sem se dar conta de que o relógio da igreja, onde está a tumba de Richelieu, batia cinco horas e exigia que se apressasse. Com certo custo, o taxista conseguiu passar pelo cruzamento com o boulevard Saint-Germain, local onde havia acontecido um terrível acidente envolvendo um ônibus, um automóvel e uma motoneta. Lá estava estendido, sobre o asfalto negro, o corpo inerte de um jovem, longe alguns metros de sua montaria individual. Enquanto a polícia disciplinava o trânsito, tornado caótico naquele importante cruzamento, uma barulhenta ambulância procurava posicionar-se para atender ao acidentado. De imediato, Jérôme voltou aos idos de maio de 1968, quando, naquele boulevard, o dia 6 havia entrado para sua própria história e para a história da cidade como a "segunda-feira sangrenta". O campo de batalha, estabelecido entre, de um lado, estudantes, operários, intelectuais, homens e mulheres de origens diversas e, do outro, as bombas de gás, granadas, cassetetes e escudos das forças policiais do Estado, cobriu a avenida de gritos furiosos, de fumaça sufocante, de sangue e de lágrimas. As barricadas levantadas pelos "estudantes", feitas pelos paralelepípedos arrancados daquele piso secular, onde os harmoniosos semicírculos tão emblematicamente definiam, como em tantas outras ruas, os calçamentos artísticos da cidade, não evitaram as quinhentas prisões, nem os quatrocentos feridos. Com clareza meridiana lembrou que teve que atender Georgette, atingida no joelho por um petardo ou estilhaço de granada, que lhe rendeu copiosa hemorragia e posterior horrenda cicatriz, lembrança insidiosa daquele período em que os "8 de Nanterre" haviam provocado a irrupção da mais importante sublevação popular que a França conhecera após as revoltas de 1871. As reivindicações por instalações adequadas e maiores fundos para sustentar a massificação do ensino superior, que em dez anos havia feito subir a população estudantil de cento e setenta mil para mais de quinhentos mil, nascidas em março na unidade de Nanterre, tendo como líder o estudante Cohn Bendit, extrapolaram rapidamente o âmbito universitário para ganhar os partidos políticos, os sindicatos e, daí, as fábricas, os serviços de transporte e abastecimento, os servidores públicos, parte das atividades particulares. A insatisfação popular com uma política burguesa conservadora, que conjugava o *boom* econômico com os baixos salários e os altos índices de desemprego, aliou setores e tendências dos mais diferentes espectros sociais num movimento que afrontou o aparelho do Estado com maciças passeatas, greves generalizadas, esbulho de prédios da administração pública e demandas as mais díspares, indo desde as eminentemente trabalhistas, como o aumento do salário mínimo, diminuição da semana de trabalho, revogação de leis antigreve, idade menor para aposentadoria, até aquelas que pregavam a queda do regime e sua substituição por outras formas de organização que não a liberal-capitalista. A clareza daquele movimento, do qual Jérôme também havia sido um agente, Georgette lhe explicou mais tarde, fazendo-o entender por que as bandeiras vermelhas se uniam às pretas, por que aos slogans de "Tudo é possível" se somavam os de "É proibido proibir", por que as palavras de ordem eram tão díspares a sugerir, umas, a aspiração imediata da criação de uma sociedade sem classes e, outras, apenas a oportunidade de coparticipação na gestão do Estado. Reivindicativas, umas; "Liberdade aos 8 de Nanterre", outras, "De Gaulle assassino", outras mais. A vitória do sistema não demoraria a aplacar aquela insurreição popular, pois as forças que se somavam contra a sociedade existente não contavam com uma unidade de coordenação e organização, que a esquerda antiautoritária era por demais débil e que o histórico fisiologismo dos burocratas do partido comunista não aprovava os conselhos operários nem a autogestão fabril, reivindicada por alguns setores. Enfim, que a multiplicidade de grupos de interesses díspares acabaria por minar o movimento. O ar de derrota que Georgette ganhava com o término, um mês depois, da maioria das greves, talvez tenha contribuído para que o processo de cura e cicatrização dos ferimentos de sua perna tenha sido tão longo e "recidivado". Como tinha sido difícil fazê-la aceitar a imperiosidade de sua imobilização! Jérôme nunca havia assistido a tamanho sofrimento. A história sendo feita justo embaixo de sua janela e ela presa à cama da enfermaria do La Salpètrière. Jamais perdoou o destino por isso!

 Vencido o engarrafamento, logo mais abaixo, já junto à Place Saint-Michel, Jérôme lembrou-se de passagens alegres, reveladoras, felizes, idílicas. As suas idas com ela às últimas salas de cinema tipo studio, que ainda remanesciam em algumas das travessas estreitas daquela avenida. Na saída de uma delas, recordou Georgette prometendo a ele que passaria a se interessar mais a fundo pela cultura negra do Brasil, após assistir ao encantador "Orfeu do carnaval", de Marcel Camus. E logo ali, na Rue de la Huchette e na Rue de la Harpe, quanto eles haviam ido juntos curtir o bom jazz nas pequenas, úmidas, mas encantadoras caves de tetos abobadados de tijolos aparentes. Era um tempo em que ainda se podia assistir, nos pequenos teatros da Rue de la Gaité, isso lá junto ao cemitério de Montparnasse, às últimas apresentações da magistral, eletrizante e trágica Édith Piaf, com quem Georgette tinha uma identificação visceral. Nunca soube se derivada da vida de privações que ambas passaram na infância e adolescência, ou se pelo conteúdo dramático de suas canções, carregadas de tristeza e desilusão. Contradição ou complementaridade, fundamento ou compromisso, o fato é que ela era de uma racionalidade absoluta na análise das questões do mundo, de uma objetividade "matemática" nas decisões que envolviam posicionamento político-ideológico, mas de uma doçura cândida no trato com as pessoas, de uma benevolência cega com os amigos, de uma indulgência ilimitada na apreciação dos comportamentos, de um desprendimento, às vezes injusto, na proteção dos desfavorecidos. A filiação materialista de sua filosofia era, cada vez mais evidente, a matriz da beleza de seus sentimentos humanitários. Gostava de cantar para ele "C'est lui que mon coeur a choisi" e "A quoi ça sert l'amour". Tempos em que se disseminavam as novas danças de salão, nas quais a juventude coreografava movimentos repetitivos, mais coletivos e catárticos que aqueles das bandas românticas. Tempos do "Et maintenant", que Gilbert Becaud gravara em disco de quarenta e cinco rotações. Em que a própria Piaf lançava Charles Aznavour, o *chansonnier* que, para o mundo, representaria Paris nos próximos cinquenta anos. Tudo isso, entretanto, fica para trás quando o táxi cruza a Pont Saint-Michel e ingressa na Île de la Cité, passando diante do frio e compacto edifício do Palácio da Justiça, desembocando na Place du Châtelet. A Paris mágica do Quartier Latin dava lugar à Paris mais burguesa, sofisticada e elegante da Rive Droite.

No boulevard Sébastopol o devaneio, vivido até então por ele, como que se dissipou e ele parece ter voltado a sentir suas reais dimensões de homem administrador dos negócios da grande empresa de prospecção de riquezas minerais que construíra com a ajuda do sogro, um próspero comerciante, sócio de uma das redes mais populares de supermercados da cidade e arredores. Após sua formatura há mais de trinta anos, separara-se de Georgette, numa abrupta e decidida inflexão na direção de um projeto profissional em que ela jamais poderia tê-lo acompanhado. O mercado de trabalho e as oportunidades de sucesso, que tanto alimentaram seus estudos na perspectiva de que eles o fizessem um homem de vida farta em bens concretos, num clima familiar prolífico, de estabilidade e bonança, o levaram para as terras longínquas das antigas colônias francesas do Sahel e do trópico úmido africanos. Georgette logo entendeu que o sonho de estudante também a fizera diplomar-se na disciplina do conformismo e da resignação disciplinada. Convicta, como em tantos outros sentimentos e razões, levou, depois do distanciamento repentino, uma vida amorosa de parcimônia ascética. Tão forte havia sido sua entrega a Jérôme que não conseguiu ultrapassar as fortes grades da cela em que se metera após sua partida. Seus sentimentos de amor pessoal não conseguiam sequer ir tomar o sol reconfortável das manhãs a que qualquer prisioneiro tem inalienável direito. Foi para Nanterre e lá, por trinta anos, dedicou-se à tarefa de instigar a mente dos jovens estudantes a não se deixar entorpecer pelos elixires da cooptação tentadora dos liberalismos aéticos e imediatistas. Apesar da crença pétrea de que os homens poderiam ser agentes da conquista de suas liberdades, sem a necessidade de atrelamentos a quaisquer paradigmas míticos ou dogmáticos, e ser merecedores do respeito mútuo produzido pela aceitação das diferenças, seu mundo sem leis e sem bridas foi sendo paulatinamente corroído pelo império das determinações materiais de uma história, cada vez mais longe das utopias. As podres entranhas do socialismo real, desmoronado pela traição burocrática dos autoritarismos e das mistificações, que fizeram, do sonho soviético e do pesadelo chinês, sacrificados percursos de seus povos para o banquete capitalista para poucos, cristalizaram em seu espírito uma amargura profunda e uma não muito doce sensação de ingenuidade juvenil. Os alunos não mais ouviam seus discursos, duvidando que eles pudessem ter qualquer conotação com a realidade que vivenciavam. Queriam o mundo para si, numa perspectiva egoísta, hedônica e pragmática. Não mais estavam dispostos a investir no futuro deixando de gozar os prazeres do presente. Que crença, engajamento ou militância poderiam medrar nessas turfeiras de baixo calor intelectual? A universidade não mais era o espaço do pensamento crítico. Passara a ser, toda ela, como as escolas de formação técnica, o instrumento da reprodução dos interesses dos que mandam. Assim, o pouco que lhe restava das antigas convicções ela gastaria, resignada, nos territórios de origem, junto às terras vizinhas à Bélgica valona, aquele espaço que, quando criança, era ainda orgulhoso de sua filiação gaulesa. Fazia isso, quem sabe, como um tributo ao seu pai, um homem simples, mas sábio, inquieto e contraditório nas suas crenças, na sua bondade, altruísmo e tolerância. Os operários da moderna Europa, devassada em suas fronteiras, haveriam de se interessar pelas "curiosas" realidades do além-mar latino-americano, onde a globalização didaticamente oferecia quadros econômicos e políticos que bem a definiriam como a etapa superior do imperialismo. Lá ainda se matam os indígenas, se devastam as florestas, se delapida a natureza, se privam os semelhantes do sustento básico de sua existência material, se atiram os pobres aos leões da insanidade, do crime e da miséria, se sacrificam os que produzem para sustentar os cofres dos que usuram e onde prosperam os messias oportunistas e fisiológicos. Lá, onde os trotskistas de um passado recente se transformaram em obedientes serviçais das novas engrenagens da reprodução dos neoliberalismos. Lá, onde a esquerda de ontem prestava-se, agora, a azeitar a funcionalidade do capital. Lá, onde os "novos patamares civilizatórios" não eram senão a perfeição sonhada pelas receitas dos mestres-confeiteiros do FMI. Mas, em compensação, onde poucos vivem o melhor dos mundos! Na única carta que Jérôme havia recebido dela, há não muito tempo, ela fazia referência a apenas três coisas. À reiteração de seu amor por ele, sem reservas ou rancor, a essa amadurecida decisão de voltar à sua terra de origem e à clara certeza de que Bernard-Henry Levy tinha razão quando, na introdução do *La barbarie à visage humain*, afirmava, também apunhalado pelas suas crenças, que o substantivo masculino "socialismo" era um gênero cultural, nascido em Paris em 1848 e morto em Paris em 1968.

O taxista do negro e reluzente Citroën DS-19 acelerou sua fantástica máquina, aproveitando o vazio relativo que o boulevard Sébastopol lhe oferecia, para recuperar o tempo perdido. Jérôme, que insistiu na pressa que tinha, ainda teve tempo de associar a modernidade dessa sua Paris de hoje ao esplendor do Beaubourg, situado logo ali, à direita. Essa Paris que ele ajudara a construir, de edifícios de vidro que subiam acima da superfície homogênea e monótona da massa cinzenta dos quarteirões centenários, juntamente com os novos centros de negócios, edificados nos espaços periféricos além das suas tradicionais Portes. Ela bem correspondia ao papel da França como partícipe do projeto multinacional de uma Europa neoimperial. Por outro lado, sentiu saudade do velho Halles, quando olhou à sua esquerda. Aquela sucessão de galpões semiabertos, verdadeiras esculturas de ferro fundido, não mais existente, onde acompanhou Georgette, com frequência, nas noites às vezes muito frias de inverno, em suas pesquisas sociológicas com os trabalhadores do mercado de carnes. Essas excursões, sempre encantadoras e poéticas, geralmente terminavam de madrugada nas toscas mesas do Au Pied de Cochon, ou do Au Chien Qui Fume à frente de uma reconstituinte terrina de *soupe à l'oignon* ou de uma garrafa de Beaujolais Village, que se sorvia inteira por seis francos, ou ainda de uma de Côtes de Provence Rosé por quatro francos e meio. Rapidamente, daí para a frente, não houve mais tempo para recordações.

As portas Saint-Denis e Saint-Martin, nos Grands Boulevards, já anunciavam a proximidade do boulevard de Magenta, que, tomado à esquerda, faria surgir o majestoso frontão da Gare du Nord, totalmente recuperado na sua beleza de inspiração romana, e seria a responsável pela aceleração de sua pulsação para além do limite recomendável para a sua idade. Deixou com o motorista pródiga recompensa e ganhou, numa desabalada carreira, o interior movimentado daquela importante estação. Apesar de um pouco perdido em sua orientação, não foi difícil encontrar a área onde ficavam as plataformas de embarque. Correu os olhos pelos números estampados em suas entradas e definiu logo que a 14 estava quase à sua frente. Não demorou a alcançá-la.

Teria ele, por acaso, se enganado ao receber emocionado o pedido de Georgette? Não teria ouvido com clareza o nome da estação em que ela tomaria o trem? Caiu em si e teve a certeza de que estava no lugar correto. Não havia nenhum comboio estacionado naquela plataforma. Aliás, todas as outras também estavam vazias. Caminhou, como se estivesse embriagado, algumas dezenas de metros pelo largo piso de concreto na direção da saída dos trens. Numa visão de longe, sua pessoa havia se transformado num solitário vulto escuro que se evidenciava, apenas, como uma sombra diante da claridade que entrava pela ampla curva da cobertura daquela gigantesca construção. Tomado por tristeza indescritível, parou, fixando os olhos no corredor rebaixado por onde o trem deveria ter corrido na direção da saída. Teve a convicção pungente de que, como aqueles brilhantes trilhos, ele só voltaria a se encontrar com Georgette num infinito longínquo.

O relógio da plataforma, em grandes digitais, marcava dezessete horas e quarenta minutos. Desta vez, ele é que se atrasara. O trem para Lille havia saído exatamente no horário!

HÉRNIA INGUINAL ESQUERDA — GRAU 2

Vestindo o costumeiro roupão azul com abertura traseira, sem nada por baixo, foi andando até o centro cirúrgico, após ter passado pelas mãos do fígaro do hospital que lhe raspara o campo a ser trabalhado pelo cirurgião, numa intervenção corretiva de uma hérnia inguinal. O enfermeiro, que o atendera no quarto para a preparação pré-operatória, já havia comentado em voz alta, durante a assepsia preliminar sob o chuveiro, que o paciente era possuidor de um avantajado membro viril, mesmo em estado de repouso.

Deitou-se na maca na entrada do espaço reservado às cirurgias e foi encaminhado à sala onde o cirurgião e sua equipe o aguardavam para dar início aos procedimentos do protocolo rotineiro naqueles casos. Um médico-chefe extremamente competente, dois assistentes diplomados, um anestesista tarimbado e uma plateia formada por estudantes femininas que acompanhariam a operação na condição de aprendizes. Seria uma aula ao vivo, como sempre acontece em Hospitais Escola. Uma jovem monja, que há pouco havia se responsabilizado pelo setor de apaziguamento das almas em corpos doloridos internados naquele nosocômio, sem nenhum traquejo, assistia pela primeira vez àquela experiência.

Anestesiado o paciente, o cirurgião pede ao grupo que se aproxime para acompanhar o início da operação. O corpo inerte, ainda coberto por impecável lençol branco, guardando a tradicional posição horizontal, espera passivamente a chegada de um futuro incerto. Num movimento automático, cuja segurança houvera sido adquirida por centenas de intervenções, o experiente doutor levanta a capa branca daquela alva cambraia e expõe, na integridade, aquele corpo enxuto, musculoso, hercúleo e... incrivelmente bem-dotado. Imediatamente, como num orfeão afinadíssimo, em diversos pontos da tessitura da voz feminina, ouve-se um estrondoso "OOOOOHHHHHH!".

O objeto provocador de tão espontâneo gesto não tinha menos que palmo e meio de comprido, quatro dedos de lombo, três quinas vivas e terminava numa ogiva azul arroxeada de fazer inveja à mais sofisticada bomba voadora. Espantado, o médico presencia, num movimento centrípeto, as estudantes se achegarem à mesa operatória, numa atmosfera de inusitado interesse. Ato contínuo, duas jovens residentes, possuídas por reação de clara histeria, em desabalada carreira, atravessam o corredor de saída, gritando a plenos pulmões: "EURECA, EURECA, EURECA" e "EXISTE, EXISTE, EXISTE...".

A pobre freirinha, imobilizada pela visão jamais imaginada, ruborizada e perplexa, olha para o teto com olhos semicerrados, levanta as mãos em posição de prece e diz, audivelmente em tom de súplica: "Adonai, Adonai, mil perdões, Adonai. Nunca imaginei haver no mundo uma beleza assim na arte profana."

O cirurgião, descansando o bisturi na bandeja inoxidável, começa a se livrar das luvas de látex. Olha de esguelha para os assistentes, e, entre indignado e desgostoso, diz: "Imagina se esse filho da puta tem uma ereção?! A cirurgia está suspensa. Brochei!".

HOLLYWOOD É AQUI

Cansado, depois de mais um dia de trabalho estafante, teve que enfrentar uma sessão de cinema, já que isso fazia parte dos acordos domésticos estabelecidos com a mulher havia anos. Era sagrado esse programa, nem sempre prazeroso, uma vez que a esposa era uma aficionada visceral da sétima arte. Dizia entender de cinema como dizem outros entender disso ou daquilo, sem nenhum fundamento plausível e, também, sem outro compromisso a não ser com uma necessidade patológica de se mostrar sapiente em alguma coisa que, aliás, no meio em que gravitava era uma regra geral. Muitos viviam na atmosfera de um intelectualismo de circo, onde malabaristas, ilusionistas e contorcionistas se misturavam a domadores de feras e palhaços, uns a buscar apoio em lógicas esotéricas, outros a exercitar linguagens por demais criativas, outros, ainda, a alimentar os ouvintes com torrões de açúcar para serem respeitados e aqueles, que não eram minoria, na maior desfaçatez e falta de vergonha, a praticar a arte de dizer patacoadas sem lastro. Como pretensão não é crime e mediocridade, ignorância e ingenuidade não são raridade entre os que se arvoram entendidos no quer que seja, a falsidade acaba fazendo as vezes de palco, cenário e plateia para meio mundo. Tudo isso potenciado pelo faz de conta em que vivem os que não gostam de dar o braço a torcer e de passar batido nas vazias conversas com seus interlocutores. Nada é verdade, tudo é farsa.

Pois bem! É com uma figurinha dessas que ele havia se casado há mais de uma década, depois de um namoro rápido em que o encantamento físico e o deslumbramento cultural o fizeram achar que estava dando o golpe certo na vida, para que esta lhe fosse o repositório dos prazeres da carne e o bálsamo inteligente das necessidades do espírito. Todo esse projeto e tudo que de expectativa ele pôde um dia conter começaram a ir por água abaixo quando percebeu que o que ele tinha nas mãos era um engodo que o usava para se satisfazer e satisfazer aos seus comparsas. Foi com uma figurinha dessas que entrou naquela sala de cinema, escolheu a mais externa poltrona de uma fileira lá do fim da plateia e, assim que a sessão começou, incontinenti pegou no sono e se libertou do compromisso de ser testemunha daquele prólogo de chateação. Não perdeu tempo. Foi logo sonhando, enquanto a mulher rangia os dentes e esfregava as mãos numa espécie de pré-orgasmo com o que achava que via no grande écran do cinema. Em seu sonho, o leão não precisou rugir, nem o condor dar a volta na montanha para que as cenas iniciais indicassem a partida duma movimentada história cujo roteiro ia sendo composto à medida que os quadros se sucediam. Logo de chofre, o ladrão deu conta do roubo sem que ninguém o incomodasse. Levou todo o dinheiro do banco num simples saco de estopa que encontrou junto à caixa-forte. Era, talvez, o saco esquecido pelo banqueiro que por ali havia passado logo antes com seus comparsas e levado a quase totalidade dos depósitos populares. Apesar de ter tido a sensação de ser um ladrão de segunda, conformou-se com o que encontrou, já que não conseguiria levar mais do que aquilo nas costas. Uma vez na calçada, deparou-se com a bela jovem que conhecera na noite anterior e para a qual havia prometido o céu e a eternidade. Juntos caminharam por um quarteirão e pararam num bar de esquina para um lanche rápido. Foi quando, entre um petisco e outro, a jovem lhe disse que estava grávida e que o filho era felizmente seu, pois em todas as experiências anteriores havia se deitado com crápulas, desalmados e brochas. Preferia ser mãe de um ladrãozinho, a parir brutamontes selvagens. Atônito, sem saber o que responder diante de tão inesperada confissão, prometeu cuidar da criança como o melhor dos pais. Mas havia um senão. Precisava fugir para que sua vida fosse preservada e, por isso, estava deixando ali para ela todo o produto do roubo para que ela cuidasse da criança em sua ausência. Num rápido aperto de mão, despediu-se e saiu pela porta dos fundos, onde a polícia o esperava numa emboscada adrede preparada pela namorada. Houve um rápido tiroteio e mais um corpo sem identidade ficava ali estendido pelo chão da cidade. A bela loira volta para casa, onde o banqueiro e uma chusma de comparsas a esperam com um banquete regado a espumante. Ao fundo, uma alcova, iluminada por uma difusa luz azulada e emoldurada por pesadas cortinas bordô, guarda em seu centro majestosa cama feita com todas as cédulas antes guardadas no cofre do banco. Ali vão acontecer as cenas de um grande festim libertino onde todos amam todos diante das câmeras, coisa que não é só nas telas de cinema que acontece. Com esse *happening*, num apagar gradativo da luz, o filme tem o seu *The End*, ao mesmo tempo que as luzes da sala do cinema são acesas, concomitantemente com as palmas da plateia que o acordam sem que ninguém percebesse que até ali estivesse dormindo. A mulher, exultante, não espera um minuto para saber o que havia achado do filme. Ele, sem saber se ainda dormia ou não, aponta para a banalidade da história como o grande defeito da película, o que ela concorda de pronto. Voltam para casa em meio a uma discussão interminável sobre as performances individuais dos protagonistas, sem se entenderem, pois cada um havia tido, com certeza, uma impressão distinta das qualidades da produção. Discurso pra lá, discurso pra cá, comeram alguma coisa e foram dormir o sono reparador das forças esgotadas naquele dia. Ela imediatamente dormiu e roncou como acontece com os egoístas. Ele curtiu mais uma madrugada de insônia. Senão por outro motivo, simplesmente pelo fato de que dormir poderia trazer a ele sonhos muito reveladores!

HOMO CROTALUS

Já era a décima vez nos últimos dez anos que os dois filhos se viam obrigados a mandar consertar a lápide do túmulo dos pais naquele modesto cemitério da cidade. Isso porque nunca quiseram que no Dia de Finados os visitantes conhecidos da família encontrassem o lugar em desalinho com suas possibilidades materiais e, principalmente, com o renome e o prestígio que o velho coronel ainda tinha por ali. Apesar de ele e a esposa já terem se despedido da comunidade há algum tempo, ainda se podia sentir o respeito que reinava no interior de todos que o haviam conhecido pessoalmente, não pelas obras em prol da comunidade ou pelas atuações benemerentes de cunho pessoal, mas pelo temor de sua atuação como chefe de família e como líder da política local. Havia sido durante toda sua vida adulta um homem rigoroso no trato pessoal e maquiavélico na condução dos negócios públicos. Direta ou indiretamente, com mão de ferro, administrou a cidade como se ela fosse uma extensão de sua casa. Quando não estava pessoalmente à frente da municipalidade local, eram os asseclas que punham em prática suas determinações, sempre firmes e indiscutíveis. Nunca admitiu o menor desvio no cumprimento de suas decisões, nem nas condutas por ele esperadas dos que agiam em seu nome. Impôs, com absoluto controle, o agir e o pensar daquela comunidade que, por temor às suas inevitáveis represálias, amoldou-se a eles sem o menor indício de insubordinação. Nada escapava à sua opinião. Jamais alguém ousara praticar algum ato novo sem o seu consentimento. Tinha, com o tempo, articulado um poderoso esquema de controle social através de uma rede indecifrável de comandados e de um só foco de comando, o seu. As autoridades do Estado, que, por lei, eram os únicos a poder praticar a violência em nome da preservação da ordem e da convivência civilizada, eram meras extensões de seus braços. Era ele quem indicava, aconselhava, nomeava. Era ele quem mandava prender e soltar. Condenar e absolver. Era o promotor, o juiz, o tribunal. Seus métodos, entretanto, não apresentavam dificuldade de assimilação. Ordem dada era para ser cumprida. A deslealdade era punida sem escrúpulos com as mais cruéis represálias. Nunca havia matado ninguém, mas a morte era vezeira a se apresentar como um bom castigo face a um desrespeito nem sempre proporcional. Havia os que se encarregavam disso por ele. Era temido. Era reverenciado. Covardia e bajulação, aliás, sempre andaram juntas. Não eram poucos os casos, inscritos nos anais da história do lugar, de proibições do exercício de direitos, de obrigatoriedade a comportamentos ilícitos, de desaparecimentos de pessoas, de surras humilhantes, de mutilações, de deformidades, que, por serem, muitas vezes, inesperadas, traziam um quê de mistério e de convite à decifração. Por outro lado, era o maior benfeitor, como os Césares. Todos corriam ao seu encontro, qualquer que fosse o pleito. Era o mais pródigo dos padrinhos, de afilhados humildes e de estirpes paralelas à sua. Vivia reverenciado por um magote incontável de compadres, sempre disposto a uma servidão ultrajante. Quando, em inspeções incertas, se punha a circular a cavalo pela cidadezinha, em pose soberana, acompanhado por um séquito de puxa-sacos, os passantes tiravam o chapéu ou abaixavam a cabeça, homens ou mulheres. As crianças corriam em fila ao lado de suas montarias, sempre imponentes ginetes da melhor raça. Nessas ocasiões, sempre escolhia a dedo a casa onde ia parar para cumprimentar o seu senhorio, que o fazia entrar, para a inveja de muitos, e se sentar em uma mesa sempre preparada, cheia dos melhores quitutes para um café a duas mãos. Era uma glória para o proprietário, que se enchia de orgulho. Coincidentemente, ou não, como diziam as más e clandestinas línguas, essas casas sempre tinham entre seus membros belos exemplares das mais bem-feitas esculturas em carne e osso. Moças novas, de bom tamanho, rostos bem talhados, ancas largas e peitos copiosos. A cor não importava, muito embora a preferência fosse pelas mestiças. Os pais sabiam disso tudo e até eram tidos como afortunados quando as filhas adolesciam mais na direção das carnes que dos ossos! Era sabido de todos, muito embora ninguém ousasse dizer, que o potentado era o responsável por uma boa quantidade de mulheres prenhes, casadas ou não, isso pouco importava. Nunca assumia a paternidade de ninguém, pois sempre encontrava um marido poltrão ou um candidato a certas benesses para fazer o papel de responsável por suas sessões da melhor fornicação.

Filhos legítimos, como ele mesmo dizia, tinha apenas dois, já que sua esposa não lhe permitira fazer mais que isso, dada a represália que cedo teve que enfrentar em casa. De gênio pior que o dele, a mulher com quem se casara era a única filha de um antigo e poderoso senhor de terras de tamanho invejado por qualquer imperador. Dizem até hoje que foi essa a única razão que teria tido ao desposar mulher tão feia e rabugenta, cuja convivência, desde menina, era tida como insuportável pela força de seu belicoso caráter e determinação de suas incondicionais vontades. O casamento se deu com o pleno consentimento das duas famílias, numa grande festa até hoje comentada, especialmente porque o marido, recém-empossado, saiu ferido por quase mortal punhalada dada pela mulher, ainda virgem, pelo fato de ter bancado o besta em fazer gracinhas com quem não deveria: umas primas da noiva muito bem aquinhoadas pela natureza por suas formosuras e morfologias.

Durante a vida toda de casados, a casa-grande da fazenda onde sempre moraram foi o palco das mais encarniçadas disputas entre eles, numa espécie de cumprimento da promessa estabelecida no dia do casamento. As discussões tinham sempre um caráter de revanche em relação à querela anterior. Nenhum dos dois aceitava perder, e o que saísse em piores condições da quebra de braço de hoje era o provocador da competição do dia seguinte. A vitória e a derrota jamais deram lugar ao consenso e isso autoalimentava o clima de hostilidade permanente que tinha nas motivações as mais diferentes o estopim para as discussões, altercações, brigas e vias de fato. Os planos agrícolas, os negócios com o gado, as opções de mercado, os preços das transações, as promessas de compra e venda, o consumo e preço dos insumos encomendados e pagos, o uso da água, o tratamento dos colonos e dos agregados, os horários disto ou daquilo nutriam os embates mais consequentes a propósito das questões estruturais da unidade de produção, razão de ser da história da família. As coisas da casa eram sempre tratadas com discordâncias. Nada ensejava convergência de opiniões. Nas permanentes disputas, qualquer que fosse a decisão, sempre havia um ganhador e um perdedor. Em certas situações, o rancor era estimulador de vinganças as mais estapafúrdias. Vivia-se de pé atrás. A desconfiança era o passo inicial de qualquer conversa e de todo projeto. Em uma só coisa não havia divergências. Era a da orientação da educação dos dois filhos. Desde pequenos, os cuidados com o destino da construção de suas vidas estiveram exclusivamente a cargo da esposa. Ela havia conseguido o monopólio dessa responsabilidade sem que ninguém jamais pudesse desconfiar das razões por trás disso. Nesse departamento, o coronel não se atrevia a dar palpites. E os filhos cresceram querendo bem a ambos, manifestando em todos os seus comportamentos uma índole doce e equilibrada como se a atmosfera vivida em casa fosse a da mais absoluta concórdia. Nunca manifestaram a menor sugestão de malquerer em seus gestos e atitudes. Nem jamais fizeram uso do vocabulário pesado, cheio dos nomes chulos que comumente se emprega nas altercações, usado pra lá da conta na constância das relações domésticas. Eram como dois anjos celestes paridos por dois vulcânicos dragões. Juritis em ninho de águias. E eram eles que contavam, com toques do mais fino humor, a vingança perpetrada pelo coronel contra a esposa, após uma das derrotas mais ácidas vividas pelo pai, em um dia em que o pau comeu pra valer quando havia ficado evidente um escorregão libidinoso em relação ao qual ele foi obrigado a abaixar a cabeça e sair da arena da disputa em frangalhos pelo ultraje a que foi submetido na frente de todos. Prometeu publicamente uma vingança séria, traiçoeira, em que a vida da companheira seria colocada à prova para que ela nunca mais o fizesse de palhaço, humilhando-o sem que ele tivesse um único respiro.

Como a mulher sabia que ele não era de brincadeira, trancou-se no quarto com seu urinol, passando na porta a chave e as taramelas para não correr o menor risco. Combinou com a cozinheira como ela deveria se comportar com o abastecimento de água e comida e com o desabastecimento das operações derivadas, pois passaria ali o tempo que achasse necessário até que a ira do companheiro se visse aplacada. O coronel não se fez de rogado. Arquitetou em silêncio um plano para superar a barreira daquele entrincheiramento tático da mulher. Na calada das duas noites subsequentes, se pôs rastejante sob o assoalho do quarto, situado acima de um pequeno porão e, com a ajuda de um afiado canivete, foi abrindo num dos cantos do piso um orifício circular. Aberto o buraco no tamanho compatível, enfiou por ele dois dos melhores exemplares de cascavel que encomendara adrede a um de seus capangas. Lacrou o orifício e foi dormir o sono dos remidos. Assim que o dia nasceu, ali pelas seis horas da manhã, a casa foi acordada com o coronel aos berros, o que pôs em polvorosa toda a criadagem, os filhos e a chusma de capangas que sempre montava guarda do lado de fora, dado o medo que cultivava de ser atacado covardemente por um dos muitos desafetos que produzira durante a sua vida. Arrombaram a porta de seu quarto e se depararam com o "corajoso" homem mau, absolutamente tomado por violenta crise de pânico, de ceroulas, encostado a uma parede, com uma das mãos a segurar os colhões e a outra a apontar para a cama de onde saíra há pouco. Sobre os lençóis brancos, junto a um dos travesseiros, lá estavam enroladas em posição de ataque as duas cascavéis ainda há pouco saídas de suas próprias mãos, a tocar os seus guizos como se fosse um dia de festa.

Passado o clímax do cagaço, reconheceu, sem comentar com ninguém, que nunca se deve achar que não haja na vida pessoas mais espertas e poderosas do que a gente! E que elas podem estar mais perto do que se pensa. Nunca mais deixou de respeitar a mulher em suas querelas diárias. Aprendeu a viver dali para a frente com estratégias que neutralizassem as possíveis contrainvestidas da esposa.

Morreu tempos depois, deixando uma enorme herança de casos e contos. A esposa, apesar de bem mais nova, não suportou a vida de bonança a que foi submetida após o sepultamento. Há pessoas que nascem para querelar. Sem adversários, a peçonha que carrega nas glândulas amargas dos distúrbios egoístas não tem como ser usada na arena da vida. Ela deixa de ser um lugar confortável. A existência perde o sentido. Em consequência, não durou mais do que uma semana. Foi fazer companhia ao coronel no pequeno cemitério da cidade, com toda certeza movida por incontido espírito de luta, por irrestrita solidariedade ao adversário e por, seguramente, atroz sentimento da melhor pirraça.

O fato de o túmulo do casal não conseguir garantir a integridade de sua lápide, permanentemente quebrada, por mais que anualmente os filhos a substituíssem, era atribuído por todos na cidade como decorrência das brigas e disputas que os dois continuariam a ter sabe-se lá onde.

JOÃO VERMELHO

Raramente viajo de ônibus e, quando isso acontece, gosto de me instalar na poltrona da frente, do lado oposto ao motorista. É uma forma de desfrutar a viagem como se estivesse na condução do veículo, apenas apreciando a paisagem sem se preocupar com a concentração exigida pela segurança de sua direção. Vale lembrar, ainda, que, apensa a essa escolha, está a expectativa de, durante a viagem, ser absolutamente dono de si. Passageiros ao lado tornam-se inimigos quando, puxando prosa, quebram esse paradigma inegociável. Pois bem! Na última viagem que fiz, curta, de uma hora e meia, consegui o lugar que queria — poltrona 3 — mas... meu companheiro de jornada, assim que me acomodei, já me esperava para se apresentar. Curto e grosso, fui logo o desestimulando com minhas respostas secas e conclusivas. Pela insistência em se comunicar, parecia até que era isso mesmo que ele esperava de seu interlocutor. Isto é, que não esticasse suas reações, deixando maior espaço para um discurso ininterrupto, escorreito e centrado em sua vida pessoal. Na metade do caminho, eu já estava a par do que ele havia feito na vida, assim como daqueles das gerações antecedentes, dos filhos, dos netos, dos agregados e, se a viagem durasse um pouco mais, dos passarinhos que havia caçado na infância e dos troca-trocas perpetrados durante o primário.

De origem humilde, havia vindo do meio rural com a mãe e os irmãos, assim que o pai falecera, para a cidade de Mogi, onde cascateou até constituir família e conseguir um bom emprego em uma multinacional de papel. De boa índole, educação fundamental estruturada em perspicaz arcabouço intelectual, a apreensão do mundo por uma visão ingênua, mas não boba, não embotava as múltiplas formas de conduzir sua fala, sempre sagaz, irônica e muito humorada, sobre uma infinidade de acontecimentos relatados. Vidrado em futebol, contou que tinha praticado o esporte desde quando ainda era o jovem beque de fazenda de seu torrão natal. Prática que o acompanhou a vida toda, o esporte bretão, ainda hoje, era uma referência determinadora de sua existência. Agremiações de ontem e de hoje, campeonatos regionais, estaduais, nacionais nas suas distintas divisões, escalações, ídolos, passagens emblemáticas, casos de arbitragens, diretores, mecenas, enfim, tudo ali na ponta da língua como a esperar oportunidade para se externar. A locução estava envolvente e fui dando corda ao interlocutor, vencido que fui pela curiosidade e pela oportunidade de poder explorar semelhante personagem naquilo que falta à maioria das pessoas: uma sutil leitura cômica e zombeteira das coisas do cotidiano.

Disse chamar-se João Vermelho, apelido que os atuais cabelos brancos escondiam sua razão de ser. Até esse ponto, o afogueado de sua ruiva cabeleira era sua marca desde a já longínqua infância. Gabava-se de ter marcado, até agora, 2.130 gols em sua histórica trajetória futebolística. Jogara em um sem-número de agremiações interioranas, algumas de certo renome nas divisões amadoras do Estado. Ainda hoje, já aposentado, continuava a jogar suas peladas, todo sábado à tarde e todo domingo pela manhã, no campo público fronteiriço à sua casa. Mostrou-me na mão, num gesto de absoluto domínio do espaço, o local de ambos, assim como da delegacia de polícia, da escola primária, da padaria, da morada de amigos, apontando, com segurança, o que ficava na palma, nas proximidades do polegar, do anular, do indicador e na direção do punho. Perfeito domínio espacial, enfim, fundamental para quem quer ser bom de bola, pois boas noções de espaço, tempo, direção, velocidade e distância qualificam o barro que será moldado pela performance atlética, pelo domínio dos fundamentos e pela articulação tática. Pelo longo tempo em que vem jogando e pelo entusiasmo dos relatos, não era difícil perceber o quanto ainda era conhecido e admirado pela comunidade local e regional. Aos 2.130 gols já anotados, deveriam ser somados tantos outros em futuro próximo, pois comemoraria 3.000 quando fizesse 66 anos. Nessa oportunidade, seu time atual, o Tô À Toa F.C. (que bem poderia ser o Toa Toa, para dourar um pouco mais a chacota), estenderia uma larga faixa no campo enaltecendo as conquistas do craque da agremiação. *"JOÃO VERMELHO: 3.000 gols, 215 de cabeça, 1.412 disputas, 10 posições escaladas, 168 cidades visitadas por suas chuteiras, 102 entrevistas concedidas..."* E, no final, a indelével marca: *"100 troféu"*. Assim mesmo, no singular, o número no lugar de "nenhum".

Numa partida em que o Itapira, onde jogava, fora convidado para inaugurar um campo em Casa Branca, por ter se destacado pela qualidade demonstrada, garantidora do honroso empate, foi procurado pelo repórter da emissora local para uma entrevista. Logicamente precedida pelas elogiosas palavras de sempre, sem nenhum constrangimento, ele tomou o microfone e, inflado pela sensação da glória e da fama, foi logo dizendo: *"Muito boa tarde prezados ouvintes da... como é mesmo o nome da rádio?"*.

Peça antológica, porém, definidora de sua genial picardia, foi aquela em que, num dos rachões de um sábado de sol, numa dividida com o ala contrário, a bola saiu pela lateral e, como as decisões sobre as infrações eram sempre obtidas por consenso, face à ausência de arbitragem, ele, contrariando a opinião do adversário sobre o responsável pela saída da bola do campo, deu logo o arremesso manual para um companheiro bem localizado que, livrando-se do marcador, fez um bonito gol que deu a vitória de seu time por 15 a 14. À noite, em casa, seu neto de onze anos, que era o presidente do Tô À Toa, revendo a jogada no tira-teima televisivo, anulou o gol!

Ao se despedir de mim na Rodoviária de Campinas, onde desci, pediu-me que não esquecesse de dizer ao meu irmão, que me esperava na plataforma, que eu havia conhecido o astro João Vermelho.

Figuraça!!!!

MALENA

Para Libertad, Rivero, Discepolo e Pichuco,
autênticos portenhos
Para Gardel, Canaro e Lepera,
portenhos por adoção

Os olhos endereçavam sua luz para o infinito. Era o que eles aparentavam. Com certeza, porém, a verdade era que eles se voltavam para dentro, tal absorta estava, sentada naquele banquinho ao balcão do café. Junto a ela uma taça de vinho, já há muito esvaziada, e um cinzeiro a queimar mais um cigarro. Voltado para fora, aquele corpo magro e envelhecido não respondia a nenhum dos estímulos que tanto a rua quanto a larga praça frontal lançavam a quem lhe prestasse atenção. O sol do início de primavera e a folga daquela manhã de domingo se encarregavam de povoar os espaços abertos por uma população heterogênea, repartida por todas as categorias de idade. A proporção de turistas era visivelmente grande. Notava-se pela diferenciação dos comportamentos. A eles, juntavam-se os locais, numa acirrada concorrência um tanto desleal para ocupar os melhores lugares nos bancos e nas mesas das calçadas dos bares e restaurantes do entorno. Nos ambientes internos dos diferentes cafés e sorveterias, nada era diferente. O entra e sai nervoso e indeciso dava um ar de desarranjo que a pressa de ser servido só fazia incomodar a quem queria um pouco de paz e tranquilidade. Prestando um pouco mais de atenção, não era difícil perceber um certo ar de enfado e desprezo de algumas pessoas em relação àquele reboliço. Seguramente essas não faziam parte dos turistas que acabam, de alguma forma, tomando os lugares que, por direito de habitar, não lhes pertence. Mas fazer o quê? O turismo tornou-se uma indústria e uma fonte valiosa de trabalho e renda que a beleza e a história dos lugares pouco têm a ver com sua transformação em ícones que devem ser visitados. A grande maioria acode a eles com o mesmo espírito daqueles que vão ao Louvre só para ver a Gioconda, sem se dar conta do que estão vendo! Eu estive lá. Eu a vi. E isso basta para garantir a sensação de pertencimento a um grupo cada vez maior de medíocres viajantes que a economia dita moderna distribui pelo mundo a mancheias. Pérolas aos porcos!

Se, naquela esquina, a agitação tirava o sossego de alguns, pelo ar de ausência demonstrado, não era nem isso o que parecia ser o que aquela senhora mais desejava. Nada daquilo parecia incomodá-la, tal a catatonia que lhe dominava. Era uma ilha deserta, longe de ser atingida pelo mar revolto e pela ventania que a rodeava. A passividade de uma estátua de cera. Seu rosto claramente oferecia o retrato de uma amargura infinita e de uma inglória luta contra o tempo. Os cabelos há muito já haviam se descolorido e, agora, os pincéis malpassados das tintas renovadoras ofereciam um quadro de dolorida perda da capacidade de lidar com o ridículo. As faces, cobertas por grossas camadas de um ruge, eram como duas telas expressionistas. Nos lábios borrados, um marcante batom vermelho. Os olhos, fundos e miúdos, tinham uma desproporcional moldura negra encimada por uma fina sobrancelha artificial. Nas pálpebras, longos cílios postiços. As roupas eram de um percal exageradamente colorido. Tudo parecia buscar uma inconformada maturidade perdida. Quantas histórias de vida teriam sido encenadas por aquele corpo, personagem de um tempo irrecuperável! Quantas lembranças evocadas por detrás daquele olhar vítreo!

O bairro não era assim tão vulgar até há bem pouco tempo. Os endinheirados locais haviam-no construído para ser um reduto do luxo, da elegância e da sofisticação. É claro que tudo exagerado na aparência pelo histórico ar de superioridade, próprio da arrogância dos que não são o que desejariam ser. Mas as crises econômicas, derivadas de uma história inconstante e madrasta, levou à breca o dinheiro de muitos e à empáfia dos que se fizeram ricos com as bolhas exploradoras. E agora estava ali, o belo quartier de ontem, a suportar a invasão dos bárbaros que transformaram a praça em picadeiro de tangos mal dançados e o cemitério dos pais da pátria em palco iluminado para peregrinações de fotógrafos amadores. Poucos são os que desconfiam que ali está boa parte da história oficial. Dos caudilhos, aristocratas, presidentes, que fundaram a unidade nacional em favor dos interesses dos portos exportadores, às musas do populismo religioso, manipulador das esperanças dos sem camisa. Dos militares e políticos que fizeram no passado a limpeza étnica da grande planície uberosa circundante e dos planaltos pedregosos do sul, aos que ajudaram ainda ontem a fazer, nas cidades, a limpeza ideológica libertária. Nada disso, seguramente, importava... nem a ela, nem a ninguém. E a ela, naquele costumeiro devaneio, ainda menos que o nada, já que não pertencia mais nem aos tempos de hoje, nem a tempo nenhum. Nela só devia viver a recordação. E a recordação é, quase sempre, um inimigo a nos apunhalar pelas costas.

"Onde estão meus compagnons? Aqueles das orgias descompromissadas das noitadas junto ao porto. Aquele porto dos navios mercantes, dos transatlânticos de luxo, a disputar lugares nas dársenas de atracação? Onde estão os cabarés escuros e esfumaçados, sempre repletos, a misturar os liberados que ascendiam na vida às putas e aos cafetões de sempre. As típicas a explodir em número e a fomentar a solidificação daquela linguagem poética e musical, exclusiva daquela atmosfera de psicologias sofridas e doentias." Quanta catarse na criatividade das vozes roucas dos intérpretes a contracenar com os sincopados dos bandoneons! A grande droga ainda era o sexo, e o vício, e o entretenimento, o álcool e a dança, esta sempre a juntar, nos movimentos eróticos, os corpos almofadinhas aos de vestidos justos e lateralmente abertos, antes que fossem desnudados. O dinheiro era fácil, e os amores, passageiros, mas compensadoramente múltiplos, nas noites ainda ingenuamente transgressivas. Os marinheiros, os pós-adolescentes endinheirados, os velhos ciumentos, sempre uma fonte fácil de haveres em troca de prazeres rápidos, mal feitos e descompromissados. A liberdade era envergonhada em sua prática disfarçada. Havia ainda uma rigidez nos costumes logo no amanhecer daquela cidade nervosa, rica, explosiva. O clima de romance permeava as conquistas e as traições. Os crimes existiam, mas eram quase todos passionais, violentos, mas justificáveis. A fidelidade aos protetores era uma necessidade, assim como a retribuição em espécie, vinda de não importa onde, nem como. A segurança tinha o preço da exploração, do cativeiro. A autonomia costumava custar caro, muitas vezes marcada na pele pelas cicatrizes da brutalidade. A perda do glamour da juventude era a passagem certa para descartes humilhantes. A mentira, o disfarce e os incontáveis meios de dissimulação eram o fundamento das práticas necessárias às apropriações financeiras que lastreariam o futuro incerto. Ai daquelas que não se preocupassem com isso! Onde foram parar todas elas? Geralmente no esquecimento dos subúrbios distantes, ou dos fétidos e miseráveis cortiços. Na vida curta dos sem saúde e dos destinos mais que sabidos...

A cidade imitava a seu modo a verdadeira Paris, mas não deixava a desejar nas suas ofertas de encantos e diversões. Havia uma história em construção. Produtiva, inovadora, apressada. Embora complementar, era autêntica. Certo é que se vivia imbuído da mentira de procurar ser igual aos modelos de além-mar. A farsa dos comportamentos usava colarinho, gravata, ternos de riscas de giz, sobretudo, gomalina. Ícones que igualavam um pouco todos aqueles que se punham como mandantes, numa vaidade sem sustento em reais superioridades. Onde foi parar o luxo das vitrinas, dos armazéns, dos cafés? Refugiou-se nos espaços internos dos modernos guetos, onde as medíocres passarelas envidraçadas de uma arquitetura sem criatividade se distanciam das ruas. Estas, em abandono, foram consumidas pela falta de refinamento que tomou conta de uma cidade invadida pela perda de status, provocada pela revolução nas regras dos mercados, pela queda dos preços dos produtos do campo, pela carestia, nivelada pela pobreza vinda da província, pela precariedade dos empregos, pela desconfiança, pela feira-livre do comércio de massa, pelo *prêt-à-porter* dos hábitos sem estética e pelos fast foods de receita única.

O que fazer? Eis a mais antiga das perguntas atuais. "Entre um cigarro e outro, fumando espero e deixo os tangos falarem por mim. Sei que não restou ninguém para testemunhar comigo as lembranças que me passam em caravana. E, quando quero afastar-me do passado, meu coração diz ser inútil. Onde estão meus vinte anos de carinhos excitantes, prenúncios das burlas atrozes de dar tudo por nada, em que a experiência era a única e verdadeira amante e o desengano, o permanente amigo numa história que teimou em repetir-se? Hoje são suplícios, são memórias. Mesmo sem palavras, mesmo não querendo, sempre se volta ao primeiro amor. Não segui o conselho. Me enamorei. E é nessas horas que sinto meu espírito amarrado àquela nossa juventude, hoje rosas mortas, apenas revisitadas pela minha triste solidão. A sorte me foi má, mas, com franqueza, eu me ponho agradecida por ter sido aquela fugaz noiva e mulher. Foram tempos de triunfos. Pobres triunfos passageiros! Fomos a esperança que jamais chegou e, assim, nunca mais tive o coração que "te" dei e, se voltasse a tê-lo, tornaria a amar sem pressentir que tudo seria igual, que nada seria melhor. Eh! O coração, esse teimoso relicário, mais frágil que o cristal, que há tempos se põe em pedaços. Nostalgias... angústia de sentir-me abandonada."

"Nada ficou da nossa casa antiga, além do enovelado em teia de aranha no antigo roseiral. Vejo hoje que tudo não era mais que mentira, que nada era amor. Custei a me dar conta de que o mundo foi e será uma porcaria. Mas não consigo me livrar desse passado que volta e meia vem se digladiar com minha vida. Chego a ter medo da noite, quase sempre, agora, povoada de recordações que tomam conta de meus sonhos. Sonhos recorrentes, com os grumetes da Jamaica, com os lobos noruegueses, com os homens de cobre de Singapura, nas ruas escuras do cais, mal iluminadas pelas luzes de azeite."

"Nostalgias. Nostalgia das coisas que passaram, de minhas noites de ronda, da meia-luz de meu quartinho azul, verdadeiro *bulín* da rua Ayacucho, de meu gato de porcelana, no meu Buenos Aires querido, borrado pelo tempo. Hoje uma sombra, como eu. Terra querida onde logo terminarei minha vida. Às vezes me sinto perseguida por seus vultos, mas ainda vejo algo que perdura viva em suas entranhas. Os anos de ouro e seus antigos bares, cantinas e cafés noturnos. Angelitos, La Humeda, Oberdam, o velho Tortoni, Gabino, refúgios da boêmia intelectual, redutos de sabichões e suicidas, onde aprendi filosofia, a jogar dados, bilhar, e a cruel poesia de não pensar em mim. A esquina emblemática de Corrientes com Esmeralda. Almagro, Pompeya, Puente Alsina, Once, Flores, Boedo, Barracas, Três Esquinas, Sur. Cidade que não mais existe, dos bairros que mudaram... areia que o vento da vida levou."

"Não sou, nem somos nada diante da indiferença do mundo, que é surdo e que é mudo. Não, não vou chorar! Sei que vivi, que aprendi a amar, a sofrer, a esperar e, também, o que é mais triste, a calar..."

"Fumando, espero!"

MANGA DOCE — MANGA AZEDA

— Desce daí moleque atrevido. Já cansei de falar pra você que, quando quiser chupar as mangas, tem que pedir pra mim. E nada de subir no pé. E nada de pedradas. Tem que pedir a vara de apanhar.

— Que nada, dona Zica, no pé é mais gostoso.

— Ah, moleque safado. Eu só quero ver o dia em que você despencar aí de cima e se esborrachar no chão. Eu vou rir quando for falar pro seu pai.

Dona Zica sobe os rústicos degraus de tijolo que põem sua velha casa em contato com o vasto quintal e entra na cozinha lamentando a falta de cuidado da criançada que, vira e mexe, teima em desobedecer suas ordens. Só com seus botões, resmunga, por algum tempo, impropérios sobre a falta de educação dessas novas crianças, cujos pais se mostram incapazes de orientar. Lamenta a falta do marido, que já partiu desta para uma melhor há algum tempo e a deixou sozinha naquele mundão de terra sem mais serventia para seu sustento.

— Ah! Bons tempos aqueles em que Juvenal botava ordem por aqui. Queria só ver essa meninada invadir assim meu quintal sem mais nem menos e, sem ordem de ninguém, ir subindo aí nas árvores de frutas como se fossem públicas. Ah, se o Juvenal estivesse aqui! Queria só ver!!!

Juvenal não era nada daquilo que Zica dizia a si mesma. Era um bom homem. Era um homem bom. Bonachão até. Viveu a vida inteira de trabalho abnegado, cuidando do gado miúdo e das pequenas plantações daquele pedaço de terra que os pais haviam deixado para os filhos. Desde pequeno estava ligado a ela como se ela fizesse parte de seu corpo. Logo que ganhou consciência de si, ali pela pré-maturidade, fez dela também um pedaço de sua alma. Tamanha era sua identificação com aquele chão que seus irmãos, assim que o pai morreu, deixaram para ele e debandaram pelo mundo sem nunca mais dar uma só notícia. Pacientemente, como sempre, continuou cuidando de tudo. "Agora" ainda mais, pois tinha a mãe, entrevada por antigo reumatismo sem volta, para cuidar. Muito cedo ficou sozinho com aquela meia dúzia de vacas de leite parco, aquelas roças de milho, feijão e aqueles sempre bonitos canteiros da melhor verdura junto ao açude. Dividindo seu dia entre os afazeres solicitados por aquela trilogia, tinha ainda que arrumar sempre um tempo para cuidar da comida, do asseio da mãe e da limpeza da casa. Isso, sem contar o que era exigido pelos negócios sustentados pela produção diária e sazonal dos animais e da terra, fundamento da base material da existência da família. Cedo percebeu a falta que faz a companhia de alguém, como a mãe, num empreendimento cooperativo como a vida deve ser. Se não fosse ela, pensava reiteradamente, nem o pai, nem os irmãos, nem ele teria se sustentado nem mesmo como animais, muito menos como gente. Era necessário buscar a companhia de alguém que repetisse para ele o que a mãe havia sido para o pai e, assim, dar continuidade àquela vida que a vida havia reservado para ele. Se os irmãos saíram pelo mundo e, com isso, com certeza, tiveram oportunidade de conhecer situações e pessoas e, não importa de que modo, definir escolhas, a ele não restava muito mais que as comunicações fruídas, de maneira muito escassa, no mercado, na missa ou, uma vez ou outra, nas festas do folclore religioso e nos mutirões a que sempre esteve ligado. Seu espírito de solidariedade desprendida e sua postura de negociante honesto eram sempre alvo de comentários elogiosos e cimento de um respeitoso relacionamento com a comunidade. Sua generosidade era a generosidade da mãe. Com isso, não foi difícil que lhe fossem oferecidas facilidades em conquistar a jovem Maria José, filha de um vizinho ranzinza, de mulher ranheta, que sempre tinha negócios com o pai. Não tivera tempo nem razões para saber se dela gostava ou não. A vida impõe necessidades, descarta dúvidas, exige sublimações e... decisões firmes, mesmo quando a convicção está ausente. Afinal, Zezica, apesar de um pouco gorda e não muito bonita, era jovem, prendada, trabalhadora e, coisa importante, viria para ele com o dote da submissão inata e da obediência extremada. E, assim, logo, juntaram as suas inexperiências e delas foram retirando o barro que se consolidou em uma harmoniosa família de três.

Zezica, com o tempo, virou Zica. Não só era mais fácil, como foi uma forma que o marido e a sogra encontraram de dar a ela um novo batismo, o que deveria sugerir sua mudança de jugo, afirmação sutil de uma transferência de apropriação. Sem se dar conta disso, pois isso não lhe pesava, Zica continuou a servir, da mesma forma como sempre fizera em casa, seus novos senhores. Deu um novo jeito na casa fazendo-a exemplo de asseio, com o maior desvelo ofereceu à sogra o melhor dos cuidados, lançou no ambiente doméstico novos e sedutores odores extraídos de um excepcional pendor para as coisas do fogão, afora a limpeza das roupas e o panorama das paredes externas que os varais sempre cheios e os canteiros de flores atestavam com uma objetividade cedo invejada pelos vizinhos. Redesenhou com carinho o ar triste que aquele lugar tinha quando chegou. Deu corpo ao ninho que dizia construir para esperar a criançada que prometera para si mesma gerar. E assim foi por alguns anos. Nada apontava, porém, para a concretização daquela sua promessa, quase obsessão. A culpa não era do marido, o pobre Juvenal, que até que se esforçava para plantar na barriga de Zica as sementes que ele também desejava que florescessem, pois era por demais cioso de que um homem que se preza deve embarrigar logo sua companheira. O que, afinal, pensariam os outros? Zica foi se entristecendo, foi perdendo aquela vontade de fazer as coisas ficarem boas e bonitas. Sofria mais ainda quando a sogra, cada vez mais entrevada, sugeria que ela é que era o problema, já que o Juvenal todas as noites, pelo barulho que se escutava de longe, andava dando conta do recado até em demasia. Veja, por exemplo, a magreza em que ele se encontrava, dizia maldosamente. Juvenal, que não tinha lá muito tempo para ficar lucubrando, arranjou logo um bom companheiro, de faro muito bom, que passou a acompanhá-lo o dia todo e a quem habituou-se a dedicar extensas sessões de passarinhadas com sua espingarda de carregar pela boca. Passou a destinar a ele todo o impulso paterno sufocado dentro do barril de seu peito. A isso, acrescentou um comportamento de bondade e tolerância para com a molecada da redondeza. Uma postura de cordialidade atraía sempre aqueles que, bem-vindos, podiam usufruir do pequeno pomar de frutas variadas sem restrições. Zica passou a ver essas coisas como se fossem ofensas a ela e estabeleceu com as crianças uma relação de forte concorrência e até de certo ódio. Ficava cada vez mais furiosa quando Juvenal permitia que os bandos de moleques subissem nas árvores e, diretamente nelas, se locupletassem com as barrigadas de jabuticaba, com as apanhas de goiabas, laranjas e das mangas, estas, sim, deliciosas quando amarelinhas pudessem ser chupadas ainda bem durinhas, sem os amassados das quedas espontâneas. Zica chegava a bater a porta da cozinha quando ouvia o marido dizer às crianças que chupar a fruta no pé era mais gostoso. Nessa atmosfera de capitulação, onde desejo, culpa, resignação e quase apatia formavam rico caldo de cultura, a casa viu finar a pobre velha, que Zica deu graças a Deus que se fosse, dado o trabalho suplementar que andava tendo para manter a "inimiga" viva. Não deu outra. A um certo rejuvenescimento da mulher, embora mais gorda como nunca, Juvenal, após a morte da mãe, caiu em profunda depressão, coisa um tanto incomum nos homens rudes. Mas, quando isso acontece com eles, é sinal de que o umbigo mal cortado degenerará em caminho sem volta. Pois não é que pouco tempo depois lá foi o Juvenal fazer companhia à mãe no pequeno cemitério da vila?!

 Zica, iludida na prisão de seus conhecimentos ingênuos e na arapuca de sua educação para a subalternidade, aprendera desde cedo que a natureza das coisas deste mundo é, para grande parte das pessoas, obra do Demônio e não de Deus. Resignada, voltou-se ainda mais para si mesma, tendo agora que enfrentar o duro dia a dia da subsistência sem poder contar com mais ninguém, a não ser seus fantasmas. Nunca mais fez aquele feijão com linguiça que recendia odores de castelos de fadas, o tutu com torresmo, o frango assado no forno de barro envolto em espessa camada de melado, nem aquela pamonha com carne seca, especialidade em extinção, nem o irresistível doce de leite de colher, a goiabada cascão de frutas mistas, o pão de ló com cobertura de banana flambada com a melhor aguardente. Encerrou-se no duro e melancólico casulo de sua viuvez. Petrificou de vez seu já endurecido coração.

— Desce daí, seus moleques danados. Eu já não disse que tem que pedir. Eu já não cansei de falar que não é para subir!!

Queee naaaadaaaa, Doonaaaa Ziiiicaaaa. Nooo péé éé maaaaiiiis gooostooooosoo!!

MARCELINO, QUEIJO E CACHAÇA

Os dias passaram a ser sempre iguais a partir do momento em que a maturidade biológica trouxe até ele a estimulação de se sentir um pouco dono de si mesmo. A consciência de que ele não era mais aquela criança sem luz própria que vivia a repetir só aquilo que era permitido, numa obediência despercebida aos ditames de uma reprodução imposta por um longo tempo de costumes petrificados, estava, cada vez mais, a provocar-lhe o despertamento do gérmen da insubordinação. Não seria mais possível suportar a repetição diária daqueles rituais, em que as ações ligadas ao trabalho haviam substituído integralmente todo um tempo que, antes, era repartido com a escola. Agora, com o ciclo escolar básico completado, o aparte dos bezerros, a ordenha, o corte da cana, a moenda, a raspa da mandioca e a casa de farinha davam as marcações das mesmas cenas no palco daquele teatro de enredo surrado pelo tempo.

Inteligente, sempre atento ao que sucedia nos seus horizontes, fossem eles os próximos, correntes no seu dia a dia, ou aqueles desenhados por sua imaginação, não tirava seu olho do gato, muito menos da sardinha. Processava todas as informações das conversas dos mais velhos com uma rapidez cada vez maior, provocadas pelo seu natural acúmulo gradativo. Sua observação da natureza bruta, que se punha às escâncaras à sua frente, era fonte abundante de correlações entre múltiplas constatações e de permanentes e fecundas linhas de montagem de saberes. Ortodoxos uns, heterodoxos outros. Positivos e cristalizados a se misturarem com tantos outros críticos, como a compor um crisol de valores nem sempre comum àqueles mortais sem grandes referenciais na leitura das coisas da vida. Mas a escola e a doce professorinha que haviam lhe dado o dom da leitura eram como que janelas abertas a um mundo exterior observado pelo seu mundo interior em permanente inquietação e de apetitosa curiosidade.

O pai, de poucas palavras e muita intimidação, sempre severo e irredutível nas suas determinações, era, na comunidade familiar, o único referencial. Nada escapava ao seu controle. Era o exemplo e o pelourinho, uma sabedoria egoísta que nunca premiava. O trabalho e a obediência, as regras da bonança. A mãe, as irmãs e os agregados, o coral onde era proibido desafinar. A vida, madrasta rigorosa. Como único varão entre uma chusma de irmãs, Marcelino era visto como o eleito para a perpetuação da receita. O pai, que por isso lhe dedicava uma atenção especial nas recomendações sobre o melhor caminho, também por isso era exigente e rigoroso com a qualidade dos resultados do trabalho. Esperto, o filho logo percebeu que a melhor forma de convivência era a aplicação. Evitava reprimendas, correções e outros tantos aborrecimentos.

Rápido, tornou-se indescritível referência pela diferença em qualidade que os produtos que saiam de suas mãos passaram a ter em relação aos dos outros. As vacas lhe eram dóceis, como nunca haviam sido com o pai ou o retireiro. Os bezerros chegavam até a acompanhar as ordenhas com a atenção dos interessados. Era evidente o crescimento da produtividade. No coalho, a medida certa. No aquecimento da massa e no corte do soro, uma absoluta economia que permitia retirar percentagem inusitada de manteiga. Na filtragem, acrescentou mais tempo de cura, observando a diferença dos resultados. Logo, logo, o queijo ganhou personalidade diferenciadora dos demais do mercado. Do corte da cana, o que ficava para a soca ou a ressoca era a medida ideal para o melhor custo-benefício. Na moenda, sugava das caianas o último mel do seu ventre mais interior, o que lá na bica do alambique fazia pingar o que veio a ser a mais cobiçada cachaça das redondezas. Na raspa ninguém ganhava em quantidade e valor, e só ele, à frente do grande disco de pedra da secagem da farinha, tinha a paciência para manipular o grande rodo de madeira de forma a dar ao final o melhor dos beijus.

Caramba! O pai, atento aos resultados, procurou fazer justiça estimulando os dotes masculinos do filho, dando-lhe de presente uma folga aos sábados para uma visita à vila, distante uma boa légua dali. Reservou-lhe, na primeira vez, um bom baio e lhe fez maduras recomendações, pois conservava patente feição do menino de quinze anos que ainda tinha.

A vila, um pouco maior que a corruptela dos tempos do bom garimpo nos rios próximos, tinha lá suas vendas, sua capela, sua pequena praça com alguns bancos de madeira, meia dúzia de ruas paralelas e um bom número de casas de um generoso puteiro que servia aos fazendeiros e sitiantes do entorno. Dentre essas casas, exatamente naquela alpendrada e mais bem cuidada, vivia Prazeres, bela mulata de ancas largas, lábios grossos e peitos exuberantes. Vinte e três anos de idade e indo já para os oito anos e tanto de profissão. Novinha, mas experiente. Recatada, mas esperta. Viera da capital havia uns seis meses, onde se indispôs com um delegado e precisou fugir para não morrer. Logo que se estabeleceu, impôs certo respeito às outras companheiras de atividade pelas lições que ensinou a todas sobre a necessidade de associação dos interesses, a honradez da profissão e sua importância no equilíbrio e manutenção da força dos melhores fregueses, exatamente aqueles com o poder dos que mandavam. Era tida como referência na importância que o árduo trabalho havia ganhado nesse período, produtor de considerável melhora no nível dos haveres por elas recebidos com a valorização do produto. Além disso, a natural autoestima de todas as companheiras pôde ocorrer num clima de maior deferência por parte de toda a comunidade.

Prazeres, também conhecida por Saúva, pelas qualidades com que a natureza a havia premiado, pela seriedade na execução de sua arte, sempre com garantia antecipada da satisfação dos consumidores, pela generosidade dos deleites servidos em sua cama farta, pela arte da sedução praticada no envolvimento dos parceiros, logo caiu no gosto da maioria. Só não tinha unanimidade dado o fato de haver no mercado sempre aqueles que não apreciam muito o bom cardápio e que frequentam esses lugares só pra fazer de conta e procurar ludibriar as más línguas do povo.

Pois bem, não demorou muito para que ela se acomodasse de vez, não precisando muito diversificar os pretendentes, reduzindo em muito a rotatividade, muitas vezes fastidiosas. Fidelizou-se ao maior fabricante de queijos e mais promissor produtor de pinga da redondeza, de quem se tornou teúda e manteúda. Este, desde a primeira vez que usufruiu dos serviços de Prazeres, encantado com o alto padrão das performances, propôs-lhe bom soldo mensal, acomodações dignas de inveja e generoso crédito no comércio local, com uma única contraprestação: a de uma consentida fidelidade. Saúva, mais que depressa, não se fez de rogada. O que poderia ser maior do que essas benesses numa atmosfera de grande generalidade de sovinice e de preços bem aquém daqueles praticados nos mercados mais dinâmicos, como o da capital. Afinal, garantia de equivalentes financeiros, reduzidas jornadas de trabalho, generoso sossego ao lado de comodidades certas, não é sempre que se encontram. Além do mais, essa oportunidade aproveitada fez crescer sua inabalada liderança no meio, já que era um bom sinal de superioridade.

Marcelino, garoto ainda, inexperiente, introspectivo, escravo natural de uma inocência construída pelas antropologias rurais conservadoras, nessa primeira vez que visitava a "cidade" não teve como aproveitá-la no que permitiam as parcas economias que seu pai havia enfiado em seu bornal. Tomou lá seu refrigerante no pequeno bar da esquina, comeu ávido um saquinho de salgadinhos industrializados, rezou rapidamente junto ao fundo da capela, acomodou-se por bom tempo num dos bancos da praça, colocando sua observação a serviço de um instrutivo rastreamento, deu asas às suas intuitivas deduções, voltou a montar seu baio e bateu em retirada para casa. No caminho, veio pensando naquele novo mundo que era o povoado. Gostou do que viu e fez. Viu mulheres. De idades variadas. Ouviu falar daquelas de vida fácil e de suas delícias enquanto sorvia seu refrigerante no boteco da esquina. Pôde gozar da autonomia de decidir como aplicar o que tinha no bolso. Teve seu interesse despertado para as coisas que a liberdade poderia lhe oferecer. Afinal, a prática livre da vida, o direito de fazer opções sem ser molestado eram coisas que logo se afirmam como desejos e projetos. Prometeu que da próxima vez faria incursões mais socializantes. Procuraria fazer amizades, trocar impressões e conhecer o que outras vidas poderiam encerrar como lições. Quem sabe até se aventurar por mares nunca dantes navegados... como conhecer um pouco mais da realidade da vida difícil das mulheres de vida fácil.

Voltou à rotina de um trabalho já manjado, agora com novos objetivos programáticos: esmero cada vez maior para que as benesses do pai não faltassem nos finais de semana. E assim foi, por semanas e semanas, sempre com o pensamento voltado aos prazeres sabáticos que estavam por vir, em meio aos cuidados com o ponto certo de suas farinhas, com os ataques do vento nos jiraus onde secava o polvilho, com os fogos do alambique e o cálculo exato das doses do composto que transformava a proteína do leite na melhor coalhada. Inteligente que era, decidiu dar asas ao seu pendor empreendedorista separando diariamente uma parte do leite para pôr em prática novas experiências voltadas ao uso de antigas técnicas de talhar o leite. Dos mais velhos sempre ouvira falar dos coalhos naturais, responsáveis pela reprodução nas terras brasileiras dos queijos que seus antepassados portugueses elaboravam lá na serra "das Estrelas", nos tempos em que a indústria química ainda não havia invadido as esferas mais autênticas da fabricação artesanal. Buscou recuperar o uso do cardo-santo, cujas sementes, flores e folhas, como as do figo e do limão, replicavam pelos séculos as técnicas romanas de transformação do leite em queijo. Os novos tempos já andavam proporcionando a certas mercadorias a revitalização das vias mais naturais nos processos produtivos e adicionando a elas um compensador sobrepreço alcançado num mercado mais exigente. Por que não ousar? O resultado logo apareceu, o que passou a proporcionar um bom excedente monetário para a família. Pequena produção, mas toda ela monopolizada por um comerciante da "cidade grande" que toda semana vinha buscar o que era produzido, qualquer fosse a sua quantidade. Era o queijo de Serpa, de Castelo Branco, como o comprador costumava chamar aquelas maravilhas, cujo sabor, textura e cor davam-lhe corpo e personalidade próprios. Freguesia era o que não faltava.

Num dia — o destino sempre tem um reservado — de um inverno mais rigoroso, o pai caiu doente e não pôde ir à cidade no seu costumeiro domingo. Seus sessenta e tantos anos de áspera vida no campo já estavam a minar a fortaleza que fora até bem pouco tempo antes. Essa ausência estava a incomodar-lhe o orgulho de homem correto no trato com seus compromissos. Vendo que iria faltar com a palavra, chamou Marcelino, segredou-lhe um endereço, meteu em suas mãos um pequeno amarrado em papel envelhecido, pediu que selasse seu cavalo e levasse aquela encomenda até a vila, entregando-a à pessoa que iria atendê-lo. Marcelino, mais que depressa via cair do céu um final de semana de duplo prazer. Voltar ao vilarejo num domingo, coisa até então reservada apenas ao pai.

Quem o atendeu no destino? Prazeres! Quem diria?! Irradiando alegria, aquele corpo dadivoso, todo curvilíneo a esbanjar sugestões eróticas, recebeu Marcelino como um mensageiro celeste. Além de não precisar atender ao "velho", que já não correspondia aos reclamos de sua natureza voluptuosa, aquele aporte em dinheiro vinha na hora certa para saldar compromissos adrede assumidos. E ainda mais pelas mãos de um corpo jovem, sedento por experiências até então apenas imaginadas. Às favas o pai! Às favas o tutor! Prazeres já não resistia tamanha abstinência. Marcelino sequer sabia medir sua curiosidade. Não precisaram mais que um rápido café para se transformarem em um corpo só, tal a intensidade da mútua entrega. Marcelino aprendeu que os corpos em gozo perdem o peso e flutuam em voos, tanto altos quanto rasantes. Prazeres, enfim, voltou a dar justificativas concretas ao nome de batismo. Há quanto tempo não sentia o amor inteiro de uma juventude dobrada. Marcelino jurou que aquela afinidade apenas conhecia o seu começo. Promessas mútuas ficaram para ser cumpridas no próximo final de semana.

Quanta expectativa os assovios do ainda quase moleque transmitiam aos tostadinhos beijus. A cachaça parecia ir aos garrafões acompanhadas de risonhos duendes. As tábuas das estantes paralelas do cômodo onde maturavam os queijos ganhavam dia a dia disposições caprichosamente arrumadas, dando ao rústico cômodo um ar de museu de raridades. Tudo muito bem separadinho. Queijos comuns de um lado, os de coalho natural de outro. Prateleiras em sequência por idade, facilitando a saída dos lotes mais velhos ou mais novos, conforme o desejo do mercado. Os produtos cada vez mais obedeciam a novas harmonias e a novas racionalidades. O que os deleites da carne não foram capazes de fazer com os espíritos e as artes durante a história?! Fossem eles quais fossem e estivessem elas onde estivessem!

Marcelino já tinha para onde ir aos sábados, sempre situados no final de uma semana esticada em tamanho pela espera e pela ansiedade. O que o cavalo levava para vencer a distância ia, cada vez mais, tendo que compensar o tempo de expectativas. O cuidado em não despertar a curiosidade de terceiros era o salvo-conduto para sua introdução em terras que não lhe pertenciam de direito. Mas como deixar de transgredir? Impossível! E como recompensar as lições recebidas de tão capaz instrutora? O pobre dinheirinho dado pelo pai mal dava para as guloseimas. Haveria que encontrar meios para agradar a dona de tão generosa cumplicidade. O segredo teria que ser garantido por algum tipo de compensação. Caso contrário, estaria cuidando de adensar um terrível veneno. Havia, ainda, o lado do amor-próprio que não poderia ser ferido. Afinal, amor com amor nem sempre se pagou! Era necessário não cair em dívidas.

A confiança que o pai lhe proporcionava em relação ao controle do que era produzido foi aos poucos lhe dando garantias sobre os haveres resultantes do que era comercializado. Sabido que era, começou a separar, num canto dos depósitos, os melhores exemplares do queijo natural, da pinga mais envelhecida, da farinha mais pródiga em qualidades. Num bornal de couro, que se casava em gênero com o material dos arreios de seu cavalo, cabiam muito bem um exemplar de cada uma dessas "raridades". Muitas vezes até um bom tijolo da melhor goiabada ou bananada fazia companhia à cesta básica semanal. Pronto! Se bem recebido, estava aí o corpo sólido que emprestaria valor à sua barganha. Não precisaria mais se preocupar com situações de inferioridade, o que, diga-se, muitas vezes chegava a atrapalhar o desempenho de suas performances, tal o constrangimento que o acompanhava. Não deu outra! Prazeres nem esperava tamanha recompensa, tamanha vinha sendo a satisfação oriunda de outras fontes. E não era só isso. A motivação que o jovem proporcionava despertava-lhe o desejo de busca por experiências renovadas, o que dava a cada sessão um clima de garimpagem em busca das pedras mais preciosas. E não era incomum encontrá-las.

Esses ensejos do sábado espontaneamente procuravam se repetir nos domingos, mas não proporcionavam com o "velho" os mesmos resultados do dia anterior. Com Marcelino era uma questão de empatia, de entregas sem bridas, próprias de almas geminadas. Almas, nem tanto! Era mesmo uma questão de conjugação perfeita de corpos. Com seu protetor era uma coisa cada vez mais burocrática, rápida, repetitiva, maçante, cansativa. Para ele, nem tanto! Aquela mudança de anseios, de posições, de ritmos, de cadências; aquela busca de superação das insatisfações pela continuidade das operações quase sempre frustradas; aquela quase tristeza que se instalava após a primeira hora, tudo vinha criando um clima novo num relacionamento até então pleno de concordâncias e apaziguamentos. Certo está que o velho até vinha gostando daquelas originalidades, pois para ele as coisas novas provocavam estranhas estimulações que, no fundo, significavam consideráveis melhoras.

Em algumas semanas o "velho" começou a atinar sobre o que poderia estar acontecendo na sua prolongada ausência. Se em sete dias Deus construiu o Mundo, em seis sabe bem ele o que daria pra se fazer! Afinal, ela era jovem, faceira, bem cuidada, cheia de atributos, além do furor de um fogo sempre a lhe arder as vísceras do desejo.

Não deveria ser fácil suportar o recalque forçado pela fidelidade dessas forças provocadas pela sua natureza. Onde é que ela estava a buscar inspiração para tamanhas criações? Haveria alguém mais a se aproveitar de seu patrocínio? Sim, deveria haver um intruso professor e... seguramente mais bem aquinhoado que ele. O velho encucou. Cismou que estava a repartir com desconhecidos o doce mel de seu favo moreno. Resolveu botar as barbas de molho e, no silêncio de seu faz-de-conta, ligar o seu desconfiômetro dali para a frente.

Não demorou muito para o suspense de dissipar. Num domingo frio e chuvoso, depois de comparecer à missa como de costume, onde buscava a depuração da alma, de passar na venda para os acertos de contas dos haveres provenientes da consignação dos produtos da "fazenda", lá foi o "velho" para a visita em busca da expurgação dos embaraços do corpo. Tudo nos mesmos lugares. Nada de diferente. Repetiram-se os rituais dos últimos tempos. Ela, disposta como sempre e mostrando-se menos aborrecida que antes, após haver cumprido os primeiros e mais importantes atos daquele teatro cada vez mais mambembe, decidiu segurá-lo para um pequeno lanche, já que a chuva apertara e impunha cuidados maiores com a saúde e a segurança, numa volta a cavalo por alguns quilômetros barrentos. Um café a duas mãos até que cairia bem naquele cinzento ambiente, onde o friozinho úmido convidava o apetite a saciar-se. A luz acesa sobre a mesa dava destaque às xícaras e ao bule de ágata azul, de cujo bico saía um odor que completava os sentidos do apetite. O queijo redondo, de cor de topázio-ouro, chamava a atenção pela aparência majestosa de seu corpo, tirante à perfeição geométrica. Sem dúvida teria sido feito por mãos agraciadas. O bolo de fubá fresquinho propunha extravagâncias quantitativas. Seu cheiro era só harmonia com os demais. Quando servido com o café, o sabor daquele queijo fechou o insight como peça-chave do mistério agora desvendado. Aquele era o queijo de Marcelino. Não havia outro igual nas redondezas. Como ele chegara até aqui se toda a produção sempre foi mandada para a cidade grande? Aqui devia ter!!! E...

tinha. A confirmação veio com o aperitivo final. Aquela pinga, sem dúvida, era da mesma filiação. Não era à toa que o filho esperava o sábado com a ansiedade dos crentes. Eureca!!! Afinal, o alívio de haver resolvido o problema.

Tomou o cavalo e, mesmo embaixo da torrencial manga-d'água, voltou para casa satisfeito. Com a alma também lavada, aceitava com orgulho aquela partição. Afinal, ela se dava com a prata da mesma casa. E ele merecia. E como! Melhorou a produção não só das farinhas, dos queijos e da cachaça, mas também do que estava a acontecer embaixo dos lençóis de Prazeres.

MEIO A MEIO

— Alô, é da pizzaria do Nino? Oi, Nino, não reconheci a sua voz. Acho que é porque estou mais longe de você agora. Pois é. Faz um mês que mudei de apartamento. Agora estou na rua Augusto dos Anjos, 143. É o prédio da Caixa Econômica, você sabe, não? Isso mesmo! O apartamento é o de número 61. Eu queria o de sempre, você manda entregar? Perfeito! Uma pizza caprichada de berinjela com alcaparras, coberta com bastaaaaante cebola. Põe na conta, tá?

A campainha toca. É o entregador.

— Opa! Já é você, Chico. Obrigado. É pouco, mas vá ajuntando. Um dia você compra um Rolls Royce.

Que diabo! Mas eu pedi a de sempre e ele me manda essa porcaria de abobrinha com alcachofras. O que salva é essa camada de cebolas. Divina, como pouco se vê!

— Alô. É da pizzaria do Nino? Chama ele pra mim. Ô, Nino, o que aconteceu? Você deve ter trocado as bolas e me mandado a pizza errada. Veio uma de abobrinha. Argh!! Verdade? Então é isso! O Chico trocou as pizzas e entregou a minha no 62. Nessa altura o pessoal de lá já devorou a minha de berinjela. Tá OK, eu vou tentar fazer a troca e explicar o que aconteceu.

Botou uma camisa, vestiu a sua havaiana surrada e saiu no corredor, bem em frente ao 62. Meio ressabiado, com a caixa de pizza na mão, engoliu seco e apertou a campainha sem ter pensado muito no que iria dizer. A porta se abriu num mansinho educado e ele dá de frente com a vizinha. E que vizinha! Alta, morena, uns trinta e cinco anos, vestido estampado com rosas bem encarnadas num fundo negro, decote baixo pondo à mostra um profundo sulco que separava dois seios intumescidos. Expressando um ar de tristeza, mas com voz segura, foi logo se adiantando dizendo que já estava a par do engano do entregador, pois acabara de falar com a pizzaria e sabia que seria procurada pelo vizinho da frente. Feita a troca, recheada de agradecimentos gentis de ambas as partes, as portas se fecharam e as pizzas, amornadas pelo impasse do engano, foram devoradas, apenas em parte.

No dia seguinte, encontraram-se à noitinha na padaria da esquina. Ele vinha do trabalho, depois de uma segunda-feira sempre extensa e cansativa, e ela, de casa, onde passava seus dias numa "faina ingrata e dura". A troca da pizza do dia anterior foi logo o tema da aproximação que ambos puderam ter para se observarem melhor e entabularem uma conversa que continuou por todo o caminho de casa até se despedirem, com um aperto de mão, quando chegaram diante do 61/62. A compra do pão da fornada do fim da tarde fez com que ambos voltassem a se encontrar nos dias subsequentes. Apesar de passar por ali todos os dias, após sua mudança de endereço, no final do expediente, nunca havia notado a presença de tão exuberante figura, o que seria certo perceber se ela ali estivesse nessas ocasiões. Afinal, não se deve fazer vistas grossas à arte, quando solta nas ruas, para ser admirada de graça. Mas, a partir do primeiro encontro, nunca deixou de entrar na padaria esperando vê-la no balcão a pedir seus quatro pãezinhos. Jamais sentira tamanha ansiedade! Do lado dela, coisa mais séria passou a ocorrer. Ela, que tinha um leque maior de opções quanto ao horário de abastecer a casa do sagrado alimento, passou a medir os minutos para calcular com precisão o momento de descer e buscar a esquina próxima. Aquilo não era ansiedade, era projeto! Desconfiando ambos da intencionalidade do outro, creditaram os encontros às leis que governam os acasos, produtores de faustos acontecimentos ou de definitivos desastres. No bate-papo quotidiano do anoitecer daquela primeira semana, a terça, a quarta, a quinta e a sexta-feira, foram suficientes para que ela soubesse que ele havia enviuvado no alvorecer de seu casamento, por uma desventura sórdida do destino que ceifara a vida da esposa em acidente de trabalho. Que ele vivia já há mais de quinze anos curtindo a viuvez na repetitiva e monótona engrenagem de seus afazeres de burocrata do Estado e na solidão de uma vida de fidelidade monástica dentro dos aposentos domésticos. Que tinha uma grande vontade, até então embotada, de viajar para conhecer outros lugares e gastar o pé-de-meia que havia construído durante a timidez de sua vida comedida e frugal. Foi suficiente, também, para ele saber que ela se trancara em casa por conta da doença da mãe, entrevada na cama há uns bons dez anos e, agora, prestes a morrer, desenganada que estava já havia meses. Ajustara seus dotes de boa costureira ao necessário arrimo da casa, uma vez que o pai abandonara a família quando ela era ainda pequena, deixando apenas o apartamento em que moravam para que ambas vivessem ao menos abrigadas. Herdara a freguesia da mãe com quem aprendera os segredos do corte e costura. E, assim, vivia ela. Um olho na agulha outro na mãe, soterrando todos os sonhos que um dia chegara a ter, de viver em liberdade com direito, pelo menos, aos prazeres mais singelos da vida.

No sábado, a campainha tocou. Ele estranhou a hora. Era muito cedo para que o zelador o acordasse, sabedor que era que gostava de dormir até mais tarde nos dias em que não tinha expediente. Qual! Era ela. A mãe acabara de morrer. Logo se puseram ambos a serviço do ritual complicado e trabalhoso de providenciar o necessário para que tudo corresse mais tranquilo e menos traumaticamente. Ela pouco chorou, pois o espírito conformado pela longa expectativa daquele desenlace se misturava a uma sensação de alívio, mesmo sabendo que ficaria sozinha, tendo que se reeducar para dar conta de outros papéis que a vida, seguramente, lhe entregaria para desempenhar. O velório, longo além das medidas, retratava às escâncaras o estado de abandono e isolamento em que viviam. Além dos dois, ninguém mais, além do médico, dos curiosos de sempre e dos indispensáveis mendigos que viviam por ali a carpir e oferecer a solidariedade indesejada e constrangedora. Mal o féretro baixou a sepultura, ela e ele voltaram para casa. Pararam na padaria para reanimar o calor dos corpos cansados com um longo e silente café. Olhos nos olhos, ele, num impulso aliviador, avançou, num repente, sua mão direita e lhe acariciou a face. Ela, em seguida, sobrepôs a sua sobre a dele, apertando-a e levando-a até a nuca. Arfa o peito, sugerindo, com as duas lágrimas que descem em rabisco pelos cantos do nariz, que estava aflita em sua solidão. Voltaram para casa de mãos dadas, sem dizer mais uma palavra.

— Alô. É o Nino? Ô, Nino, sou eu. Não se esqueça que agora eu estou no 62 do prédio da Caixa Econômica. OK? Preste atenção! Hoje você vai me preparar, com aquele capricho de sempre, uma pizza meio a meio. Metade berinjela com alcaparra, metade abobrinha com alcachofra, com bastaaaaaante cebola!

NECROLOGIA

Pela manhã, como sempre, enquanto tomava seu café preto com um pedaço de pão amanhecido, abria o jornal e, naquele compasso automático, corria os olhos em cada um dos cadernos previamente organizados. A ordem era sempre a mesma: as notícias da primeira página, a política nacional, a internacional, a economia, a cidade, o esporte e o bricabraque derradeiro, onde os espetáculos, a literatura, a cultura em geral e as amenidades eram sua receita diária. Bem, os passatempos da penúltima página não perdiam por esperar. Ali, sempre demorava o suficiente com prazeres redobrados. No horóscopo buscava adivinhar seu destino e exercitar suas premonições. Nas cruzadas, enfurecia-se com as dificuldades superiores às esperadas.

Naquele dia, ao se inteirar do conteúdo da necrologia, diga-se, noticiário pelo qual alcançava a gaveta de memórias das figuras conhecidas que deixavam este mundo, deparou com um nome que lhe fez acelerar o coração. Puta merda! Só sobrou eu! Era o penúltimo dos moicanos de sua turma de escola que se despedia. O filme da vida correu-lhe rápido no *kino* de sua memória. Aquele, sim, era um apaixonado. Nunca havia visto tamanha fidelidade a um amor nascido numa juventude, por sinal bastante traumática. Havia perdido sua companheira, seguramente ainda virgem, pois naquele tempo não se comiam assim tão irresponsavelmente como hoje em dia, em um acidente em que só ele se salvara. Dezessete mortes! Nunca mais o vira sorrir. Terminou os estudos básicos e, literalmente, se exilou naquele seminário religioso, apartado da cidade uns bons quilômetros. Seu percurso como frade menor foi rico em entregas a comunidades necessitadas de assistência material e espiritual em todo o mundo. Correu terras as mais estranhas, não para converter, mas para verter esperanças. E, agora, estava ali, em letra de forma, a indicar sua última viagem. A ordem à qual pertencia comunicava que ele havia sido enterrado nas terras do Monomotapa. Longe demais para uma homenagem presencial. Perto demais para reforçar a certeza de que o passado de longa vida é também a certeza de um futuro de vida curta.

Naquele dia, não chegou ao último gole de seu café preto. Muito menos aos quadrinhos de que tanto gostava!

O ANZOL DE PRATA

Para Murilo

Foi até sua caixa de pesca, enorme baú encostado a um canto da garagem, junto ao barco e ao motor de popa, destravou o cadeado com o cuidado de sempre, abriu sua tampa côncava e retirou de dentro uma das caixas de anzóis. Exatamente aquela que continha os exemplares "históricos", isto é, os que haviam fisgado os peixes mais emblemáticos numa carreira de décadas de apaixonadas pescarias. Olhar perdido entre tantos, separados uns dos outros pelo seu tamanho, viajou, em alguns instantes, pelas incontáveis aventuras passadas nos mais diferentes rios do país. Os próximos de sua casa de infância, onde lambaris de superfície e cascudos mais profundos haviam dado início a uma vida inteira de dedicação religiosa àquela prática, até aqueles caudais, distantes, dias e dias de penosas viagens, onde ainda o homem predador não havia chegado para, como num passe de mágica, liquidar com o prazer de poucos, decretando sua morte biológica pela exploração comercial insensível e pela poluição de um progresso desumano e especulativo. Nesses, o prazer amador e responsável ainda podia se cristalizar em graúdos pintados, invejados pacus e dourados e tantos outros de escama ou couro. A memória cinematográfica de um passado de fugas volta a dar lugar à causa que mediava aquela busca. Dedos e olhos pesquisam, entre inúmeros, aquele que deveria ser o escolhido para simbolizar tão festejado acontecimento. "Este, isso mesmo, este! Foi ele que protagonizou a mais extraordinária experiência e a mais desabrida luta entre desiguais." Lembrou-se do velho Santiago de Hemingway, que nos mares de Cuba sobrepujara, em luta heroica, descomunal espadarte. De um lado, a cega vontade de vencer e, do outro, a desesperada força para se desvencilhar da dor e da morte. Uma peleja que durou "séculos", testemunhada por tantos que invejavam aquela oportunidade. De um lado, a autoestima desafiada, a necessária satisfação almejada pela vitória, a humanidade de um poder construído. Do outro, a natureza bruta, na sua inocente singeleza, oculta nas entranhas da água pardacenta, mas já submetida a uma inexorável capitulação. De um lado, o eu. Do outro, o surpreendente jaú que provocara a peleja mais desafiadora e igual que jamais havia enfrentado. "Este, isso mesmo, é este!"

Tomado por certo orgulho e por uma incontrolável sensação de euforia, abriu o lenço branco e colocou em seu interior aquele que seria o símbolo da transmissão de um reinado e o apanágio de uma promessa de quebrar o vício que sabia abreviar-lhe a vida: o cigarro, seu velho companheiro desde os tempos de uma adolescência rebelde que lhe abriu os caminhos para uma visão cética das coisas do mundo. A aurora de uma possível nova e enriquecedora etapa da vida, que o neto recém-chegado anunciava, estava agora a se digladiar com o projeto de levar ao ocaso aquilo que havia sido, com muito fulgor, seu prazer dezenas de vezes repetido no quotidiano. Deixar de fumar seria o único gesto autodeterminado de poder para desfrutar um futuro mais longo para poder gozar de outros contentamentos ao lado da bela estimulação que chegava. Ato contínuo, foi até o amigo ourives da não distante esquina e pediu-lhe que banhasse em prata aquele anzol simbólico. "O jaú dará seu lugar a um peixe ainda mais precioso", disse ao entregá-lo ao companheiro de inúmeras pescarias. Pediu pressa, no que foi atendido, diante de tamanho gesto programado.

Na semana seguinte, já com o mimo devidamente acomodado em caixinha forrada de veludo, foi com a esposa até a casa da filha e, solenemente, com um discurso surdo e introjetado, representado para os demais por um simples silêncio emotivo, entregou a Murilo, seu Manolin, aquele desejo-promessa de desfrutes futuramente compartilháveis. Semana de expectativa, mas também de embate feroz contra o vício, aquele Adamastor interno a lhe corroer as forças. A abstinência estava a lhe trazer angústias e desprazeres. Não poderia deixar-se vencer por tão abominável perseguição.

Sentiu que estava às portas da rendição. O anzol, o compromisso, o projeto de vida futura que queria frutuosa em companhia do neto eram armas mais do que poderosas no enfrentamento do duelo em curso. Porém o adversário era por demais cruel e insidioso. Atacava-lhe as carnes e o espírito. "Não vou oferecer minha fraqueza como motivo de rendição tão acovardada. Oferecerei meu amor real como arma contundente contra seu amor impossível por Tetis. Me tornarei invisível aos ataques de um contendor tão agigantado e velejarei vitorioso por mares nunca dantes navegados e, assim, chegarei à minha Calicute. Trancou-se no quarto e, num retiro escuro e solitário, hibernou, qual um urso, por um tempo que não sabe bem quanto durou. Foi o suficiente para deixar o campo de luta enfraquecido, mas vitorioso. Havia chegado às costas do Malabar. Seu neto havia vencido a batalha!

Foram tempos que recoloriram uma existência de árduas batalhas profissionais, de incansáveis superações nas formatações familiares, de reencontro com razões que exprimem a vontade de viver, com explicações interiores que dão sentido à vida. Os projetos de voltar às delícias das barrancas, das tarrafadas, dos corricos e das fisgadas agora tinham um novo protagonista e um novo preceptor. Gafanhoto e Mestre Po. Sidarta e Ananda. Desde cedo as histórias de pescarias prepararam o espírito da criança para o mundo mais que encantado das surpresas que articulam a mediação entre a mão e o anzol. A cada lançada, uma expectativa que acompanha a linha tesa. A cada puxada, uma revelação. Tomar o peixe, observá-lo, livrá-lo da armadilha iscada, identificá-lo, avaliar a conveniência de aproveitá-lo, trocar a satisfação de levá-lo para casa pelo poder maior de poupar-lhe a vida, soltando-o de volta às águas. Tempos de ócios hedonistas, de saberes repartidos, de educação prazerosa, de recolhimento frutífero, de maturação silenciosa. Tempos de ensinar a aprender. De dar, de compartilhar, de refletir, de crescer, se purificar. Tempos felizes.

Foram tantas as vezes que se acomodaram em seus tamboretes à margem da vasta lagoa, nos arredores de casa, sob a sombra acolhedora da mesma frondosa e benfazeja cajazeira, que aquele espaço, diga-se, era tido por ambos como a morada da paz interior. Foi nesse banco de escola que preceptor e aprendiz teceram suas tramas e urdiduras num largo e imenso estampado de cores e brilhos. Aí, nos fins de semana, se propuseram a escrever os capítulos de um livro vivo e sem limites. A vida como fim e a pescaria como meio. Aí, o neto, aprendendo, entendeu e praticou virtudes que levaria consigo pela vida afora. A escola não precisa de paredes, nem o professor de lições acabadas. Todos nós, como alunos que somos da vida, aprendemos o que nos proporciona o meio em que estamos. Se bom e justo entronizaremos, como parte de nós mesmos, o *aequo et bono*, e temos tudo para nos comportar com tal. Se mau e injusto, só nos espera a resposta da revolta e da indignação.

Vinte anos depois, na sala mortuária, onde pela última vez seria visto pelo neto, este pede aos presentes para deixá-lo a sós com seu velho companheiro de pesca. Após minutos de tão solitário encontro, o avô estava levando consigo, para sempre, aquilo que simbolizara tanta felicidade em vida. O anzol de prata fisgado na lapela do paletó.

O CORRER DA VIDA

O correr da vida está sempre nos preparando surpresas. Sem elas, também, que graça teria viver sem apostar nas esperanças? Estas são sempre as marcas otimistas de surpresas desejadas. Ganhar a milhar é um exemplo dessas surpresas que gostaríamos que nos assustassem. Há aquelas, talvez em maior número, que acontecem sem o nosso prévio querer. Boas, algumas; indiferentes na qualidade, outras; e até trágicas, muitas outras mais! Sem querer encontrar razões para qualificá-las e, com isso, construir uma classificação taxonômica para entender melhor suas ocorrências, aponto que muitas vezes as coincidências antecedem e condicionam seu aparecimento. Relato dois acontecimentos que marcaram minha vida, ambos envoltos em decorrentes bons sabores, promovido um por uma atitude proativa, e outro pela desídia cômoda do não fazer.

Estava eu, numa viagem incomum a Nova York, a andar por uma rua de posição absolutamente aleatória, quando passo por uma porta que anunciava possuir em seu interior uma grande quantidade de livros, revistas, cartazes, gravuras e folhetos usados, ou simplesmente encalhados e descartados por outros comércios, numa espécie de grande sebo de achados e perdidos. Deambulando, sem nada a fazer senão observar e registrar sensações, me vi impelido a entrar para sapear o acervo daquela feira livre de coisas velhas. Estantes lotadas de livros, balcões repletos de pôsteres e revistas, pilhas dos mais diferentes jornais, gravuras artísticas e reproduções de cartazes de cinema e de propaganda de uma infinidade de artigos não mais à venda no mercado. De passagem, uma bancada com uma sucessão de revistas *Life*, separadas por mês e ano de suas edições, a maior parte da sucessão temporal interrompida por vazios sequenciais. Revista não mais publicada, mas que havia feito história no mundo do entretenimento durante décadas, me levou a procurar um exemplar que tivesse sido editado no ano de meu nascimento. Lá estava o box daquele ano com apenas um exemplar. Essa revista tinha uma tiragem semanal, sempre editada às segundas-feiras. O exemplar solitário correspondia exatamente ao dia de meu nascimento, uma segunda-feira de setembro de 1937. Tinha em minha mão uma publicação com o meu tempo de vida: quase oitenta anos. Intacta, dentro de um envelope plástico transparente que não escondia sua sempre colorida capa a ostentar uma personalidade do momento. O retratado? O cantor e ator de cinema, que havia feito dupla com Jeanette MacDonald em muitos filmes musicais de Hollywood, Nelson Eddy. Nelson, como eu. Saí com a revista em minha mão, com minha cabeça viajando para a cidade de Amparo, no estado de São Paulo, onde minha mãe, na ausência de meu pai em longa viagem, me registrou, quem sabe, inspirada pelas performances daquele tenor de ópera capturado pelo cinema, na época, o grande produtor de celebridades e passatempo. Ainda hoje me surpreendo com essa coincidência.

Outra surpresa, esta mais recente, ocorreu em Paris no dia seguinte à maratona de 2018. Eu, meu filho, minha nora e meus dois netos, passeando pela cidade, nos vimos diante daquela magnifica expressão gótica a ser sorvida pelos olhos e incorporada como experiência sensorial inusitada. Olha daqui, dali, mais perto, mais longe, apontando detalhes das gárgulas para os netos, além de dezenas de registros fotográficos. Hora de decidir fazer a visita ao interior da catedral. A fila era relativamente grande e a hora já avançava para as dezoito da tarde.

Ouvimos com atenção redobrada os sinos sinalizarem os três quartos de hora. Com certa dúvida e já cansados, fila de espera com crianças nunca é uma situação tranquila, decidimos, com desagrado, adiar a visita. Deixamos a praça não sem voltar a cabeça para uma última olhada antes de perder Notre Dame de vista.

Ao entrarmos no hotel, minutos depois, a televisão mostrava a fumaça e o fogo devorando o teto daquele monumento.

O ELIXIR DO AMOR

Fazia tempo que não se viam. O acaso os levou a uma mesma sala de espera. As consultas eram muitas, e o atendimento do médico geriatra estava atrasado. Rolou, no início, aquele papo chavão que serve quase tão somente para quebrar um gelo há muito solidificado. Esgotado o primeiro tempo, ambos perceberam que o segundo poderia ser muito mais interessante, já que as informações trocadas até ali remetiam a um diálogo mais compromissado. Ele e ela estavam livres das amarras derivadas dos antigos compromissos familiares, porém solitários. Apesar das idades já terem ultrapassado, em muito, o período que poderia ser chamado de caça, ainda havia, para ambos, uma boa dose de munição nos tambores de suas armas. Ela mostrou-se arredia às primeiras tonalidades eróticas contidas nas lamentações que ele trouxe ao comentar os últimos períodos de sua vida. Mostrava-se cuidadosa na sua aparente pudicícia, apesar de os olhos denotarem um interesse curioso por tudo que poderia estar ainda por vir. Soltou-se um pouco, com pequenos sorrisos, ante veladas insinuações de prosseguimento daquele bate-papo em outras horas e lugares. Não demorou muito para passar do não ao quem sabe. Convenceu-se de que a vida poderia merecer, pelo menos de vez em quando, um olhar cósmico, no espaço, e geológico, no tempo. Isto é, de descompromisso com o presente efêmero da existência humana, tão cheio de limitações castradoras aos desejos naturais promotores da reprodução da vida. Nada como um bom papo-cabeça, franco e desprovido de preconceitos, para afastar pedras que atrapalham o andar da carruagem. Antes que o médico atendesse o primeiro, ambos já haviam concordado em fazer um programa a dois, após saírem do consultório. Nada de mais significativo rolou na rodada de aperitivos jogada em mesa de bar próximo. A mão na mão e o beijo de despedida, apenas selaram o início de um imediato final de vida por demais rejuvenescedor.

O "elixir do amor" não constava de nenhuma das duas receitas passadas pelo doutor.

O SONHO E A PEDRA

Não havia uma noite sequer em que aquela figura de mulher encantadora não povoasse seus sonhos. O que durante todo o dia não lhe saía da cabeça, à noite, no recolhimento do quarto e no tapete encantado em que voavam seus desejos após cair no sono, aquilo tudo ganhava os perfis de uma realidade fantasiosamente concreta. O que mais desejara nos últimos tempos e que sabia estar distante de qualquer possibilidade de realização, ele, cada vez mais intensa e rebuscadamente, dava contornos esmerados pelo buril de sua imaginação criativa. Só assim conseguia enfrentar um novo dia de triste constatação frustrante de que a distância é um fenômeno de dimensões às vezes absolutas. E, a cada noite que se seguia a essas certezas sempre mais petrificadas, seus sonhos pareciam buscar compensações com alto poder de reconstrução das esperanças amanhecidas. E essa recorrência amarga, brutal, insidiosa, como uma grande e iluminada roda-gigante a girar, girar, reproduzindo, sempre no mesmo lugar, os mesmos movimentos e as mesmas sucessões de imagens, preenchia todos os vazios que o ramerrão diário de sua atividade de estafeta dos correios era pródigo em abrir por centenas de vezes todos os dias. Mas… *quo usque tandem*[1]?

Foram vizinhos quando crianças e adolescentes. Partilharam a edificação dos espaços lúdicos da infância e da explosão febril dos impulsos que acompanham a maturação da carne e do espírito. Sua fixação, alimentada por uma libido mais que original, o fazia sentir-se dono da descoberta daquela atração ainda impercebida pela maioria. O primeiro desejo havia sido seu, e seu deveria ser o mérito de tê-lo encontrado. Sua apropriação lhe parecia dever ser respeitada, pois insuspeita. Afinal, era ele que havia chegado primeiro a esse

---

1 ATÉ QUANDO, palavras iniciais do primeiro discurso de Cícero no Senado Romano, denunciando a conspiração articulada por Catilina (CATILINÁRIAS).

bem recém-nascido. A vida, porém, não é feita só de caprichos. Em grande parte, ela é produto, queiramos ou não, de determinações bastante concretas que fogem ao controle e à vontade individual. Às vezes, em grande parte, essas determinações são radicais, absolutas. Nascemos por elas e morreremos com elas. Mas, é possível, em seu correr, contar com a benevolência ou o castigo das circunstâncias. Aí, é uma questão de saber aproveitar ou se livrar delas. E, assim, a musa do carteiro, filha de abonado funcionário do Estado, viu cedo sua rota na vida se distanciar do rumo que tomou a de seu desafortunado amigo de infância.

Debutou, como todas de sua classe, num primaveril e majestoso baile em que os seletos convidados eram os donos de fortunas. Havia, entre eles, evidentemente como sempre, aqueles que se fazem passar por isso e aquilo, sem serem, na verdade, merda nenhuma! A *high society*, as artes, a intelectualidade estão cheios deles! Abafou com seu longo vestido de guipure celeste que deixava entrever a ponta fina de seu sapato dourado, seu coque moreno envolto em larga fita de tafetá marinho, a maquiagem leve a salientar seus grossos lábios vermelhos, tudo a decorar aquela perfeição escultural que a fazia uma das moças mais bonitas e provocantes da comunidade. Desde esse baile, sua figura ganhou notoriedade na comunidade. Passou a ser policiada pelos olhares de tantos, pra não dizer de todos. Entrou no rol das pretendidas de uma infinidade de moços de sua idade. Outros tantos, nem tão moços, nem tão disponíveis quanto ao estado civil, logo arranjaram para ela um lugar em seu consciente para usá--la quando as circunstâncias impõem necessidades de estimulação. Entre os candidatos, que sempre aparecem a farejar carnes novas e belas, estavam, evidentemente, aqueles apenas sonhadores, como o ainda aprendiz de distribuidor de cartas e outros colegas de escola, e aqueles outros que se valem de seu status de potentados para concorrer ao consumo permanente dos pratos fundos das melhores sopas do cardápio. As mulheres, que nunca foram bobas como pensam os homens, muito cedo se apercebem do valor dos dotes que lhes são presenteados pela natureza para deles fazerem aplicações quase sempre extremamente rendosas do ponto de vista da estabilidade dos dias e da fruição de incontáveis benesses. É aí que muitas vezes a beleza física do escolhido, assim como seu gênio, sua idade, sua educação, seus gostos e suas preferências clubistas passam batidos diante do poder do patrimônio. E, pronto! Caem como patinhos e está selado o golpe do baú. O que vem depois é outra história...

Com nossos protagonistas não deu outra. Enquanto a vida reservava longos e repetitivos percursos diários para o desafortunado batedor de pernas dos serviços postais em troca de um salário curto e grosso como um telegrama, a coleguinha de ontem, altiva, fazia pouco dele toda vez que vinha à porta para receber sua correspondência. A reação de desdém crescia à medida que, por falta de outras oportunidades, a entrega das cartas era acompanhada de convites e insinuações amorosas por parte dele que, ingenuamente, achava que o passado infantil pudesse pesar nas decisões voltadas para o futuro. Cedo sentiu, porém, a barreira que se erguera entre eles e, inconformado, se viu como o desprezo dela. Seu obstinado sonho de um dia poder tê-la bem perto para uma troca de confidências se desmanchava no ar com maior rapidez do que se desmancham as coisas sólidas. O que dizer, então, da conjunção carnal, desejo dos mais antigos, que fixara em seu ideário de conquistas a justificar a vida? A cada carta entregue, aonde quer que fosse, ele se imaginava entregando a ela uma confissão de seu desejo, uma declaração apaixonada do sentimento que lhe rebuliçava o espírito, uma promessa incontida de fazê-la a mais feliz das criaturas. Enquanto isso, ela punha em prática um cultivado plano de logo concretizar sua estabilidade de mulher, plenamente protegida contra as asperezas dos dissabores que via em muitas de suas companheiras. Era importante buscar a estabilidade futura, mesmo que ela pudesse vir agregada a insatisfações sublimáveis. A felicidade total não se constrói sem sólidos baldrames materiais. Se ela não vier a acontecer, pelo menos as paredes do abrigo familiar serão consistentes e seu interior pródigo em sabores e segurança. Poderia, de qualquer forma, dar vazão aos seus impulsos de vaidade e, sem restrições, dar ao seu arcabouço de linda mulher o melhor dos acabamentos. Poderia reiterar ainda por longo tempo a motivação de inveja e cobiça há muito despertada em mulheres e homens. E com requintes, seguramente.

Ancorada nesse fenótipo de Vênus, os pais, que sempre desejam uma vida segura para os filhos, facilitavam as seduções dos bem--dotados da comunidade, oferecendo para a filha oportunidades de encontros em festinhas, bailes e saraus frequentados pelos moços de melhor estirpe financeira. Como em todo negócio, a troca de patrimônios deveria fundar-se em bens de certa equivalência. Caso contrário, a transação estaria eivada dos vícios da fraudulência. E quanto valia aquele rosto de boneca, naquele um metro e setenta e tantos de carnes bem distribuídas, com seus noventa de busto e noventa de quadris? Seguramente muitos alqueires de boa terra, muitos outros bens de raiz, muitos diplomas, muita hierarquia, muito prestígio, muito poder e, sem dúvida... muita pecúnia.

Logo que completou dezoito anos, os pais já "cansados" dos exercícios de defesa que davam vida aos seus cuidados e às suas preocupações para manter incólume as frágeis muralhas daquele verdadeiro castelo encantado, logo trataram de facilitar as coisas arrumando para ela a melhor das montarias disponíveis naquele imenso haras onde medravam boas e perigosas quantidades de belos pangarés. O cavaleiro era feio, "tá certo"! Suas pernas curtas mal chegavam ao estribo. Sua idade já não recomendava percursos mais longos, muito menos caminhos pedregosos. Mas suas posses e sua decantada astúcia negocial faziam dele um Midas a provocar inveja e respeito por todas as cercanias por onde costumava itinerar. Seus bens terrenos ocupavam grande número de espaços nos mapas das redondezas e da capital. O decantado volume de suas finanças corria o mundo pelos canais do multivariado espectro de suas aplicações. Era tido como austero, escrupuloso, sagaz e severo no trabalho, qualidades que repetia nos demais atos de seu comportamento. Nenhum impulso se concretizava em ação sem a segura fidúcia. Em casa era patrão enérgico. Sua pequena mansão num canto da cidade ocupava linda área de impecáveis jardins, densos bosques de variado arvoredo, pródigos pomares e imensa fauna de aves canoras e de variada espécie de pequenos e buliçosos animais domésticos, toda ela cercada por lindas sebes de um verde sempre brilhante. Impecável no asseio, admirada pela beleza de seus sinais estéticos exteriores, era tida e havida como repositório de luxuosos pertences mobiliários, de invejado conjunto de obras de arte a montar requintados ambientes cujo conforto e bom gosto saltariam aos olhos, mesmo dos mais avisados. Uma dedicada e escrupulosa governanta era a provedora fiel dessa cobiçada delícia, tamanho era o esplendor que irradiava. Diziam, à boca pequena, que tudo isso ainda se potenciava com o que era produzido na cozinha pelas mãos milagrosas de extraordinária maga em quitutes e acepipes. A parte externa ao solar, verdadeira moldura de requintes botânicos, trazia a marca de cuidadoso jardineiro, moço ainda na idade, mas de antiga amizade com o dono da casa, fato que fazia dele depositário fiel de sua irrestrita confiança e o único a compartilhar das intimidades secretas de um confessor ultracomedido. As más e invejosas línguas alimentavam um rico folclore de suposições desairosas a propósito dessa intimidade. O "velho" lobo, porém, era um grande solitário e, por conta, um tanto tímido e empedernido. Entre as inumeráveis tarefas derivadas de uma administração cuidadosa de suas riquezas, levava uma vida rotineira de poucas fruições externas, no desenrolar de uma maturidade carente dos exercícios que dão vazão aos instintos mais primitivos e um pouco exagerada em ascese.

Como um número de boa prestidigitação, a família pôs seus duendes em campo e arquitetou irreprochável arapuca para sossegar os fogachos que a filha andava demonstrando não ter condições de administrar com segurança. No aniversário dos dezenove, promoveu encontro reservado em que o já grisalho bom partido compareceu depois de reiterados convites. A moça, de chofre, fez a cabeça e outras partes adormecidas do quase quarentão explodirem em espetacular chuva de fogos de artifícios. Nunca havia ele pensado conter dentro do corpo tamanha irresponsabilidade. Sentiu-se logo derrotado. Achegou-se aos pais com a rapidez dos bons leiloeiros e deu logo seu lance num irrecusável convite à família para conhecer sua "quinta", coisa a que poucos, muito poucos, haviam até então tido acesso. A moça logo percebeu o interesse do magnata e se fez de rogada durante todo o encontro, visando mostrar que a guerra deveria exigir outras batalhas antes do içar da bandeira branca da rendição. No interregno entre as visitas, recebeu maravilhoso adereço de platina e esmeraldas, presente de propedêutica confissão de interesse a significar próximo e irrecusável pedido de casamento. Este, mais do que de pronto, foi aceito pela "borralheira" e sua família, depois de constatado que o ambiente doméstico em que a menina iria morar irradiava a mais absoluta certeza de que não lhe faltariam meios para a realização de não importa quais projetos. E tudo isso se fazia acompanhar de tratamentos requintados e antevisões de relacionamentos polidos e respeitosos. A segurança de um futuro de estabilidade e desfrutes, derivada da madurez dos arrimos sentimentais e do poder de fogo dos arsenais econômicos do parceiro, confluiu, sem muito pestanejar, para um aceite generalizado, produtor de um gozo coletivo de antecipação de felicidades.

O casamento não tardou. Depois de festividades restritas e comedidas, o casal passou longa lua-de-mel em terras estrangeiras, quando tutor e tutelada puderam saborear a diversidade das manifestações culturais de uma dezena de países, povos, civilizações e dos usos e costumes de uma imensidão de comunidades. Tudo entremeado pelas mais modernas limusines, artísticas baixelas, pelos mais sofisticados cardápios e mais alvos travesseiros. As satisfações dos apelos mais primitivos do corpo encontraram as dificuldades próprias dos tímidos e inexperientes. As ansiedades, o natural respeito dos que ainda não são íntimos, a preocupação em não se adiantar em operações mais arriscadas, nem mostrar com tanta rapidez os "desvios" de conduta que já vêm impregnados no DNA de todos, faziam ambos aceitarem como normais as ejaculações precoces e as frustrações de um aprendizado gozoso sempre interrompido. Voltaram impregnados de experimentos, seduzidos por fascínios e deslumbres, tanto quanto comprometidos com um amanhã carregado de perspectivas e projetos. E, por que não, com uma certa frustração e muita expectativa em relação à qualidade das obrigações dos que coabitam.

O tempo passa! E aquele clima de zero a zero parece permanecer até o intervalo do primeiro para o segundo tempo. O clímax do gol parece se esboroar nos impedimentos, nas faltas mal chutadas e nas furadas do centroavante. A linda moça começa a se incomodar com o resultado, já que seu arqueiro frangueiro, seu meio de campo desarticulado e seu ataque covarde esperavam levar de goleada em todas as partidas jogadas. O volume de mordomias, o bem-estar permanente, o carinho dedicado que se articulam num habitat paradisíaco, não vinham encontrando, porém, a mesma performance nos quesitos evolução e comissão-de-frente. E aí, já viu, não? A porta-bandeira não demorou para se mandar para outra escola.

Ciente de que desfrutava de uma vida esplendorosa, a fazer inveja a qualquer princesa, a bela moça começou a ver nos períodos em que o marido passava fora de casa para cuidar de seus negócios, importantes intervalos que poderiam ser aproveitados para participar de "cursos de reciclagem e atualização". E por que não com o professor sempre presente e pronto a continuar realizando a tarefa delegada pelo patrão de satisfazer com prontidão e zelo todos os pedidos feitos pela nova dona da casa. De jardineiro fiel, de confessor, de agregado, e sabe-se lá do que mais, de um patrão exigente, ciumento e cioso de suas coisas, de repente o forte rapagão se viu envolvido pelos desejos da normalidade e passou a dar maior atenção aos cuidados para com a nova patroa. Hoje é uma rosa colhida, amanhã uma consulta sobre a poda de uma primavera, depois um pedido de aval sobre a limpeza do chafariz, mais tarde um convite para uma volta de reconhecimento da herdade, uma humilde solicitação de opinião sobre um problema pessoal e, assim, o fio da confiança e da cumplicidade foi se desenrolando a partir de um novelo cada vez mais íntimo e liberal. O clima de confiança nos serviçais era absoluto por parte do patrão. O tamanho do milagre de ter uma mulher daquela exuberância em casa não permitia que essa dádiva pudesse gerar os desvios da desconfiança, pois isso, sem dúvida, quebraria o encanto daquela receita de felicidade. Ciúme? É evidente que existia. E não era pra menos. Ainda mais naquela casa, onde tudo tinha uma relação de propriedade com o até então solitário solteirão. Mas não haveria motivo para fazer disso tudo uma barreira. Bastasse o cuidado em não deixar pistas, o que não era difícil naquele vaivém de viagens e de frequentes períodos sabáticos no correr da vida da casa. A atmosfera de segurança pessoal ainda contava com a participação da família, sempre presente nessas ocasiões para dar à filha um respaldo material e um apoio psicológico.

Assentada a poeira dos primeiros tempos de vida em comum, aquela encarnação de mau caminho, estimulada pela quebra das barreiras da virgindade e da dependência familiar, começou a se incomodar com a reincidente insatisfação dos apelos da carne. As coisas pareciam se acomodar na esteira de uma vida sexual sem maiores novidades. Não deveria ser possível que, para tanto pendor da libido, encarcerado e latejante naquele corpo, como um artefato bélico sempre próximo da explosão, não houvesse uma recíproca possibilidade de satisfação. E isso, cada vez mais, ia colaborando para que os profundos fossos que a separavam das manifestações espontâneas dos pensamentos mais desabridos fossem sendo aos poucos colmatados pelas possibilidades da prática segura das transgressões próprias do adultério. Uma hora, a busca do prazer falou mais alto. Numa tarde, de repetida ausência do senhorio, em que a brisa outonal criara inúmeros tapetes de folhas amarelecidas sob as densas copas do fechado arvoredo, nas imediações da curva da estradinha esquecida que corria no fundo do quintal, muito bem protegida por densos bambuais, cedendo aos instintos mais primitivos, entregou-se pela primeira vez ao subordinado caseiro num episódio repleto de cenas da mais absoluta devassidão. Estava, enfim, esclarecida a sua suposição de que a natureza deveria estar equipada para libertar os gênios que nascem presos nos corpos das mulheres. Era apenas, sabia ela agora, uma questão de encontrar a pessoa certa para esfregar a lâmpada de maneira adequada. Impossível viver dali em diante sem repetir à exaustão aquela experiência. Reincidiu por diversas vezes até que foi criado para o jardineiro um ambiente de insuportável pressão em que o prazer da carne passou a ser menor que o perigo da morte. Isso mesmo! Se o patrão viesse a saber, não haveria a menor dúvida. Ele pagaria a sua dupla infidelidade com uma única morte. A sua! Esse fardo era cada vez mais pesado a cada vez que ele a via, na apoteose dos gozos, revirar os olhos e dizer que nunca imaginava poder ouvir, do outro lado do mundo, o canto dos rouxinóis e da cotovia. A cisma de que o pior poderia estar prestes a acontecer crescia em volume a cada nova, e sempre tórrida, experiência. É aí que volta à cena nosso esquecido personagem, há muito curtindo os amargos sabores de sua humilhante derrota amorosa: o carteiro.

Numa tarde de sol filtrado por densas nuvens cinzentas, ele se viu na obrigação de entregar uma carta vinda de longe para um morador de uma chácara próxima à cidade. Pegou sua bicicleta e lá foi, a fortes pedaladas, pela estradinha que passava ao lado da mansão de sua musa inspiradora. Com o olhar mais fixo nela que na estrada, percebeu que poderia estar ocorrendo algo estranho atrás do biombo dos bambus. Um animal? Quem sabe, até um intruso malfeitor em busca de fáceis haveres!! Parou sem deixar-se perceber. Encostou sua montaria na cerca e, afastando com vagar e cuidado os longos colmos dos bambus, deu de chofre com aquela inesperada e estarrecedora cena. Ela de pernas abertas e ele de calças arreadas prontos para mais uma sessão do mais legítimo adultério. Tomado pela surpresa, não resistiu à espontânea manifestação que sua garganta apertada lançou no ar. A exclamação, incontinenti, provocou uma reação de defesa por parte do casal que, imediatamente, procurou se recompor. Indignado com o flagrante que poderia vir a lhe custar a vida, o forte jardineiro se muniu da primeira pedra que encontrou no chão e, com toda sua força, atirou-a na direção do intruso. Mais certeiro impossível! Fez tombar o carteiro por sobre sua bicicleta com a testa aberta e a camisa já ensanguentada. Recolheram-se "inocentes", sem se dar conta da gravidade do revide e certos de que não haviam sido reconhecidos pelo passante, seguramente um matuto dos arredores. No dia seguinte corria solta pela cidade a notícia de que o agente dos correios havia sofrido covarde agressão de um estranho facínora lá pelas bandas do sul da cidade. Que, apesar da intensidade do ferimento que o fez perder os sentidos por algumas horas, o paciente passava bem e já havia dado ao delegado de polícia a descrição das características físicas do agressor, com certeza uma figura estranha dessas que perambulam pelo mundo sem destino certo.

Os detalhes relatados pelo carteiro sobre o assalto sofrido e sobre o poderoso golpe litológico que aquele monstro barbudo e maltrapilho havia perpetrado contra sua cabeça foram recados muito claros ao casal flagrado de que ele havia reconhecido o par e que estava claramente mentindo para salvar a pele de ambos. Mesmo assim, por via das dúvidas, o eclético jardineiro infiel procurou tirar o seu da seringa de maneira mais segura e definitiva. Escreveu uma rápida carta ao patrão relatando uma necessidade familiar urgente e se mandou para plagas jamais reconhecidas.

Quando chegou de viagem, o rico empreendedor encontrou a cidade em franca ebulição, tendo o caso do carteiro, atacado por ilustre desconhecido, como leitmotiv de todas as conversas. O jovem médico da Santa Casa e o velho delegado não foram hábeis o suficiente para desconfiar da história relatada pelo ofendido. Os policiais da redondeza, sem nenhuma prática com casos semelhantes, andavam em círculos na busca de pistas e logo concluíram pela impossibilidade de conclusão. A casa grande, agora sem a proteção do escudeiro amigo, parecia correr riscos incomuns naquela comunidade com a notícia da possibilidade de vir a ser incomodada por inimigos estranhos. Teve suas janelas e portas reforçadas com taramelas de segurança máxima e passou a respeitar, com absoluta rigidez, medidas de proteção à integridade de seus habitantes e dos bens da família. Toda vez que nova viagem deveria ser empreendida pelo dono da casa, os ouvidos de todos eram repositórios de recomendações as mais cuidadosas, como se, de fato, o inimigo estivesse do lado de fora. Por um tempo, a ordem do dia girou em torno do provocativo tema. Incomodou a todos, sem distinção de endereço. Mas nada como o passar do tempo para que as coisas voltem a ocupar os seus tradicionais lugares e a paz volte a habitar o interior das pessoas, o que é normal para a preservação da espécie, como afirmam, de um lado, os naturalistas e, de outro, os que pensam entender a alma humana. Superada a preocupação com a segurança pessoal e patrimonial, a mesma rotina voltou ao quotidiano daquela casa, para nós já um belo exemplo de bela viola e pão bolorento. As viagens de negócio voltaram a restabelecer o ritmo anterior e novos e longos períodos de ausência tornaram a ser novamente frequentes por ali. As janelas da grande casa, de novo abertas, recuperaram a fama de enriquecer a atmosfera próxima com os odores de calêndula e de lavanda. As plantas do jardim adquiriram novas e mais naturais roupagens com a ausência das podas deformantes. A bela dona, nesse novo agora, começou a exercitar por estratégica cautela a sublimação dos desejos até então incontidos, vivendo em permanente estado de aflição interior imaginando a tragédia que o segredo tripartido poderia vir a deflagrar se um dia aflorado.

 O carteiro, a enfrentar o seu bate-pernas, recuperado do duro golpe sofrido, portando a fama dos protagonistas de romances de capa e espada, mas com uma respeitável cicatriz no lugar onde muitos portam chifres, padecia contido o seu calvário diário de mastigar sem engolir aquela recorrência amarga de uma platônica traição que ele prometera a si mesmo jamais revelar por obediência ao compromisso de defender a sua Dulcineia. A arma do crime, aquele pontiagudo pedaço da melhor rocha cristalina, continuava lá na mesa do delegado a servir de apoio para as cópias das ocorrências, enquanto aguardava uma solução para a tão misteriosa cilada.

 Como os homens jamais esquecem as mulheres que os fizeram sofrer, o amor contido na redoma do conformismo e posto de lado pela dor da rejeição reacendeu forte e esperançoso no sobrescrito de um envelope endereçado àquele que lhe roubou as esperanças. Era a ele que caberia bater à porta da amada e, por dever de ofício, fazer chegar ao destinatário tão oportuna e benfazeja comunicação. Um lixo postal, seguramente, mas que importa! Na vida, os acontecimentos não têm um só valor para todos. Os fatos podem ser os mesmos, mas admitem interpretações diferentes. E cada uma delas constitui uma verdade. Portanto, aquele envelope de cor parda, que nem fechado vinha e que ganharia seguramente a lata do lixo doméstico, para ele, acostumado com uma infinidade de entregas inúteis ou significativas, tinha o valor da inestimável oportunidade de concorrer à sorte grande de um encontro sem preço. Naquele dia, fugindo à lógica pedida pelo percurso dos endereços, deixou aquela carta para ser entregue no fim. Assim teria mais tempo para se dedicar àquela entrega — quem sabe? — milagrosa. Quando o sol da tarde já anunciava seu descanso nas longas sombras das árvores, trêmulo de ansiedade, bateu palmas junto ao lindo portão de ferro batido que trazia exuberante moldura de alamandas amarelas. Uma, duas, três vezes. Eh, pensou, balançando a cabeça, a sorte é para quem tem e não para quem quer. Escolhi o dia e a hora errados. Paciência! Estava prestes a deixar para o amanhã, resmungando os impropérios de costume em ocasiões como essa, quando, do alto da escada alpendrada que vem do andar superior, apareceu, envolta em colorido estampado do melhor algodão indiano, aquele monumento de mulher, digna de servir de modelo para uma Vênus de Botticelli, de pousar recostada numa árvore, para um quadro de Renoir ou ser a Maja Desnuda de Goya. Desceu apressada, pulando os degraus de dois em dois, a esbanjar a disposição dos animais viçosos e, numa expressão de alegria incontida, pronunciou com extrema doçura o nome do velho amigo de infância, fazendo-o entrar, antes de lhe dar, sem deixar nenhuma dúvida, o mais forte e reconhecido abraço. Era a manifestação mais voluntária da purgação de uma dívida sem condições de ser paga, aliada à certeza de que a atitude que o amigo havia tido para com ela só podia ser credenciada ao mais puro e profundo amor que alguém pode devotar a um semelhante. Amor maduro, sincero, absoluto. Amor qualificado. Amor proteção. Amor perdão, despojamento, resignação. O amor tolerante. O amor com o qual se sonha. Isso era toda a conclusão a que havia chegado ao analisar os perigos e constrangimentos que correra e o valor da libertação proporcionada pela conduta corajosa e altruísta do amigo. Era tudo que quisera dizer a ele naquele momento. Tomou dele a carta que amassara no abraço e lhe prometeu dizer aberta e desabridamente, numa ocasião propiciada pela ausência do marido, as palavras de gratidão que há muito já tomavam enorme espaço em seu peito.

O carteiro, sem se dar conta de que flutuava, deu meia-volta e só se recompôs dias depois. Abriu a caixa-preta do passado e lá se viu às voltas, de novo, com aquela ideia que trouxera colada em seu corpo durante anos. O esforço feito por uma racionalidade obsessiva e a luta empreendida contra os impulsos mais selvagens da alma, desenvolvidos durante anos para sublimar aquele sonho imperfeito, absurdo, descabido, que lhe marcou o rosto com sinais precoces de tristeza e lhe emporcalhou a alma com a lama das desilusões, ruíram num só instante, como se fossem de brinquedo. Voltou ao delírio das noites mal dormidas. Ao assoviar constante de melodias espontâneas. À alegria de buscar diariamente o novo nas suas andanças pelos mesmos lugares. A se olhar no espelho e a se enxergar ainda vivente e esperançoso. Será? Era a pergunta a lhe martelar a cachola. Mas como? Era a única resposta que conseguia escutar. A dúvida que se instalara por dentro, apesar de recorrente e cáustica, era uma dádiva benfazeja, um carburante poderoso. As forças do destino poderiam estar dizendo que tudo aquilo deveria ser, um pingo que fosse, uma espécie de reconhecimento por ter sabido encarcerar aquele segredo no dolorido silêncio de sua fidelidade. Aquele abraço recebido, que ele sentiu forte e afetuoso, por si só a denotar expressão de uma profunda gratidão, era quase o bastante para alimentar, por um longo tempo ainda, a aventura da vida. Mas, escolado pelos experimentos do passado, decidiu ser comedido e procurar não se lambuzar com o melado. Voltou a pôr os pés no chão, coisa, aliás, que sua profissão mais exigia, e, sem se deixar levar pelo milagre impossível, com a resignação dos fracos, ainda teve forças para abafar aquela coisa estranha que lhe martelava o peito. Mas, na vida, quem sabe o que é possível ou impossível?! Foi assim que, numa explosão instantânea, sentiu desabrochar dentro de si aquela esquisita sensação, misto de surpresa e esperança, a bambear suas pernas e a secar-lhe a boca. Era uma carta endereçada a ela que, em meio a tantas outras, viu surgir no processo de separação das correspondências postadas na agência da cidade e que deveriam ser remetidas aos seus destinatários locais ou encaminhadas para outras cidades. Quem, daquela localidade, teria escrito a ela? A letra, pela delicadeza do traço e pelo caprichoso desenho de sua forma, seguramente era feminina. E por que não trazia o remetente? Por que escrever se todos estavam tão próximos uns dos outros? Que motivo teria alguém para se comunicar com um vizinho através da via indireta dos correios? Teria relação com o inconfessado segredo tripartido? Seria do maldito jardineiro garanhão? Estaria ele escondido na cidade a escrever com caligrafia tão reveladoramente feminina? Que confidências poderiam estar escondidas ali, bem junto aos seus dedos? Que novidade era aquela de que ele sabia muito bem se tratar, pois há muito era o único a controlar as expedições e os recebimentos? Qualquer que fosse o conteúdo, porém, era uma oportunidade que se abria a ele para um novo encontro. Mesmo que ele pudesse estar servindo para intermediar fatos e sentimentos que fossem contrários aos seus, reservaria um momento especial para aquela entrega que adquiria ansiosa e crescente expectativa.

Escolheu novamente o final do dia. As palpitações se aceleraram quando tomou a direção da ladeira que leva ao casarão. Estalou os dedos, pigarreou e raspou os sapatos no chão, como se isso tudo fosse respostas automáticas de um incontrolável transtorno obsessivo. Hesitou por instantes diante do portão. Com a carta na mão, teve dificuldade em bater palmas audíveis à distância. Mas não precisou esperar muito tempo para ser reconhecido. Até pareceu estar a dona da casa aguardando aquele momento, pelo jeito alegre e preocupado com que desceu as escadas. Abrindo impetuosamente a entrada da casa, pediu a ele que a acompanhasse até um dos bancos do jardim interior. Antes que ele esboçasse dizer qualquer coisa que sugerisse por que razão estava ali, ela tomou de sua mão o envelope e lhe disse num sussurro: "Deu certo! A carta, não mandei para mim. Mandei para você! Foi o estratagema que usei para pedir que viesse me ver nesse momento tão propício, já que meu marido não está na cidade. Não aguentaria lidar mais um dia com essa angustiada necessidade de lhe confessar certas coisas". Tomando carinhosamente suas mãos, fixou aquele olhar azulado nos olhos do amigo e, de seus grossos lábios molhados, disse coisas que o pobre carteiro até hoje não tem condições de dizer se foram verdadeiras ou se produto de um espasmo delirante. O fato é que ela, desinibida e segura, usou palavras de um sabor incomum para expressar sua gratidão pelo comportamento que o amigo havia tido. Disse que sabia que não poderia haver maior prova de amor que aquela decisão que ele havia tomado de guardar para si o segredo do qual ela era cúmplice e protagonista. De um amor que ela só então se deu conta de ser sofrido e despojado, pois silente e conformado. Um amor que vinha acompanhado da altivez ética de quem não negocia com a delação, a cilada ou a chantagem. De um amor que não pede nada em troca. Quem mais passaria por sua vida com tal sentimento? Despida de qualquer freio desnudou seu coração, desarmando-se fragilizada. Daí para revelar coisas que só se dizem aos confidentes foi um curto passo. Com os olhos marejados, falou da duplicidade conflitante de uma vida ao mesmo tempo paradisíaca e torturante. De satisfações catárticas a conviver com sublimações que amarguram e oprimem. Que desfrutava de um ambiente maravilhosamente edificado por um aparato de coisas materiais que ela jamais pensara um dia poder usufruir. Que punha e dispunha da liberdade dos poderosos sobre uma infinidade de destinos. Mas que não conseguira, nem iria conseguir, a satisfação dos prazeres que sabia possíveis e que, no fundo, são aqueles que nos dão a dimensão mais bruta e original do que somos. Que o marido a ela apenas havia ensinado a ler e que, sedenta, foi praticamente obrigada a ir buscar textos mais copiosos em outras bibliotecas. E ela não estava mais suportando continuar desviando para outros contentamentos e utilidades as energias economizadas em sensualidades e desejos mais primitivos. Enfim, que não tinha nada a se queixar do papel que atuava como esposa, mas que sabia ali ser muito difícil representar-se como mulher. Que estava difícil, muito difícil, ganhar o que não tinha sem perder os benefícios de conquistas tão parcimoniosamente distribuídas pela sorte às pessoas. Com os olhos já secos, num semblante a atestar a purgação daquele justificar-se, apertou forte a mão do carteiro e lhe disse, sem nenhum pejo, que estava agradecida por tê-la ouvido praticando mais uma vez a virtude do silêncio e que subiria os degraus da escada que a levaria para casa sabendo que poderia voltar a contar na sua vida com aquele com quem aprendera, na infância, a praticar a alegria e a felicidade no mundo dos jogos e das brincadeiras.

O carteiro foi pra casa sem se dar conta do valor de tudo aquilo. O que, de fato, teria acontecido? O que tudo aquilo tinha em significado? Atônito, deixou o tempo correr sem se dar conta dele. E, assim, durante dias e dias ruminou aquele quilo difícil de digerir e que lhe tirou, além do sono, a estabilidade dos sedimentos do conformismo, já transformados em dura rocha no fundo de sua alma. O sonho de tê-la brotou pelos poros. A força da libido redesperta o fez inquieto e sanguíneo. A cena da infidelidade flagrada naquele fim de tarde em que ela se entregava ao jardineiro era periodicamente estampada à sua frente. Pior! O jardineiro era sempre ele. Ele se via em desfrutes e prazeres, visões ficcionais que se cristalizavam em inoportunas obsessões. Ao mesmo tempo essas fixações funcionavam como a liberação das energias acumuladas por anos e anos de sentimentos oprimidos e desejos recalcados. Passou a reconstruir o sonho de outrora em plausíveis aspirações.

Tomado por um clima em que essas ideias, essas imagens, essas visões, esses projetos, formavam verdadeiros ciclones no seu interior, um dia, de novo, viu cair-lhe nas mãos um envelope igualzinho àquele anterior. Mesma cor, mesmo formato, mesma letra, mesmo nome, mesmo endereço. Remetente? Não precisaria ter. Ele bem sabia quem era e já adivinhava o que deveria representar. Reuniu forças e precauções. Preparou-se para aquela entrega numa impecável apresentação. Nem precisaria. Ao bater palmas, nem teve tempo de entregar a correspondência. Foi logo recebido e levado para o quintal. A carta era apenas um artificioso chamamento. Não houve muito tempo para explicações. A segurança que ela sabia haver na caixa-forte em que o amigo se transformara e a incapacidade de continuar suportando por mais tempo aquela corrosiva abstinência levaram-na a escolher aquele caminho. O amigo não se fez de rogado. Jogou todas as fichas, que havia acumulado durante anos, em cima do pano verde do jogo daquela tarde. Ganhou ele. Ganhou ela. Ganharam ambos.

Agora, toda vez que os correios da cidade recebem uma carta daquela para ser entregue, ele vai ao espelho da agência e, por um bom tempo, concentra-se numa atitude de verdadeira oração e carinhosamente passa sua mão quente por sobre a cicatriz que marca sua testa!

ÓDROMOS E ÁRIOS

A casa demorou bem mais que o tempo necessário para ser construída. Dinheiro é o que não faltava. Eram ricos. Muitas posses, muito orgulho do que tinham e, também por isso, muita vaidade e soberba. Jovens ainda, pareciam não saber ao certo o que queriam, já que o dinheiro, saindo pelo ladrão, os levava a uma permanente insatisfação. Podendo tudo, o universo de suas escolhas não tinha tamanho. Todos os dias era um querer novo a modificar as opções anteriores. Assim, a construção da casa demorava a ir para a frente, face às constantes alterações de sua planta original. A cada visita que faziam à obra, lá vinha uma novidade. Um faz e desmancha diário. A garagem para vários carros, os inúmeros compartimentos, a sauna com ofurô, a adega de mil garrafas, os elevadores, o jardim suspenso, a cozinha eletrônica, a sala de ginástica, os banheiros dourados e até uma pirâmide de vidro na entrada, à imitação do Louvre parisiense. Na proposta original, não faltaram os jardins e o grande aviário que seria preenchido por pássaros de diversas origens. Os nichos com divindades indianas e um Buda com olhos de safira debaixo de um caramanchão de primaveras vermelhas. Um pequeno lago onde deveriam nadar carpas japonesas sob uma pequena ponte em arco, como nos jardins nipônicos. O escambau! Pompa, ostentação. Novos ricos em busca de afirmações.

Após a mudança, começou um entra e sai de mobiliários de toda natureza. Todas as escolhas pareciam ter dado errado. Enfim, uma parafernália de objetos de gosto duvidoso, desde pendurilcalhos móbiles, lustres extravagantes, bichos empalhados, uma miniatura de bom tamanho da Estátua da Liberdade, até uma imitação de bomba de gasolina do velho oeste americano, entraram na decoração daquele verdadeiro museu de horrores.

A satisfação não deixava lugar para permanências. Um dia, relaxado, após um belo banho quente, em seus roupões felpudos, entediado seguramente, o casal se viu reunido no grande salão nobre, destinado às pomposas recepções demonstrativas de grandezas falsas, programadas amiúde, dando ensejo ao diálogo:

— Olha, querida, pensando bem, acho que aquele canto ali está meio vazio. Não acha? Para mim, isso é inconteste! E, confesso, ando meio incomodado com isso! Andei buscando algo para preenchê-lo e me veio à ideia colocar, exatamente ali, alguma coisa que pudesse servir de distração aos nossos convidados homens, quando de nossos encontros. E que fosse, ao mesmo tempo, algo de singular monopólio. Só nosso, não encontrado em nenhum outro lugar. Particular, pessoal, inusitado, excepcional, surpreendente, extravagante. Único! Poderíamos mandar instalar ali um belo caralhódromo e, assim, lançar desafios e disputar pelejas que viriam a ser, efetivamente, memoráveis. Que tal?

— Olha, meu bem, você é mesmo genial! Que visão! Que descoberta! Ótima, fantástica! E mais, essa sua original proposta me faz despertar a necessidade de, ao mesmo tempo, dar atendimento às nossas amigas, todas elas, como eu, plenas do sentimento da soberba e da vaidade. Que sempre pedem um espaço para demonstrações de superioridades estéticas. Um equilíbrio de gênero perfeito! Decidido! Vou instalar naquele outro canto um bocetário!

OS BICHOS DE PÉ

À noite, após o encerramento do horário de visitas, o jardim ficava nas mãos de seus habitantes permanentes. A chave das casas vinha ficando nos últimos tempos com o gibão, eleito por quase unanimidade pela comunidade. Votos contrários só do grupo dos babuínos, liderados por um patriarca que não se conformava de jeito nenhum com a perda da confiança do grupo. Mas, discórdias à parte, diariamente, à noite, bem entendido, todos os bichos eram iguais em direitos e deveres. Todos eram libertados, mas com hora certa para o regresso. O convite diário era o mesmo. Reviver o episódio bíblico da Arca de Noé. Ao pé da letra, só para lembrar, aquele enorme barco havia sido um verdadeiro pau-de-arara. Ali, numa oportunidade única, ninguém era de ninguém, principalmente à noite, quando, todo mundo junto, no sacolejo de uma esfregação por quarenta noites, havia sido permitido um ficar generalizado, onde a incompatibilidade cromossômica era o grande preservativo contra as possíveis aberrações zoomórficas. Como à noite não existe o arco da aliança, o Criador não se importava com o que acontecia abaixo dele. Darwin, pois, pois, fosse isso verdade, não saberia nada sobre a origem das espécies! Voltando ao jardim, argumentos transcendentes à parte, não havia sido fácil convencer os mais fortes de que aquela experiência de vida comum relembrada traria vantagens para uma comunidade em que a sobrevivência não necessitava mais de operações violentas. Quem era bem alimentado dentro da cadeia não tinha mais argumentos para dar bola para a sua cadeia alimentar fora dela. Assim, sem ter a caça e a fuga como bens da vida e da morte, podia-se andar à solta e, à vontade, e fazer lá seus programas. Os mais ferozes haviam se comprometido a zelar pelo cumprimento de tal medida. Tinham a prerrogativa da legalidade do uso da força se aquela, a legalidade, viesse a ser desrespeitada. Lógico! A força na mão de fracos é um expediente para boi dormir, almiscarados ou não. Certo é que nem todos gozavam das mesmas possibilidades, pois havia aqueles que não se davam bem no escuro e, por isso, achavam que aquela história de que todos são pardos era uma invencionice dos homens para enganar os gatos. Alguns símios, também, muitas vezes se recusavam a deixar seus lugares. Cansados que estavam das macaquices diurnas, acabavam ficando cada um no seu galho. As hienas, ao contrário das emigrações de quase todos, aproveitavam a oportunidade para visitas às jaulas dos leões, dos tigres e ursos para o complemento atávico da prática de uma alimentação surrupiada de terceiros. Riam às escâncaras com aquele projeto libertário. Refestelavam-se com a falácia da liberdade dos outros. A liberdade só é boa quando se pode usá-la para se deleitar. Liberdade para se dispor de suas individualidades a serviço de outrem era outro sofisma só para irracionalizar o trabalho. De qualquer racional ou irracional. E todos os bichos sabiam disso, mas não podiam reivindicar quase nada. Eram obrigados a se mostrar aos visitantes humanos que, a bem da verdade, pagavam para ter o direito de vê-los. Essa história de que o jardim era um paraíso a serviço da preservação das espécies, que era um sinônimo de projetos e ações politicamente corretas, não colava, já que, ao revés, os ambientes naturais, de onde eles haviam sido sacados, estavam lá a sofrer uma devastação sem volta. Por conta desse ânimo de revolta que todos os bichos traziam dentro de si, eles, no fundo, se achavam iguais, pois os problemas comuns costumam juntar num mesmo saco farinhas de grãos diferentes. Bem diferente, entretanto, do que é um saco de gatos, onde os iguais não se respeitam. Era, também, esse sentimento de pertencimento grupal que alimentava uma palavra de ordem, muito dita e pouco praticada, de que unidos jamais seriam vencidos. Apenas uma manifestação da boca pra fora para purgar um sentimento de romântica submissão, pois, se vencessem, sabiam bem todos, teriam um trabalhão danado para retornar ao estado natural, além de correrem o grande risco de ver a história se repetir, com os burros todos indo, com as vacas, para um brejo sem saída. Era menos trabalhoso e mais cômodo continuar servindo senhores, senhoras e crianças que vinham sempre se divertir com as visitas de final de semana. De qualquer maneira, as noites traziam oportunidades invejáveis. Uma delas, cada vez mais praticada, era a volta dos relacionamentos inter-raciais. No início, pegando mal, davam ensejo a falatórios maldosos, sarcásticos, quando não invejosos, pois a inveja é o desejo de estar no outro sem poder estar. Sempre há os enrustidos. Os que se acovardam à maneira das tartarugas. A noite incentivava, cada vez mais, a quebra dos hábitos, das tradições e, como as corujas, que enxergam longe, sempre se mostraram comedidas em seus comentários, o pega-pega corria solto por trás das macegas e dos cupinzeiros. Não era incomum, no dia seguinte, as visitas de veterinários nesta ou naquela jaula para cuidar das consequências derivadas das orgias pregressas. Quem mais respondia por essas visitas sanitárias eram os mandris, muito embora nem sempre tivessem sido eles as vítimas das incompatibilidades de gênero, número e grau. As aparências, como sempre, eram provocadoras de erros humanos imperdoáveis. Também, tinha lá um tratador sempre embriagado que costumava fazer das suas. Era chegado num rabo de galo! Às vezes, os refrescos administrados provocavam reações tão apimentadas quanto os tratamentos. Comum eram os estados depressivos diurnos daqueles que, insaciáveis, não sabiam direito de quem sentiam saudades, pois tudo era feito no escuro. Os tratadores, não sacando lhufas do que pensavam saber, como a maioria dos especialistas, se iludiam, sentindo-se sábios, com as explicações esotéricas sobre a visível melhora de ânimo de alguns quando a noite se anunciava no horizonte. Havia animais que nunca estavam dispostos a dar a cara, para não dizer outras coisas. Era o caso, por exemplo, dos cervídeos, todos eles extremamente cautelosos com sua reputação, razão pela qual não se apresentavam para as sacanagens noturnas, uma vez que não tinham nenhuma necessidade reprimida. A fama, sabiam eles, era um produto do desgosto dos que não tinham seu porte apolíneo, nem sua beleza afrodisíaca, que alimentava a invencionice da viadagem de que eram acusados. Cautelosos, ficavam na deles. Não eram como os leões, que viviam atrás das tigresas, nem como os tigres, que davam tudo por uma boa bengalada com as leoas. Muito menos como as onças, que, quando bem pintadas, sabe-se lá por quem, sempre anunciavam uma bela transa amazônica. As trocas de casais entre elefantes e hipopótamos, rinocerontes e girafas, ursos e gorilas, nem sempre eram exceções, mas quando aconteciam eram barra pesada. Já os bichos menores, em maior número naquela fauna como em todas as outras, não se davam ao luxo de específicas escolhas. Tinham, pelo porte, uma gama maior de opções. Viviam variando, o que não era bom para ninguém, pois quem muito varia não sai da primeira viagem. Entretanto eram chegados, todos eles, nos "de menor", apesar de, às vezes, enfrentarem maiores complicações por isso. Outros, mais acomodados e sem espírito aventureiro, já tinham suas escolhas predefinidas, como os tatus e as fuinhas, que apenas se davam ao luxo de trocar de buracos entre si. Cobras e lagartos diziam não gostar daqueles comportamentos rasteiros, o que os levava à compensação de falar mal de todos. As aves, sem poder abrir muito o bico, já que a discrição era um compromisso, voavam sempre irrequietas sem saber em que pau pousar. Araras dando em cima das periquitas, jacu atrás do pica-pau, quero-quero da rolinha, gavião vidrado nas pombinhas e os caga-sebos, pequenininhos, sem muita escolha, aceitavam condor mesmo. Nas noites de lua cheia, os guarás costumavam submeter as ovelhas à prática de um toma lá dá cá provocador de uivos e berros, que, quase inaudíveis, não indicavam em nada sua origem. Mas todos sabiam que eram os lobos em peles de cordeiros. Pura zoofilia. Muita berração.

    De dia, tudo voltava à chatice da natureza de cada um. Um teatro atrás das grades. Todos ansiando pelo dilúvio divino noturno. Doze horas de tediosa expectativa. A maior parte aproveitava para descansar. Corria entre eles um ditado que dizia: bicho bom é o que fica de pé à noite.

OTITE MANDIBULAR

Aquela dorzinha de ouvido começou tênue, telegraficamente, através de pulsões fugazes, que mais lembravam o piscar de um vaga-lume. Ia e vinha ao sabor de um impreciso ritmado. Os afazeres se encarregavam de fazê-la esquecida, já que era apenas um pequeno sinal em meio a outras dores, estas mais intensas, pois eram do espírito. À noite ela recrudescia. No travesseiro, a cabeça se predispõe a tirar o atraso. Aí, como sempre, surgem lembranças, remorsos, discursos atrasados, respostas não dadas a tempo, projetos e... Aquela dorzinha se transforma em martírio quando a pressão sobre a orelha amplifica o som interno das cócleas, martelos, estribos e bigornas. Eh, amanhã procuro um otorrino. Estou mesmo precisando fazer uma lavagem. Meu cerume abundante e minha surdez hereditária pedem, vez por outra, uma visita ao hospital. Já abandonei meu aparelho da surdez sinistra há anos. Antes ser surdo do que ouvir besteiras. Essa foi, em parte, minha sustentação para não levá-lo mais ao conserto. Sim, mas a dor é do outro lado! Então, vamos lá levar os dois para uma mesma visita. No hospital, "como sempre", fui prontamente atendido. "Pode sentar, meu senhor", disse a doutora, menina, ainda na casca do ovo, como costuma acontecer numa emergência. Os hospitais, na entrada, sempre na mão dos inexperientes. Nada contra a aprendizagem inicial pós-diplomação. É necessário, imperioso. Na aviação, voo solo só ocorre depois de muitas horas. Na medicina, ele acontece antes de se conhecer a máquina. Os protocolos se encarregam de dar uma certa segurança aos novatos. Só aos novatos? Se o avião cair não mata o piloto. Bem! Anamnese rápida e rasteira. Fica totalmente por conta da sempre pequena queixa do paciente sobre o que está sentindo. "Eh! O senhor está com muita cera nos dois ouvidos. Não dá para fazer um diagnóstico. Vou lhe passar um remédio para ser pingado nos ouvidos, três vezes por dia, por sete dias. Depois o senhor retorna para vermos melhor isso." Mas, doutora, e a dor?

Voltei depois de sete dias. A mesma "doutorazinha" (no bom sentido, pois ela era pequenina), que não estava com uma cara muito boa, coisa com que o paciente não tem nada a ver, cutuca com sua cureta o ouvido dolorido. A cada cutucada, um gemido. A cada gemido, a expressão de uma lancinante dor. Agora já podemos fazer uma lavagem. Água mole em cera dura tanto bate até... "Opa! Agora sim, podemos examinar melhor sua cavidade auricular externa. Eh! Não vejo nenhum sinal de inflamação, muito menos infecção. Isso não é ouvido. Isso deve ser problema na articulação da mandíbula. Abra a boca." Reforçou as luvas e meteu seu dedo por dentro de minha boca, alcançando a articulação. Foi tocar no ponto G de minha boca e eu, com um reflexo, fechei-a numa reação automática de proteção primitiva. "O senhor acaba de me morder!" Foi sua reação pronta e incisiva, numa voz de desaprovação. "Vamos de novo. Abra a boca." Novamente os mesmos quadros da cena anterior. "Ora! O que é isto? O senhor me mordeu de novo!" Afasto-me de sua presença, fechando a boca primeiro, e, num tom jocoso, com toda a picardia possível, olho para aquele rosto amargo, triste para uma pessoa daquela idade e digo: "Doutora, fique tranquila. Eu não sou venenoso!!!".

PANDORGA, PIPA, PAPAGAIO...

Não sei o que será de mim. Acabo de ver que minha existência já não está mais por um fio. Ele acaba de ser cortado pela maldade de outros de minha família que não se contentam com uma vida altiva e livre para todos nós. Não sou capaz de atinar sobre o que leva alguém a programar operações como essa. E isso vem de longe. Sempre foram contadas histórias em que até campeonatos eram disputados para ver quem era capaz de cometer mais assassinatos. Guerra nas Estrelas não é coisa de hoje. Nem sempre com os grandes arsenais altamente tecnológicos da atualidade. A qualidade deles variara no tempo de acordo com o estádio do progresso de seus usuários, assim como de seus objetivos. Pedras, flechas, bolas de fogo, granadas, obuses, foguetes, vêm todos do céu. A aprovação de seu uso para a obtenção de fins nem sempre defensáveis parece embutida em quase todos que se dizem, pretensiosamente, superiores. Apesar de não nos sentirmos bem quando estamos por baixo, não está em nós mesmos nenhuma necessidade ligada à confirmação de nossa superioridade. Estar no alto é nossa vocação, é nossa razão de ser. É só ver a maravilha que somos nos concursos, especialmente naqueles de nossos irmãos orientais, mestres que são na arte que carregamos, na engenharia e na arquitetura que nos conforma. Temos orgulho disso, até porque somos usados inclusive para voos ousados, ligados a experimentos singulares. A ciência nos deve obrigações. Então, não parece justo que sejamos objetos de finalidades outras senão aquelas que sejam nobres ou, simplesmente, lúdicas.

Vejam hoje, por exemplo. O dia está maravilhoso. O céu está de coloridos azuis invejáveis. O sol que anda fazendo por esses dias só tem trazido para o espaço, cada vez mais, uma porção maior de companheiros. Cada um mais criativo na forma, no colorido da vestimenta. Muitos parecidos demais comigo, o que me dá a certeza de que estou entre iguais. E isso é sempre apaziguador para o espírito. A sensação de segurança é sempre maior nesse ambiente. É uma alegria só! Venta muito por esta época. Dizem que agosto é mês de ventanias e isso é bom demais para nós todos. Eh! Mas para mim hoje é agosto, mês de desgosto!

Bem, chega de divagações. Estou perdendo a altitude. Balanço pra lá e pra cá, sem me dar conta direito do perigo em que aquele cerol me colocou. Nem minha rabiola está sendo mais responsável pelos equilíbrios e estabilidades. E pior! Lá embaixo vejo uma porção de crianças a correr em direção a um ponto de convergência imaginado por elas. Acho bom me precaver, pois pelo jeito disputarão a propriedade sobre mim com unhas e dentes. Essas armas primitivas com certeza acabarão comigo. Já me vejo rasgado nas minhas roupas e quebrado nas minhas estruturas. Vou pedir ao deus do vento para me levar para o alto daquela mangueira. Para um papagaio que está à deriva é melhor pousar numa árvore do que no chão.

Não há verdade maior. Pode perguntar pra ele!

PARAQUEDISMO

Caiu de paraquedas bem no meio do povoado. Um tanto atordoado, recolheu os panos com a parca habilidade que tinha, amarrou-os precariamente com os cordéis apropriados e foi sentar-se num tosco banco de madeira no descampado central que margeava a antiga capela. Não demorou para que aquela praça ficasse repleta de curiosos boquiabertos com o acontecido. Distante alguns metros, a turba isolou o forasteiro em meio a um círculo vazio que facilitava a observação de tantos que se acumulavam nas primeiras filas. O que seria aquilo? Um anjo que caiu do céu? Um pássaro fantasiado de gente? Um deus mitológico perdido no espaço-tempo? Um enviado de outros mundos para anunciar alguma tragédia? Enquanto se desfiava o rosário de dúvidas pelas mentes sedentas em dar versões fundadas nas mais diferentes crenças, algumas já se abraçavam às amarras das rezas para neutralizar os possíveis golpes das punições mais que esperadas. O acontecido era um só. As leituras é que eram diferentes. E cada uma a satisfazer alfabetos retirados de seus engajamentos na vida. Superstições, medos, explicações metafísicas, autoentendimentos, sincretismos religiosos, ideologias, um misto de tudo um pouco numa visão singularmente plural de uma realidade material, ela mesma simples e complicada.

Ninguém jamais havia tido a graça de entender um homem de paraquedas. A comunidade era feita de homens simples e mulheres mais simples ainda. A história de cada um era a mesma história de todos. O progresso e suas tecnologias eram os de antanho. Do céu, só chuvas, raios e cagadas de passarinho. Isso para não falar das benesses e das pragas do Senhor. Os primeiros com a objetividade igual para tantos. Os segundos, a variar com a consciência dos atos de benemerência ou das sacanagens de cada um. Benemerências sempre cantadas aos quatro ventos, pois a propaganda, mesmo nas sociedades mais simples, é da natureza dos convencimentos. Sacanagens, por sua vez — quem não sabe? —, sempre camufladas pelo papel farsesco praticado por todos nós desde muito cedo no teatro da vida.

A quebrar o silêncio da plateia atônita, logo apareceu um oportunista para tirar daquilo vantagens pertinentes. O discurso cobria de superstições e de significados místicos aquela falta de pontaria que a inesperada ocorrência de correntes quentes havia proporcionado ao novato anjo de suspensórios aterrissar em meio àquele descampado em frente à capela. Era um claro sinal dos céus de que algo muito significativo estava por acontecer, se já não estivesse acontecendo. Sem dúvida, aquilo que parecia ser um homem igual a tantos não era nada daquilo que se podia ver. Era um emissário em forma de gente de alguém, sabe-se lá de onde, que estava a transmitir um aviso, também, sem dúvida, importante, misterioso e, até então, mais que isso: indecifrável. Ah, mas que era, era. Convencidas pela ignorância, que, aliás, é a terra mais fértil para se plantar crendices e esperanças, as mulheres, de vestidos compridos e de purezas nem tanto, logo se puseram a entoar cânticos ininteligíveis naquele andamento que os gregorianos impuseram aos fiéis desde um tempo em que não havia ainda a polifonia. Os homens e as crianças, para não ficarem atrás, logo passaram a acompanhar aquele gritado nhã-nhã-nhã numa demonstração inteligente de que, na dúvida, é sempre melhor acompanhar quem sai na frente. E olha que também não foram poucas aquelas venerandas senhoras que reviraram os olhos como se estivessem sendo penetradas por um falo sagrado, este sempre desejado e jamais comparecido, já que, nas terras onde medra a simplicidade, o sexo nada tem a ver com o amor ou outros rituais burgueses que só atrasam os gozos masculinos. Muitas choraram o choro miúdo, quase calado, da contrição envergonhada. Outras, não tão contidas, entendendo que aquilo tudo poderia ser o fim dos tempos, botaram a boca no mundo como se o berreiro pudesse compensar as oportunidades perdidas de purificação de seus corpos, no mínimo, virtualmente pecadores. Ah! Se não houvesse o pecado! Que devassidão!!!

Sem entender o que se passava, o pobre novato dos ares que havia saltado de um paulistinha lá pelas bandas de Ocatinga e que, mal assessorado pelos entendidos de plantão no aeroclube da cidade, deu com os burros n'água, para usar uma expressão de insucesso que nada tinha a ver com sua aventura aérea, atemorizado pela turba de fanáticos ao seu redor, se pôs na defensiva, caminhando em círculos, arrastando aquela manta colorida toda embaraçada no amontoado de cordéis de náilon como se fosse um monarca, erguendo os dois braços e gritando à maneira de um *hooligan*, fazendo recuar o povaréu, num movimento perfeito de expansão circular como se uma pedra tivesse sido atirada à água, tentando explicar o acontecido com razões científicas. Debalde! Isso só fez por complicar ainda mais a situação, pois a cada palavra emitida, mais aumentava a certeza de todos de que realmente se tratava de um emissário de um outro mundo, tal a complexidade daquela linguagem jamais ouvida naquelas bandas. De súbito, ele se lança para fora, rompendo a muralha de curiosos, e corre em direção ao jipe que já buzinava há alguns minutos ao lado da capela, na entrada do lugarejo. Resgatado pelos amigos responsáveis pelo seu rastreamento, mal teve tempo de recolher os panos que foram se arrastando pela terra poeirenta compondo no chão um rastro que, depois, foi minuciosamente estudado pela pobre comunidade que buscou saber se nele estava a indicação do caminho da tão esperada redenção de todos.

Nem é necessário dizer que não demorou muito para que a frente da capela, exatamente no lugar onde o forasteiro tocara o chão, ganhasse um pequeno altar logo coberto por uma infinidade de espiriteiras, lamparinas e tocos de vela, que, se petrificado, seria capaz de levar, num futuro imprevisível, a paleontologia social a edificar novas e mirabolantes teorias. Isso para não falar da estimulação mais imediata que provocaria no sagaz espírito científico a descoberta de temas produtores de teses, antíteses e sínteses, de filiação aristotélica, kantiana ou hegeliana. Sem se dar conta do recôndito atavismo existente, a paratropa universitária poderia conseguir, com isso, a tão almejada notoriedade intelectual, os tão frutuosos comparecimentos a congressos nacionais e internacionais e, de quebra — já que ninguém é de ferro —, os tão almejados tostões a mais nos seus contracheques, sempre corroídos pelos pífios reajustes anuais de salário.

PASTEL

Para MVQ

A família era patriarcal. A educação das filhas, a mais tradicional e coercitiva possível. As meninas, todas elas, lindas como a mãe. Mas, como a mãe, submissas a um pai que as policiava nos hábitos, comportamentos e reações. O medo, senão mesmo o terror, era o instrumento de um controle policialesco, inumano. Reinava na casa um clima de obediência absoluta. Como o casal não tinha filhos homens, a pobre esposa carregava o fardo de ser a culpada pelo julgado insucesso do orgulhoso e ser, por isso, objeto de cobranças permanentes. As demais mulheres da casa, se não tanto, entronizavam uma culpa menor por terem nascido ao avesso de desejos e expectativas doentias, por que não?! Portavam como que um pecado original. O pai só as encarava com olhares frustrantes, como se as acusassem de algo irreparável. O relacionamento amargo não era dado à presença de compreensões e carinhos. As alegrias se resumiam a brincadeiras contidas e, ao mais das vezes, ingênuas, sempre no quarto ou na cozinha. Nesta se desenrolava o cumprimento da obrigação diária na condução tanto do forno e do fogão quanto da mesa e da pia. Nunca deixavam de considerar o que poderia ocorrer se fugissem de um figurino que ditava condutas éticas conservadoras e que cobrava responsabilidades estapafúrdias. O orgulho ferido não deveria acarretar, jamais, uma demonstração de repulsa ao ato provocador. Enfrentar as dificuldades era um compromisso religioso, pleno de convicções morais. Era necessário apresentar sempre muita altivez diante dos reveses da vida. Fossem eles de qualquer natureza. A vida, como benesse dos céus, era para os fortes e não para os desprezíveis. Era o que se ouvia diariamente da cabeceira daquela imensa mesa antes das refeições, discurso recorrente do pai, sempre precedido por pedidos e gratidões ao sobrenatural.

Um dia — sabe como são os jovens — as meninas resolveram fazer uma brincadeira sacana, se não fosse tão ingênua. Sortear na mesa do jantar um pastel absolutamente recheado só de sal. E ponha sal nisso! Para quem cairia a marota peça? Para mim, para você, para mamãe, para os serviçais? Seria para alguma de nós, pois papai nunca botou a mão num pastel. Era fritura demais para seu fígado, já comprometido pelas largas talagadas de branquinhas de procedências várias, servidas todos os dias antes das refeições. Dizia, para escamotear o vício e não incorrer em pecados que ele próprio condenava, que a aguardente era o combustível dos homens fortes, especialmente quando acompanhada, pelo arremate dos cerimoniosos encontros diários, daquele cigarrinho de palha, como convém aos que não são degenerados por costumes menos ortodoxos.

Naquele dia — sabe como é o destino — o velho decidiu quebrar a rotina de recusar os quitutes feitos pelas filhas e dar uma forca às meninas que sempre se vangloriavam da própria maestria na arte dos recheios. Como sempre reservado a ele o direito de ser o primeiro, meteu a mão na bandeja de pastéis e lá foi o de sal cair em território inimigo. O temor das meninas, assim que o pai se serviu, extrapolou todas as medidas quando acompanharam sua primeira dentada. Será? É muito azar! O pai havia sido o escolhido. Perdemos a virgindade! Estamos literalmente fodidas!

Qual nada!!! O escolado patriarca não precisou de mais que segundos para se dar conta do que se passava. Impassível, com a tranquilidade que convém aos que não se deixam tomar por reações contraditórias em relação aos discursos que fazia e com a fleuma exigida dos que também não dão o braço a torcer, sorveu paulatinamente, com a boca mais boa do mundo, aquela iguaria intragável.

As meninas nunca haviam sentido um temor tão grande, só menor que o confortável alívio que encerrou aquele drama. O jantar havia sido para elas o melhor dos banquetes.

O pai acabava de dar mais uma coerente lição. A de que a generosidade não é privilégio dos bons, e sim dos que amam.

Mas, em compensação, havia pago a conta sorvendo de seu próprio veneno.

PÁTRIA EDUCADORA

Retrato em preto e branco de uma realidade artificialmente colorizada. Aqui, bem na cozinha de minha casa. Um exemplar da massa de pobres, no sentido lato, que a prestidigitação conceitual e estatística há pouco havia transfigurado, num passe de mágica, seus deserdados em classe média. A inserção da produção barata de bens e serviços, que tomou lugar no vagão de segunda classe do trem da mundialização de uma nova fórmula das relações de produção capitalista, remodela a distribuição da população por um país de vastíssimos territórios que se esvaziam e uma miríade de centros urbanos inchados em suas miseráveis "periferias". Espaços de brutais paisagens onde a precariedade generalizada expressa, com objetividade agressiva, a injustiça, a desesperança, a submissão e a revolta nessa ponta da disparidade da partição nacional das riquezas. Um exército de deserdados cujos músculos se põem de prontidão para a construção das pirâmides.

A histórica mística populista dessa grande república de otários e safardanas chega à versão mal-acabada de uma sociedade que se moderniza sem alterar a relação entre os poucos de cima e os muitos de baixo. No meio, sem nenhuma virtude apesar disso, um estamento maior ou menor de personagens a serviço do azeitamento da máquina de triturar os sonhos dos que não mandam. Igualmente insensíveis. Igualmente despolitizados. Fúteis. Reacionários em sua maioria. Aéticos, interesseiros e oportunistas. "Nós, a verdadeira classe média."

Décadas de reconfiguração de uma sociedade que chegou a vislumbrar, no começo da década de 1960, através de propostas de reformas de base, uma sonhadora passagem na direção de um devir mais justo para a tradicional república de populistas conservadores que marcou a história recente de todo o Estado nacional. Reconfiguração na direção oposta ao resquício nacionalista dos tenentes de 1924. Reconfiguração conduzida pelo espírito de outros "tenentes" que, muito mais estrelados, se aliam às elites e assaltam o poder para, através da força radical das baionetas reacionárias e entreguistas, consolidar a opção pelo capitalismo selvagem, que desabrocha o território e a economia na direção da funcionalização do país à ordem reprodutora da grande máquina político-econômica em processo acelerado de globalização. Nos países de elites conservadoras de filiação fascistóide, basta que elas se sintam ameaçadas em perder o comando de suas benesses para que o Estado se veja diante do golpe, seja ele pela ruptura da ordem institucional, via força, ou pelas mais descaradas formas de reinvenção das substituições de seus mandatários. Mais violentos ou mais brandos, eles marcam a história republicana do país, dando à sua leitura sociopolítica o sabor amargo da permanência da agressão à utopia civilizatória.

A busca do crescimento da produção material ditada pelos reclamos externos, o gerenciamento financeiro de toda a máquina produtiva, o lançamento dos últimos escrúpulos éticos ao lixo definitivo, a opção derivada pela regressão dos compromissos sociais para com a maioria, contidos num projeto de associação entre o governo e as elites, compõem um só promíscuo corpo orgânico entre o público e o privado, consolidando uma ordem nacional que potencia os contrários, onde a ganância desmedida e arrogante dos poucos que mandam convive com a subalternidade da maioria, submetida à opressão degradante da pobreza material, à marginalidade dos sem oportunidade, à institucionalização de organizações socioespaciais gerenciadas pelo crime organizado, à mercantilização das desesperanças dos conformados, além de um sem número de farsescos, oportunistas e prestidigitadores projetos oficiais de benesses sociais. O Estado se tresmalha em espaços presididos por códigos legais independentes, onde o oficial nacional se confronta ou se mescla com os impostos pelos grupos de controle e poder sobre os mais diferentes interesses criminais e políticos, gerando um embate civil e militar desumano que desagua na violência, no saque, no desrespeito à lei e na chacina. O jogo; a droga; o contrabando, a fuga de capitais, a remessa franca de lucro para o exterior; a economia informal; a propina como moeda que gerencia a concorrência; os acordos (i)legais; as isenções fiscais; o sobre-preço; os *lobbies;* os corruptores privados; os corruptos públicos; a degeneração ética dos poderes legislativos e executivos; a venalidade dos aparelhos judiciários e dos operadores do direito, estes, em uma boa medida, operando como comparsas do crime ou em fraude à lei na busca do lucro fácil; a sonegação fiscal como prática institucionalizada pelos pequenos, médios e grandes empresários que subtraem anualmente dos poderes públicos quase 20% do PIB nacional: tudo, e mais, num dantesco cenário de uma tragédia em marcha.

Resumo da ópera: condições de estabilidade e segurança pessoal e social, saúde, educação, moradia, transporte, emprego, saneamento, lazer e valores morais se dispõem em duas grandes bolhas populacionais, cada vez mais afastadas entre si pela concentração da propriedade e da renda, entre tantas outras derivadas relacionadas às diferenças de fruição do bem-estar individual e social. Sem respeitabilidade institucional, o clima de salve-se quem puder solidifica um denominador comum ao comportamento de quase todos: o de um país de corruptos e corruptores, cada qual no seu diapasão. Uma única moral, a de levar vantagem. Uma única bandeira, a do foda-se!

Enquanto para uns a imagem do país, emblematicamente, é aquela que começa na Avenida Paulista e acaba na Faria Lima, em São Paulo, que corresponderia à Zona Sul e Barra, no Rio de Janeiro, e em segmentos privilegiados do espaço das grandes cidades, para a maioria da população, os enclaves de pobreza e, em geral, as periferias urbanas são o território da escassez, o espaço da cafraria. O *apartheid* aponta, didaticamente, uma correlação altamente positiva entre boa parcela de uma minoria branca de um lado e os brancos pobres, negros, índios e mestiçados em todas as suas texturas e gradações geno-fenotípicas, de outro. Cada qual nos seus espaços de eleição derivados da história da ocupação do território nacional e, em cada um deles, da separação de classe rebatida no rosto e na pele.

Parte dos brancos formam a elite e a quase totalidade de seus prepostos, tanto é que administram o grande capital produtivo, financeiro, bancário, fiduciário e demais serviços afins. Ditam as linhas mestras da política econômico-financeira do país. As frações menores dessa classe de profissionais liberais, comerciantes, industriais e produtores de serviço menores, funcionários dos poderes constituídos, professores, integrantes subalternos das forças armadas, profissionais da saúde, educação e segurança que auferem, em escalas internas diferentes, uma renda que os diferencia da grande massa dos de baixo, fecham essa fração intermediária que, somada à elite burguesa patrimonialista, totalizará pouco mais que 10% da população e auferirá 2/3 da renda interna do país, sendo que o 1% superior, só ele, concentrará 27%. Uma Branca de Neve para cada sete anões.

A rota seguida pelo neoliberalismo vai na direção da privatização de quase tudo que interessa à produção de bens e serviços lucrativos. O Estado trabalha para dar suporte legal ao avanço do capital privado sobre toda e qualquer atividade que produza sua multiplicação. Os administradores públicos abertamente se julgam, despudoradamente, proprietários privados do Estado, confundindo a *res publica* com empresas em busca do lucro. Manipulam o voto ao bel prazer de seus interesses pessoais ou de um grupo. O político e o estadista dão lugar ao gerente, ao zelador, ao dono da banca e ao apontador. O país se transforma numa grande feira-livre, aberta à especulação descompromissada. No vale tudo do mercado, os serviços tidos como essenciais, em qualquer sociedade que se diga balizada pelos ideais iluministas da modernidade, se bipartem nas suas quantidades e qualidades. Os de cima vivem servidos, cada vez mais, por empresas, que açambarcam a educação, a saúde, a máquina cultural, a segurança, dando a elas uma qualidade de primeiro mundo. A tradicionais escolas de elite, ligadas a religiões, clubes de serviço e comunidades estrangeiras, cada vez mais cedem espaço às que se estruturam em um império de escolas internacionalizadas, de carteis concentradores, ou pelo capital ou pelos modelos alugados no exterior. Nesse segmento, os de cima continuam se servindo majoritariamente das instituições públicas de vanguarda que ainda, por questões de volume de investimentos, não foram assimiladas pelo capital privado. É o caso das Universidades

Federais e Estaduais e dos Institutos de Pesquisa, hoje já infectados na sua administração pelo vírus da mercantilização dos saberes, cada vez mais contidos em seus projetos utilitaristas de rentabilidade material, em seus programas de prestação de serviços e em suas fundações, portas abertas para a cobrança compensatória de haveres e para a escamoteação do repasse de dinheiro a parte de seus servidores que usam, sem maiores escrúpulos, o equipamento público para faturar com consultorias, com palestras e, até mesmo, com atendimento de "encomendas de balcão". Hoje são a planta fabril da maior indústria de mestres e doutores do mundo, operacionalizando uma reforma do ensino que aponta ao mercado aquela mão de obra especializada que deve ser priorizada nas contratações.

A vilanização desse projeto, que premia os professores e as instituições responsáveis pelo maior número de laureados, vem contribuindo para a saturação de uma oferta cada vez mais numerosa e iníqua de egressos, cuja diplomação não confere, necessariamente, ao titulado nenhuma qualidade diferenciadora. O perseguido bacharelado/licenciatura e a pós-graduação, que avança, pela sua lucratividade, nas ofertas das instituições privadas, são diplomas cada vez mais exigidos num mercado de desempregados em massa para ocupar um cargo de caixa de supermercado.

No caso da saúde, o panorama é o mesmo. Os ricos e remediados servem-se de uma extensa rede de consultórios modelos, quase sempre associados aos planos de saúde de exorbitantes mensalidades. Seus hospitais buscam performance de hotéis de luxo e de oferta de serviços na direção dos milagres. Na área da cultura e do lazer, as ofertas se replicam em teatros, cinemas e ambientes de prazer em fantasiosos shopping centers, em praias e montanhas dignas de cartões postais. O aeroporto sinaliza os destinos dos mais afortunados. É o lado das utópicas *la la lands* tropicais. O melhor país para se viver.

Os de baixo recebem a universalidade perversa dos serviços públicos, cada vez mais esgarçada e irresponsável, em um atendimento para além de uma precarização desrespeitosa e desumana. A saúde, a exigir hospitais com fartura de corredores, um descalabro. A educação, em grande parte uma farsa. A segurança pública, um campo de ensaio da brutalidade impune. Sob a bandeira do avanço em direção à democratização das benesses do progresso, a maior parte da massa dos trabalhadores se sente insegura de seu amanhã. A dos sem trabalho, sempre em grande número, e a dos que trabalham informalmente à margem das garantias legais; o Estado, privatizado pelo ideal burguês, entrega à iniciativa privada, sempre gananciosa, inescrupulosa e aética por natureza. Um mercado de ilusões que faz dos planos de saúde para os pobres uma arapuca selvagem. As escolas de baixo nível em que as denominadas de superiores o são apenas no nome, uma verdadeira indústria de diplomas está cada vez mais fomentada por planos oficiais garantidores dos lucros dos empresários da educação, através da sustentação dos pagamentos das anuidades aos cofres sem fundo de seus projetos, encantados pela esperança daqueles que sonham com o céu, em cursos promocionais, muitas vezes, de finais de semana. Uma enganosa revolução vendida aos incautos por uma propaganda populista fundada em estatísticas que escondem a baixíssima qualidade no prestidigitado volume dos analfabetos funcionais de terceiro grau. Basta ver o resultado dos exames de proficiência de carreiras mais caras, como as da OAB e dos Conselhos de Medicina. Isto para não falar dos cursos das áreas não cortejadas pelo mercado de trabalho. Estes, na maior parte, procurados pelos que não tiveram a oportunidade de superar o empedramento de uma formação primária e secundária que pouco se distancia dos destituídos de razão lógica.

No consumo usado como símbolo de inclusão social nas curtas fases de crescimento da produção, políticas de popularização do crédito, através dos carnês e dos cartões, que embutem juros escorchantes, juntamente com a escalada dos bancos que sempre buscaram lucros superlativos, levam os assalariados do espectro de renda mais baixa a uma corrida ao suprimento de bens, em grande parte supérfluos em face às suas reais necessidades objetivas. Moradia, educação, saúde, locomoção e alimentação cedem o primeiro plano do consumo para as satisfações mais próximas do usufruto de um hedonismo que se desmancha no ar, referenciado pelas novelas e demais programas de televisão, pelas companhias de telefonia móvel, pela preocupação com a aparência física que envolve o vestuário e o corpo, com a moda de certos ícones de autoestima e ascensão social. O salário volta rápido ao mercado através dos aparelhos dentários, das televisões panorâmicas, dos celulares gigantes, dos tênis e óculos de "marca", das roupas chinesas de grife falsa, das oportunistas academias de ginástica, e, como ninguém é de ferro nem obrigado a sofisticar seus valores estéticos, pelo gosto possível à repetitiva música intuitiva das duplas ditas sertanejas, pelos bailes funks, pelas drogas baratas, pela gravidez prematura e, por que não, pelos churrascos de final de semana.

O que esperar para o amanhã?

Como apontam os teóricos da economia política, o capitalismo, em qualquer um de seus exemplos reais enquanto organizações nacionais, continuará historicamente fazendo de cada um deles o palco de sua reinvenção, para deixar o mundo cada vez mais igual ao que ele vem sendo desde sempre... só mudando os mosquitos.

Para finalizar, e para exemplificar, aproveito o gancho, já que sou formado em boxe por ensino à distância, reporto-me à pedagógica troca de ideias que recentemente tive com minha "secretária", à qual me referi no início desta cantilena. Ela, a profissional portadora de diploma do curso secundário completo, que me limpa a casa e me lava a roupa, e que está em vias de ingressar em um curso superior de enfermagem, desses que não exigem senão o CPF do candidato para que assaltem seu bolso ou o erário público, usando o matriculado para que o Estado se responsabilize pelo pagamento de suas anuidades. Pois bem, o jornal do dia noticiava a morte do líder da Revolução Cubana, após quase sessenta anos em que essa figura correu o noticiário internacional por seu emblemático significado político. Cheguei a ela e comentei:

— Você viu, Fabineide (nome nem sempre fictício)? O Fidel Castro morreu.

— Quem?

— O Fidel Castro. Não sabe quem é?

— Humm, humm, não sei, nunca ouvi falar.

— Você nunca sequer ouviu falar em Fidel Castro?

Para sair da saia justa em que se viu metida e para não deixar o "inquisidor" sem receber uma resposta, usou o livre direito exercido pela maioria dos estudantes do país: chutou.

— Ahhhh, já sei. Ele foi um cantor, não?

— Sim, exatamente —, respondi sarcasticamente, sem medo de perder a amiga não perdendo a piada. — Exatamente, isso mesmo! Aquele integrante daquela dupla caribenha, Fidel Castro e Che Guevara, que correu o mundo em décadas passadas faturando alto cantando Guantanamera!

Pano rápido!!!

• • •

Mas não se esqueça de ter cuidado, amigo leitor. O buraco ainda pode ser mais embaixo. Amanhã, em um hospital qualquer, numa madrugada silenciosa e escura, essa profissional poderá estar medindo sua temperatura sem saber direito onde enfiar o termômetro!

O leitor pode, também, sem nenhum compromisso de esgotar a glosa, continuar tecendo suas considerações acerca deste mote fecundo que é o Brasil de hoje (de sempre), mesmo usando os pobres como matéria-prima da selvageria, da exclusão e da subalternidade.

POR QUÊ?

O avião pousou em Turim. Foram dez horas de um voo tranquilo até Milão e mais uma após a conexão. Foi bastante cansativo. Não havia conseguido dormir nem um pouco durante aquela noite. A ansiedade do reencontro era persistente demais para produzir qualquer paz de espírito. Um inesperado momento o aguardava, depois de mais de três décadas de desesperanças que já haviam cristalizado um conformismo tácito de uma perda ainda inaceitável. Um convite como aquele só poderia ter um motivo mais que especial. O que seria? De sua parte não poderia haver apelo maior. Era tudo que ansiava desde sempre. Não demorou muito para se livrar das necessidades de praxe. Depois da alfândega, puxando sua pesada mala, tomou a direção da porta de saída. Seus projetos e indagações lhe embaraçavam a cabeça. O coração lhe metralhava o peito. Estaria ela de branco, como sempre pensara que ainda estivesse? Não perdia de vista o descolorido momento de sua partida, tão drástica havia sido sua decisão e tão intempestivo seu cumprimento. Não foram mais que dias. Horas, talvez! Teria ela, nesses trinta anos, alterado sua maneira de vestir? Qual seria o resultado do peso desse passar de tempo em sua figura, ainda retida de maneira pétrea em sua mente, quando daquele adeus indiferente e fugidio? Afinal, ainda era uma quase menina quando desertou daquela vida em comum para se aventurar por terras incógnitas, nunca declaradas. O que a teria levado a tudo aquilo? Pergunta sem resposta, já que resposta alguma seria capaz de justificar aquela ruptura. A porta automática se abre e uma multidão, de pessoas sem face e sem nome, se apresenta, aglomerada, atrás do cordão de isolamento. A reação de parar de pronto, para uma imediata identificação de um rosto conhecido, se contrapôs à vontade quase incontida de sair correndo numa direção mais do que certa. Nem uma coisa, nem outra. A indecisão cegava seus olhos. A hesitação bambeava-lhe as pernas. Nem um aceno seguro em sua direção em meio a uma enorme quantidade de acenos na direção de muitos. Sentiu-se num deserto rodeado de gente. Por que teria ela pedido que viesse? Será que não teria dado tempo? Tarde demais, talvez. Um frio úmido correu-lhe pelas costas cortando seu equilíbrio. Foi preciso parar. Deu meia-volta. Voltou a dá-la, num desesperado gesto de angústia. Seus olhos iam e vinham numa busca analítica dos semblantes próximos e distantes. Nenhum era capaz de dizer-lhe qualquer coisa. Ninguém parecia, como ele, estar à procura de alguém. Todos achavam seus pares. A alegria dos reencontros só aumentava sua decepção. Já sem esperança alguma, voltou seus olhos para a grande parede de vidro da fachada do enorme saguão de entrada do aeroporto. A claridade frontal a embaçar-lhe os olhos só permitia visões de sombras a cortar aquele espaço. Foi quando uma delas reiterou-se em seu ponto de fuga e, num crescente, foi tornando-se cada vez mais nítida à medida que se aproximava do local onde estava parado. Foi como se estivesse sendo apunhalado pela frente por aquela figura bizarra, inaceitável. Apesar de as vestes ocultarem-lhe o corpo e a quase totalidade de seu rosto, ela se mostrou a ele com a nitidez de outrora. Seu sorriso era o mesmo de ontem. Jamais o tempo, nunca as novas circunstâncias teriam sido capazes de apagar o que a vida havia proporcionado de prazeres e felicidade, ainda sorvidos por uma lembrança indelével. A esperança de reencontrá-la e de voltar a viver, pelo menos um pouco, aquele passado de delícias carnais, cristalizou-se em sonho eterno na certeza de que jamais iria transformá-lo em realidade. Um grande crucifixo prateado lhe pendia do pescoço sobre o manto negro daquele hábito talar das irmãs de Sant'Ana, que a havia levado por tempos sem contas pelas terras do Hindustão. O tamanho da surpresa o deixou totalmente desarmado. O inusitado só lhe permitiu ter a coragem de beijar-lhe as costas da mão e pedir perdão pelos motivos ignorados que achou que havia dado a ela para aquele seu descaminho peregrino na vida!

PRÓXIMO!

Para os excluídos

Nunca o papelão que ele usava para dormir sobre a calçada o incomodara tanto como naquela noite. Estava frio, é verdade, mas nem tanto! Não havia explicação plausível para tanto mexe-remexe que não o deixava cair no sono, como era de hábito, aliás, acontecer há muitos anos assim que se deitava para passar mais uma noite ao relento. Creditar aquele episódio a uma reação alérgica provocada pela nova dupla de colchão e cobertor, extraída da melhor embalagem de geladeira que já tivera na vida, era coisa de sensibilidades burguesas que jamais conhecera. Não era de sua classe ser cooptado assim tão desmotivadamente por estimulações ridículas. Para quem havia passado os últimos quarenta anos perambulando pela cidade em busca do sustento mínimo que lhe garantisse a vida, aquele súbito desconforto era um pesadelo a mais a lhe bater de frente, justamente quando todos os dissabores diurnos se apagavam reconfortantemente na fuga que o sono noturno lhe oferecia como a maior dádiva possível. Seus velhos trapos que, enrolados à cabeça, escondiam a calva precoce que lhe havia garantido apelido indesejável, não podiam participar de semelhante embuste, já que serviam de histórico travesseiro, incorporado a ele como uma extensão do corpo. As roupas? Bem, essas iam e vinham conforme a escassez ou a assiduidade das doações. O número de trocas, a variedade dos tamanhos e das combinações, os estilos e modelos das peças que haviam coberto sua esquálida figura foram tantos que não haveria como creditar aquele formigamento a uma reação aos andrajos daquele momento. Restava pensar nos alimentos, estes sim vezeiros provocadores de mal-estares sempre indesejáveis, pois em tudo contrários à necessária retenção do quilo produtor das energias básicas. Foram muitos os dias de indisposições produzidas por comidas catadas aqui e ali, quase nunca hígidas, jamais saborosas. Mas até que naquele dia ele havia se alimentado extraordinariamente bem ao fazer escopa na quentinha que aquela boa senhora, algumas vezes, lhe trazia quando, no rodízio de seus "pontos", voltava a dar plantão sob aquele viaduto. Seu organismo nascera com mecanismos adequados que sabiam separar muito bem o joio do trigo, aliás fonte da programação biológica que está na base dos projetos urdidos pela natureza para garantir a sobrevivência de qualquer espécie. Poderia ser tudo, menos aquele mexidinho de feijão e arroz enriquecido com ovo cozido e carne moída com batatas. A vida seria bem outra se garantido aquele pitéu por algum tempo! Quem dera! Não. Não deveria ser nada disso. A vida miserável que levara desde sempre já havia lhe aprontado tantas e boas que experiência ele tinha, e muita, para afirmar, em tom categórico, tratar-se, agora, de coisa diferente de tudo o que sentira antes. E olha que não havia sido moleza enfrentar os dissabores do lumpesinato por tanto tempo numa cidade como aquela, em que, tirando a velhinha da quentinha, não sobrava vivalma com um mínimo de solidariedade.

Havia sido heroica a luta pela vida. O abandono, determinado pelo "acaso" de ter nascido com vida num ambiente em tudo contrário à sobrevivência, o fez enfrentar a desnutrição, a falta de higiene, o desconforto e toda sorte de males que ocorrem no corpo e na alma de quem não conhece um mundo estruturado com os abrigos mínimos que é da condição original de qualquer unidade familiar animal conhecer. Quem manda pertencer a uma espécie que, por ter tido a chance de criar Deus, perdeu, durante a evolução, a garantia das estruturas de antemão organizadas pela natureza dos irracionais! Se fosse um deles, com certeza, seus ascendentes já teriam sido descartados pela extinção selecionadora. Mas, como era um humano, a ordem da máquina social era capaz de aceitá-los, marginalizando-os. Foi duro chegar até ali. Anos e anos em que o caldo de cultura da miséria havia patrocinado as mais constrangedoras e humilhantes passagens, criativas nas formas, repetitivas e amargas nos significados. Da infância à madurez. Sem oportunidades de completação do que quer que fosse entendido por direito ou necessidade. Saúde, instrução, abrigo, formação, trabalho, família, amizades, projetos. Nada que não sumisse nos bueiros predeterminados por um roteiro sem volta, por um estamento impermeável, cujo resultado conduz e é conduzido por uma atmosfera de completa ausência de valoração, de referências éticas. A rua havia sido sua casa. A cidade, seu mundo. A cada dia um texto novo. Todos os dias, o mesmo contexto! Paisagens distintas, mas a mesma humilhante dependência dos esmoleres. O desprezo, o preconceito, a desconsideração, o abuso do poder dos inclusos e dos que se dizem fiscais da lei, do Estado. As melhores horas, sempre proporcionadas pela compaixão dos próximos. Ora uma partição com um igual sob uma marquise, ora uma benesse vinda de um cortiço próximo. Muito raros os episódios que o tenham feito rir. Também, do quê? O riso quase sempre é uma explosão fundada no exercício da liberdade. Coisa que só é permitida a quem é capaz de se livrar dos cativeiros tramados pela vida em grupo. E seu cativeiro havia sido sempre a liberdade. Mas do que havia valido aquela condição de descompromisso se a vontade última sempre havia sido se livrar dela?

Pois bem! Aqui eu tomo a palavra. A primeira pessoa é minha! Meu nascimento se deu num malcheiroso e escuro porão de um antigo sobrado da Conde de Sarzedas, herança jacente, transformado em cortiço e administrado por um espertalhão em conivência com a justiça indolente. Um antigo solar burguês suportando seis, sete dezenas de ocupantes temporários, confinados em câmaras diminutas, separadas por tapumes improvisados, onde estrados superpostos em equilíbrios instáveis estavam habituados a recolher os corpos mal-nutridos de mulheres, velhos e crianças, num ambiente onde a promiscuidade ganhava níveis ainda mais degradantes quando das visitas dos parceiros sempre incertos. Esses compartimentos, úmidos e bolorentos, concorriam em odor com a fetidez dos dejetos que as velhas manilhas dos esgotos já não davam conta das novas demandas. Foi num desses tugúrios que minha mãe exercitou comigo seu primeiro milagre da multiplicação de uma prole de irmãos nunca germanos. Por uma benevolência do acaso genético e dos escaninhos da vida em grupo, superei a barreira da seleção natural, sobrevivendo em meio aos aprendizados propostos pelas adversidades. Cresci na Sé, espaço a um só tempo lúdico e opressor, ponto de encontro do formal com o licencioso, passagem dos apressados em busca de cidades distintas, centro que já foi real, hoje simbólico, alma bandeirante, coração nordestino, palco das prestidigitações da fé gótica e da múltipla palavra salvacionista, do comércio de ocasião do subúrbio fora de lugar, onde o formal degradado digladia-se com os informais provisórios. Cheirei cola e cometi meus primeiros delitos diante da aquiescência dos olhares impassíveis do Estado e dos que se julgam sem culpas. Nadei nos espelhos d'água da modernidade que usurpou da velha Clóvis sua natureza cidadã, diante do impassível palácio de um ordenamento retrógrado e auto-empulhado. Tenho a mesma idade do desmanche da belle époque dos Santa Helenas e do modernoso Mendes Caldeira, marcos separadores do sagrado de Maximiliano Hehl e do profano de Ramos de Azevedo, hoje indistintos. Essa foi minha escola, muito mais pedagógica e instrutiva que o Grupo Escolar Duque de Caxias, da praça Dr. Mário Margarido, que me ensinou as contas e as letras que ainda me vanglorio de saber. Livre, aberta, irresponsável, de ensinamentos rápidos e antecipados, multifacetada e universalizadora. Sem as bridas da oficialidade educacional descompromissada com a verdade e dos compassos da instrução sem sentido, marcados pelos horários aprisionados pelas sinetas estridentes. Oprimido pela exclusão, me rebelei, como muitos de meus pares, negros de várias tinturas ou mestiços como eu, de complexas antropologias, indo parar nos "cárceres" das fundações para o bem-estar dos que estão do lado de fora. Lá me pós-graduei em malandragem e em especialidades ainda não codificadas, sempre com a conivência sórdida da intermediação proporcionada pelos agentes da lei. Voltei pra casa aos dezoito anos, travando, por algum tempo, uma dilacerante batalha íntima entre a opção pela preservação do sentimento de revolta pela via criminosa e suicida, ou pela sublimação do ódio interior pela via da derrota conformista e que despersonaliza. As circunstâncias me apontaram o acovardamento como estratégia para prolongar a vida. Para oferecer um arrimo solidário à minha mãe em morte anunciada, tentei o trabalho. Os exercícios só me reservaram repulsas e fracassos. Atitudes e sentimentos desfavoráveis foram as respostas mais automáticas à minha aparência, às minhas capacidades e — por que não? — à minha altivez. Tentei ser autônomo dividindo com um mano a dura empreitada de catar papéis e papelões para entregar aos compradores de ocasião. As terceirizações, em que as responsabilidades e os preços do trabalho se definham a cada degrau da cadeia, cedo sinalizaram que o escravismo é capaz de assumir feições de contemporaneidade com o chamado progresso. Muito cedo me sobrou a trincheira do abandono, do desespero, da capitulação. O vício, a fuga fácil e possível. A rua, o único universo a aceitar meu alcoolismo esquizofrênico. A mendicância, a derradeira tática profissional por uma sobrevivência incerta. Ora aqui, ora acolá, mas quase sempre nos baixios do Glicério, formidável reduto de abrigos gerados pela modernidade viária dos elevados que cortam o parque Dom Pedro. Ainda num passado recente, onde hoje me recolho, costumava gastar meus ócios moleques nas peladas dos campinhos de terra junto ao Tamanduateí, ali na praça Nina Rodrigues, ou nos festivos ensaios da bateria da Lavapés.

Hoje, o que havia sido espaço mais ou menos abandonado, dado a natureza das várzeas inundáveis, se viu transfigurado num corredor marginal, sujo, abandonado, repleto de entulhos, onde a compartimentação provocada pelas pilastras e rampas de acesso das vias elevadas de trânsito rápido criaram um sem-número de nichos, formidáveis abrigos para nós, moradores de rua e depósito para tantos outros catadores de papel. A travessia do rio pelas passagens estreitas que acompanham as vias dos automóveis é um verdadeiro roteiro minado por dejetos de toda natureza. Banheiro público, criatório de cães vadios, albergue para ébrios desfalecidos dão o tom do descaso e abandono com que essa parte do centro da cidade se viu transformada, verdadeiro atestado de que o Haiti também se mundializou. Incapacidades, descasos, ausência de recursos, incompetência do setor público? Não. Apenas territórios que perderam a razão antiga pelas vias da evolução modernizadora que valorizou novos setores do mercado espacial. E a cidade, dominada pelo dogma do lucro, relega ao abandono toda e qualquer periferia, mesmo aquelas que medram em seu antigo centro. Certo é que a degradação física e social dos quarteirões adjacentes não chega a fazer um grande contraponto a esse quadro localizado. Pelo contrário. Ajuda a compor uma atmosfera de aparente desmanche, onde a queda do valor em capital é vaso comunicante para abandonos imobiliários e uma quase consequente ocupação adventícia oportunista, pobre, muitas vezes informal, seguramente temporária. É da essência dos conflitos. É da lei banal e revolucionária da transformação do novo em velho e do velho em novo. E isso não se processa assim tão linearmente no plano orgânico e funcional. Mas o que importa tudo isso se os entendimentos intelectualizados do mundo real não se transmudam em ações concretas com melhorias para nós? Estou eu aqui cada vez mais incomodado com essa sensação esquisita, misto de frio, coceira, formigamentos e certa insensibilidade nas mãos e nos pés. Quero crer que seja mais uma recidiva do grande azar que foi aquela maldita contusão no abdômen que sofri quando fui apartar as vias de fato em que se meteram aqueles dois colegas rivais. Nem mesmo a pequena fogueira ao meu lado, a queimar os caixotes de madeira deixados pelo fruteiro ambulante que faz ponto no terminal de ônibus ali perto, dá conta de espantar o gelo que me vem de dentro. Todos os meus companheiros aproveitam a madrugada escura e silenciosa para dormir no abandono de sempre. Os únicos acordados somos eu e o cão sem raça que me acompanha como um irmão siamês. Ele me olha intrigado, enquanto me lambe o cotovelo que aponta para fora dos papelões. A sombra, que desenha no chão o gradil quebrado do viaduto, parece mais forte e nítida que de costume. Parece sugerir uma porta aberta na cela de uma prisão a me dizer: fuja, vá embora, liberte-se! Pra onde? Não hesito em responder. Mas nessa hora já não dou mais conta de saber se é raciocínio ou delírio. O cão, fiel como todos os cães da literatura, ergue-se como que reagindo a um susto e tenta me alcançar pelos pés. Impossível. Já estou a meio caminho da passagem pela abertura da sombra. É uma força irresistível que me leva para longe, sem frio, sem dor, sem corpo, sem nada. Ainda posso ver, de forma embaçada, ao lado de um cão intrigado, os papelões recheados com alguma coisa que sugere alguém. Devem ser meados da madrugada. Logo cedo, com certeza, o camburão do IML virá recolher o corpo não reclamado por ninguém. Mais provável, por certo, que seja encaminhado, depois de uma boa e desinfetante limpeza, diretamente para uma banheira de formol no aguardo de uma requisição burocrática, em quatro vias, de uma das muitas escolas que inundaram o país de mercadores da saúde.

Não deu outra! Foi exatamente o que aconteceu. Assim que o camburão do IML deixou o Glicério rumo a Pinheiros, me vejo diante de uma central de triagem extremamente luminosa e asséptica, na aparência em tudo oposta ao mundo de onde havia vindo. Logo sou procurado por formosa "funcionária", de tez alva e olhos transparentemente azuis, que passa a mão por minha cabeça, agora desprovida do habitual turbante, indicando-me em seguida a fila em que devo entrar no final do amplo salão. É uma fila longa, a mais extensa de todas, caracterizada acima de tudo pela tez de seus ocupantes. Morenos de mestiçagens diversas, negros, indígenas, aborígenes e muito poucos brancos. Todos entendem todos. Não se ouve com muita nitidez o que se fala nas demais filas, distantes o suficiente para que isso ocorra. O que se percebe claramente é que elas são ocupadas por elementos distintos daqueles da fila em que eu estou. Mas o ambiente é um só para todos. A sensação de pleno conforto não admite a mensuração do tempo, nem ideia clara das demais dimensões a que havíamos nos habituado usar para nos posicionar diante do mundo exterior. Num certo instante me vejo diante de uma figura, cujo crachá brilha intensamente a ponto de não permitir identificá-la, que muito gentilmente pede que me sente e que lhe dê as mãos. Olha-as atentamente, parecendo inteirar-se muito rapidamente de quem eu era e de onde vinha. Logo em seguida, manipula alentado livro encadernado, abrindo-o numa página onde se lê, com clareza, o título: *Da economia político-demográfica e do bem-estar coletivo* e logo abaixo, em letras menores, mas ainda legíveis, *Últimas deliberações do Conselho*. O que vem depois é impossível de decifrar, tal o diminuto tamanho dos caracteres, à semelhança daqueles comuns em qualquer contrato de adesão. A educada figura me olha com olhos paternais — ou maternais? — e, com a maior gentileza e polidez, vai me explicando num linguajar cheio de retóricas e brocardos, entremeado de citações que me parecem, ora expressões matemáticas, ora frases em latim, que, em função mais das variáveis econômico-sociais do que da escassez relativa dos espaços infinitos, o Democrático e Alto Comissariado, após longas sessões ecumênicas, havia decidido por unanimidade, fato que levara o grão-mestre a aprovar, sem vetos, que estava criado e imediatamente posto em vigor o Instituto da Reencarnação. Fundamenta, sem se dar conta de que aquelas explicações, para mim, não tinham nenhum sentido, que a nova e purificadora decisão vinha antecedida por uma longa e densa exposição de motivos, alicerçados estes em dois importantes pilares da racionalidade. De um lado, nos bons exemplos extraídos das convicções teóricas de certas crenças e religiões terrenas que há muito já vinham se beneficiando dessa doutrina para buscar a purificação da alma e servir de instrumento de controle social. De outro, nas experiências bem-sucedidas de uma plêiade de especialistas em gerência que havia chegado à criação de conceitos e aparelhos agora usados para modernizar as seculares estruturas celestes, carentes que estavam daquelas sustentações tecnocientíficas que a prática contemporânea já havia tornado vulgar até nos manuais mais chinfrins de administração pública e privada. Esse novo corpo de técnicos, oriundos todos de unidades universitárias de escol, portando titulações complementares em nível de máster, doc., pós-doc., MBA e outros que tais, introduziram novos entendimentos e definições de eternidade, dessa vez subordinados à busca de um bem-estar cirenaico, provocando, em decorrência, uma verdadeira remodelação do aparelho gestor. Chegaram à conclusão de que era uma aberração celestial buscar construir e preservar o etéreo perpétuo e feliz a partir da falsa premissa de que aqui poderia ser um espaço de absorção de todos sem uma triagem que buscasse a melhor relação custo-benefício. Está certo que, até então, aqui era um lugar para todos. Se algumas crenças terrenas julgavam existir diferenciações qualitativas de acomodação após a morte, aquilo não passava de mistificações policialescas para intimidar os pobres de espírito, que, aliás — e não era à toa —, tinham garantido o reino dos céus. Isso seria uma grande afronta aos princípios de igualdade evolutiva que haviam gerado os homens. Todos tinham garantido, pelo menos ali, os mesmos direitos. Mas, essas coisas já pertenciam a um passado idealista. Agora, a razão, enquanto conquista maior da humanidade, havia sido tomada como novo paradigma das ações que puseram em prática um inovador pacote de medidas: o PAC (Plano de Assepsia Celeste). E, por essa razão, como eu, todos que estavam naquela fila deveriam voltar aos seus lugares de origem e desempenhar novamente os mesmos papéis anteriormente definidos por seus destinos terrenos, pois o éden, é bom que não se deixe nenhuma dúvida, continuava a ser o lugar de todos, só que para alguns, agora, apenas de passagem. E que ficássemos seguros, pois isso não implicaria gasto nenhum para os contemplados pela seleção. Dito isso, passa para a segunda parte da entrevista, que é a da definição prática da medida. Abre um grande alfarrábio já bastante gasto, cheio de plantas, mapas e croquis, com inúmeras notações à margem que mais parecem atualizações apressadas, volta a pegar em minhas mãos e me diz, esboçando um leve sorriso com uma das laterais da boca:

— Ah! São Paulo! São Paulo! Então você é do Brasil! Terra abençoada por Deus e bonita por natureza. Em fevereiro tem carnaval. Tem carnaval! Puxa, você tem sorte! Aqui há muitos que são indistintamente da África; do sudoeste, sul e sudeste da Ásia; da América indígena e das Antilhas, em situação de índices de bem-estar e desenvolvimento humano abaixo do de vocês. Mas, é lógico, muitos também, muitos mesmo, são, como você, da terra de Pelé. Você sabe, não é? Essa nova regra tem outras serventias também. De vez em quando a gente precisa lá embaixo da figura de uns heróis pra que o povão aguente a barra e para preservar a crença de que Papai Noel existe. Então, nesses casos, a reencarnação é usada pedagogicamente para impactar, para dar exemplos, e, assim, manter o astral do populacho despolitizado, que, aliás, anda cada vez mais descrente. E a descrença é um perigo, sabemos nós aqui de cima! Pode gerar insubordinações. Aí é só reencarnar um messias na pele de um militar, religioso, empresário, intelectual ou, mesmo, operário, e pronto! Tudo volta a ser como antes. Não é mesmo? Ajuda a viver. Os da Austrália e Nova Zelândia já rareiam por aqui. Aliás, de outros continentes também. Lá, onde as seleções geralmente foram feitas de antemão, antes das nossas novas regulamentações. Pois bem, chega de trololó e vejamos o que interessa. Vamos ver, vamos ver… uhhh… estou vendo aqui pelo monitor que está pra nascer, neste próximo sábado, em São Paulo, um robusto rebento no 426 da Rua do Triunfo, ali na Cracolândia, bem no Centro. Perto de tudo. Bom lugar. Vai fazer sol e não haverá clássico de futebol nesse final de semana. Será tranquilo. Se precisar, com toda certeza, haverá um ótimo posto do SUS ali no Bom Retiro ou, quem sabe, alguma ONG benemérita para ajudar você e sua mãe. Que tal? Sugiro que aceite sem demonstrações de rebeldia ou mesmo descontentamento. Essas coisas não ficam bem por aqui. OK? É melhor assim! Muito bem! Boa viagem e… se cuide, hein!

— "Próximo!"

QUASE UM CONTO

Uma tarde de chuva no largo da Batata[2]

Saí do Sesc Pinheiros, aquele majestoso e moderno edifício da rua Paes Leme, quando já começava a pingar. Mais uma tarde de chuva forte na cidade de São Paulo. Inocente que só os ingênuos, tentei, sem me dar conta de como estava sendo irracional, com a pressa dos ansiosos, chegar a tempo no largo da Batata, onde tomaria o ônibus para voltar pra casa. Qual! Mal cheguei na esquina do posto de gasolina, a tempestade, anunciada pelo costumeiro céu de chumbo, começou a vir abaixo. Cruzei a rua, ziguezagueando entre os carros, e busquei refúgio na Nossa Senhora de Monte Serrate, a velha igreja do largo. De novo, qual! A porta estava cerrada. E ai se não estivesse! Seu interior seria convertido em abrigo para centenas. Certamente, o pároco, sabedor do comportamento das meteorologias, antes do toró anunciado pelos quarenta e tantos dias anteriores, tratou de impedir que os infiéis de sempre viessem a se valer da casa de Deus para se proteger de São Pedro. "Quando faz sol não me procuram. Agora, quando se veem ameaçados pelo temporal, correm para buscar proteção. Que se danem! E olha que a proteção pedida aos céus custa bem pouco. Geralmente é uma moedinha que pinga no cofre lá perto da porta. Mas, na hora da proteção do que vem de cima, sem ninguém pedir, muitos não se dão conta de que pagar cincão por um guarda-chuva descartável é um desperdício..."

Atravessei o largo me arriscando a derrapar no novo piso instalado pela administração. A área passa por uma intervenção, chamada urbanística, que busca dar ao local ares de modernidade, pela proximidade da inauguração da estação do metrô que ficará a uns cem metros dali, junto às esquinas confluentes de Teodoro Sampaio, Pinheiros e Faria

---

2 Escrito durante a reforma que deu nova configuração ao largo da Batata, no bairro de Pinheiros, São Paulo.

Lima. Os serviços correm apressados em diferentes frentes. Uma babel! Ruas impedidas, calçadas estreitadas, buracos abertos, montanhas de terra à espera de serem levadas, outras iguais de pedras britadas que chegam, máquinas paradas em lugares impróprios, outras trabalhando sem apresentarem nenhuma segurança em relação a quem passa. Enfim, tudo bem planejadinho. Nada feito com a preocupação de dar aos transeuntes e usuários de um sem número de linhas de ônibus a orientação e o respeito que se diz merecer aquela entidade abstrata chamada cidadão. Nisso, a prefeitura não mexeu. Também, pra quê? Alguém que manda, alguma vez ao menos, já passou numa tarde de chuva pelo largo da Batata? Os que governam em nome das elites continuam olhando a cidade como um planeta distante. Idealizam, planejam, colocam mapas coloridos na mesa, desapropriam, contratam pelos olhos da cara empreiteiras e... mandam bala, como os da Nasa a monitorar os ônibus espaciais e os robôs marcianos ou lunares. Nunca foram e nunca irão lá. Não! Espera um pouco! Façamos uma correção. Vão, sim! Na inauguração da obra inacabada.

Quem conhece a "região" sabe como são os que se valem do pedaço para trabalhar, se abastecer, transitar. Não, não são os da nova Faria Lima, aquele longo trecho que, pra lá do largo, ganha a direção dos Jardins, com seus ícones arquitetônicos que abrigam grandes negócios e seus bares noturnos que ajudam a expurgar os espíritos de qualquer estorvo ético. Não! São os do núcleo do antigo e novo mercado, tradicionalmente ponto de parada de um grande número de linhas de ônibus que buscam outros bairros da cidade. Espaço que abriga muitos terminais de ligação rodoviária com as localidades do oeste da cidade, como Taboão e Itapecerica da Serra, Embu das Artes e tantos outros bairros dormitórios de feições suburbanas. Território formado por um conjunto de ruas estreitas, de casas e predinhos geminados, que abrigam um comércio retalhista multifacetado, de pequenas lojas, bares, quitandas, mercadinhos, açougues, casas lotéricas e alguma prestação de serviço. Arrumadinhos uns, malcheirosos muitos. A alguns estabelecimentos mais tradicionais, e mesmo ruas com comércio especializado que ainda restam e que como enclaves lutam para preservar nome e clientela, juntou-se uma maioria de padrão extremamente popular e pouco afeito a qualquer requinte estético, sanitário, e, pior, a quase nenhuma boa educação no trato com a freguesia. Aqui o popular é sinônimo de pobreza. A pobreza histórica, aquela que acompanha a classe trabalhadora menos favorecida pela sorte grande, aquela do salve-se quem puder do sistema social nacional. Aquela pobreza que tem que se virar para sobreviver. Aquela que habita a periferia sempre distante, que não foi nem pôde ou pode ser agraciada com uma longa escolaridade. Aquela com trabalho temporário e instável. Aquela que vive de bico, mesmo achando que não, dos sem carteira assinada. Aquela de antropologias indefinidas que bem caracterizam a morenice da maioria, aquela definida por Darcy como um povo em construção, sem história, cuja raiz é sua ninguendade. Aquela que é presa fácil dos inescrupulosos dos carnês, dos planos pré-pagos, das cestas básicas, dos novos sertanejos, dos sistemas universais de saúde, das escolas públicas, das batidas policiais sem fundamento, do comércio de rua, este também marginal e aleatório. Aquela que acredita nos messias, sejam eles políticos ou pastores... mas que jamais irá ao paraíso. Aquela que, verdadeiramente, escolhe, elege, mas não governa.

 Pois bem. Refugiei-me da chuva debaixo de um toldo, todo furado, de um bar, na esquina da Fernão Dias com a Baltazar Carrasco. E não fui o único. Logo apareceram, para buscar proteção, também, um fiscal de ônibus a manipular seu rádio comunicador e ditar horários de minuto em minuto; um *boy* mal-encarado, de cabelo todo engomado, cheio de tatuagens e brincos, camiseta, bermuda, meias e tênis brancos; e uma dupla de mulheres, mãe e filha, portando oito sacolas de supermercado carregadas de latinhas de cerveja. A filha, ainda adolescente, reclamava abertamente da mãe que, pelo jeito, exigia sua ajuda no transporte daquela compra que abasteceria um pequeno negócio num bairro qualquer servido por uma das linhas de coletivos que passavam pelo local. A menina, de cara amarrada, molhada até a alma, não poupava a mãe de impropérios, afirmando que merecia coisa melhor. A mãe, sem mostrar nenhum aborrecimento, fazia ouvidos de mercador e apenas se mostrava interessada em apressar o início da operação de fuga.

Logo, meus olhos fixos nos vizinhos próximos se desviaram para o que o animado mundo das águas aprontava naquele pedaço de rua. O leito carroçável da frente era uma vasta lâmina d'água a molhar todo mundo nas calçadas quando qualquer viatura por ela passava. Na sarjeta imediata, logo se formou um alentado curso a transportar, para a boca de lobo da quina da rua, uma quantidade assustadora de tudo aquilo que os ocupantes dos pontos de ônibus próximos haviam deitado no meio fio e na calçada. A varredura que a água fazia trazia para os dutos de água pluvial, escondidos por debaixo da rua, uma infinidade de pontas de cigarro, latas de refrigerantes, cervejas, garrafas PET de vários tamanhos, sacos aluminizados de salgadinhos, papéis de todo tipo, bilhetes de loteria já rifados, enfim, estava ali estampado, a correr para sabe-se lá onde, o produto descartável de comportamentos de tantos que se valem da cidade para mandá-la às favas. O império do desprezo pelo coletivo como a revidar as agressões de que são vítimas os que precisam dela para sobreviver. Nenhuma relação de respeito, absolutamente. Estava ali, meridianamente exposto, que o mundo da grande cidade não é o hábitat adequado à reprodução dos valores da chamada civilidade, porque as enormes distâncias que separam os que têm dos que não têm tornam-se por demais transparentes para escamotear as injustiças do sistema. Repete-se no andar de baixo, dos sem esperanças, o mesmo descaso pelo outro, tão emblemático no andar de cima, os da elite. Os de cima se defendem fisicamente dos de baixo com uma miríade de equipamentos sociais e financeiros, afastando-os de seu convívio. Os de baixo, marginalizados pelos papéis de coadjuvantes descartáveis, os agridem com a inobservância dos mais comezinhos princípios de cidadania, pois não se julgam cidadãos, embora intérpretes da mesma tragédia. A infelicidade e a violência tornam-se corpos siameses. O sentimento de dignidade exige respostas à altura da falta de direitos. A vingança é essencial. É fonte purificadora do eu ferido. É renascimento. É paz interior.

A chuva sugere uma trégua. Atravessei a rua saltando de ilha em ilha para não molhar minhas meias. Em vão! Fui cair na outra calçada, onde as imperfeições do piso montam um tabuleiro onde só se dá bem quem joga muito a amarelinha. Outra calçada é força de expressão. Outra meia calçada, já que a cada três passos há uma barraca a oferecer quinquilharias, relógios de marca, óculos de sol, cigarros, rádios, bonés, brinquedos, guarda-chuvas e tudo o mais que a pirataria chinesa foi capaz de nos enfiar goela abaixo. Quem responde pela integridade dos passeios? Ah! O poder de coerção exercido pela administração pública. Aqui o interesse particular dos proprietários não dá a mínima para a preservação do bom estado dos passeios. O transeunte está acostumado a pisar em areia movediça. E aí, o privado do não preciso fazer e o público do não obrigo a fazer se dão as mãos e... salve-se quem puder. Não é assim nos territórios ricos desta mesma cidade. A calçada ali é uma extensão material da propriedade particular. Tem que ser bem cuidada, pois ela tem dono. Se não para os próprios pés, bem mais para aqueles que dão lucro. Seu custo? Está embutido nos preços sem concorrência, pois os ricos não compram "preços", compram status, moda, marcas, etiquetas.

A chuva voltou a apertar. Agora, já no largo da Batata, busquei abrigo, aqui também, na porta de um bar. Não desfrutei da proteção do toldo anterior. Aqui não havia marquise, como no vizinho. Mas lá carecia de espaço disponível. Desafiado a suportar o cheiro forte de óleo saturado que vem de dentro, onde pastéis e coxinhas costumam nadar antes de serem deglutidos, voltei meus olhos para aquele vaivém de pessoas que, mesmo com chuva, não deixam de ir e vir para os mais diferentes destinos. No curto tempo em que ali permaneci, fui instado, por diversas vezes, a responder onde é que se toma o ônibus para... O largo é uma praça de guerra. Com a reforma em andamento, os pontos de ônibus não estão mais nos lugares de antes. Nenhum aviso. Nenhuma orientação. Não há mais abrigos. Um simples olhar percebe o quanto as pessoas estão perdidas. E quem são elas? Aquelas mesmas que tanto sabem o que é o poder aquisitivo do salário mínimo! O quanto é necessário ser criativo para multiplicar os peixes e os pães, milagres que não são mais bíblicos.

Aqui no largo as calçadas são mais amplas, portanto maior a área de descuido com os pés que andam. Os fluxos densos são compostos igualmente por homens e mulheres. A grande quantidade de pessoas chega a admitir conclusões a quem se interessa por recolher impressões da exterioridade delas. É um convite à aplicação de classificações e estatísticas. Crianças, jovens, adultos, velhos, homens, mulheres. Há de tudo! As aparências revelam que certas características se repetem com regularidade. As mulheres são mais pródigas em oferecer sugestões. As mocinhas, muitas, mesmo nesse universo de pobreza, buscam se ajustar ao figurino do modelo de beleza universalizado pela mídia de massa, impressa ou eletrônica. É o império das globelezas, das certinhas do Lalau e das mulatas do Sargentelli, mesmo quando desprovidas de qualquer predicado que possa lembrá-las. Buscam o melhor corpo, isto é, o mais magro possível. Mesmo as gordinhas de nascença oferecem claras demonstrações de seu esforço por parecerem mais enxutinhas. O aperta daqui e de lá, em todas elas, salienta nas calças mais do que justas e nas blusas coladas que não cobrem por completo o torso. Seios e quadris parecem ser os lugares nobres da oferta que cada uma faz de seu corpo aos olhares sempre concupiscentes de não importa quem. A beleza da carne é a primeira das qualidades que se presenteia aos interesses dos terceiros. O sexo, esse combustível natural dos animais, permeia as formas e os comportamentos. Vê-se isso nas escolhas. Das roupas e dos trejeitos. Do andar e dos olhares. E, por que não, nas permanentes puxadinhas da parte posterior da calça que mal cobre o cofrinho?!!! Com as mulheres maduras, a coisa já é bem diferente. Esse é o departamento daquelas que já não têm mais por que se incomodar com banho de loja, muito menos com a banha que se aloja. Já passaram pela fase de sonhos. São retratos da desilusão. Boa parte delas já enfrentou a maternidade, o casamento repleto de esperanças desfeitas, os dissabores de companheirismos subalternos, as diferentes formas de desprezo dos maridos infiéis e maus fodedores, o desgarre dos filhos, o precoce advento dos netos, as consequências hormonais da menopausa. Hoje, arrimo da casa, da educação dos filhos e, em proporções crescentes, abandonadas. Aqui, o que chama a atenção é o número elevado das gordas. A gordura fora de lugar, saindo pelo ladrão, produto do descaso com a saúde, do conformismo das hereditariedades, do desregramento das quantidades ingeridas. Que outra compensação que não a comida no viver nesse labirinto que é a existência de penúria e sofrimento? Peitos enormes, disformes, braços e pernas de altas circunferências, ventre totalmente livre, bundas que superam qualquer compatibilidade com as numerações existentes. Tudo se unindo num único bloco. O império das donas redondas. Verdadeiras BBBs: busto, barriga e bunda.

    A chuva dá um descanso. Diz o caipira que quando miúda não mata ninguém. Apressei-me para respirar o ar mais limpo das calçadas. Demorou um pouco para que a cozinha do bar fosse substituída pelos escapamentos dos carros, ônibus e caminhões. Rendi-me aos apelos do hábito. Atravessei a avenida e fui ao balcão de um outro bar de esquina. O café não era de máquina. Era daquele de coador de pano, de idade incerta, não sabida. "Expresso, doutor, só no shopping!" Conformado, fechei os olhos para meus escrúpulos e, numa xícara seguramente mal lavada, tomei um com vários efes. Frio, fraco, fedido, com formiga no fundo...

QUEBRA-CABEÇA

Prometeu a si mesmo nunca mais procurá-la, depois que ela deixou claro que não queria fazer sexo com ele. Como assim? Aquele relacionamento sempre fora por demais centrado num interesse recíproco, repleto de manifestações de carinho e apreço, jamais imaginado ser possível entre duas pessoas! O encantamento entre ambos era de dupla mão e o prazer que os encontros causavam superava a mais exigente expectativa. Transbordava deslumbramento, ia além da felicidade, das questões resolvidas pelo platonismo. Suas palavras e insinuações nutriam um desejo claro pela posse física, pelo projeto de que tudo isso se transformasse, um dia, numa conjunção carnal arrebatadora. Qual! A duração longa daquele jogo e o clima sempre envolvendo uma permanente expectativa de consumação acabaram gerando uma frustração avassaladora. Não se conformou com a falta de sensibilidade que aquele excesso de envolvimento havia causado à sua razão. O coração não havia deixado margem para percepções mais sutis em relação à namorada. As desconfianças, provenientes das objeções e dos adiamentos, sempre acabavam por esbarrar na possível ingenuidade, no temor, na insegurança, na pudicícia. Justificativas inconsistentes entre os amantes. Inaceitáveis, se contumazes. Descobriu na pele que as preferências sexuais acabam sendo precipícios que o chamado amor não é capaz de suplantar.

Amor sem sexo. Sexo sem amor. Amor sem sexo com amor. Sexo sem amor com sexo. Amor com sexo sem amor. Sexo com amor sem sexo. Sexo homo, amor hétero. E vice-versa. E ao contrário. Amor no caso oblíquo, no caso reto. Amor sujeito, sexo objeto. Amor singular, sexo plural. Sexo com concordância de gênero, de número e pessoa. Amor substantivo, sexo adjetivo. Sexo verbal, imperativo. Amor condicional. Sexo perfeito, mais-que-perfeito. Amor presente, sexo futuro. Amor intransitivo, sexo com complemento, com (pre)posição.

Sexo explícito, amor implícito. Enfim, amor e sexo universais, nacionais, regionais, locais. Multilinguísticos, reais, virtuais.

Pode brincar à vontade. Amor e sexo permitem as mais variadas combinações.

Não se acanhe. Divirta-se!

É o que tenho feito comigo mesmo!

REDESIGNAÇÃO SEXUAL

I

Nu, de barriga para cima, coberto pelo lençol do hospital, deu entrada no centro cirúrgico confiante de que a intervenção seria exitosa e que a recuperação seria a maravilha que lhe contaram os amigos que já haviam passado por aquela experiência. Afinal, uma hérnia inguinal não era nada para se assustar mesmo! Ao lado de todo aquele otimismo estava o médico. O amigo de longa data, assegurara-lhe tratar-se de coisa à toa, sem nenhum risco de complicações. A corroborar essa segurança estava o discurso de que aquela cirurgia era tão elementar que os quintanistas das escolas de medicina se valiam dela para se desvirginarem na arte dos bisturis. Coisa de aprendizes.

Bem, esse juízo permitiu a ele, quando se viu diante do amigo doutor e de sua equipe de auxiliares, fazer uma blague, solicitando que fosse aproveitada a oportunidade para realizar, também, uma intervenção de mudança de sexo. Todos os presentes — médico, assistentes, enfermeiras e anestesista — se espantaram diante daquele não menos inusitado pedido. O paciente, então, se viu intimado a fundamentar aquela solicitação, já acostumado com essa necessidade dele exigida nas salas de aula que o acompanharam em seus mais de quarenta anos dedicados ao magistério superior. Arrazoar para ser acreditado.

Ao se pôr sentado para receber a anestesia que seria aplicada no tutano de sua coluna vertebral e um pouco antes de ser-lhe injetada a dose, sempre bem-vinda, daquele "sossega leão" numa das veias do braço, chamou a atenção dos presentes para justificar seu pedido com a clareza necessária para dirimir qualquer mal-entendido.

— Doutor, já cheguei aos oitenta anos. Todos sabem o que isto significa em termos dos aportes hormonais ligados à função primordial que sustenta a reprodução das espécies animais. Ainda me sinto partícipe desse grupo da natureza viva, que a taxonomia resolveu distinguir, não sem um pouco de discriminado orgulho preconceituoso, como *"sapiens sapiens"*. Cada vez mais intensamente, esse sentimento me é comunicado pelas próprias perdas da capacidade reprodutiva através das ausências naturais dos apelos morfofisiológicos ligados à libido animal. Advém daí, doutor, essa minha solicitação para que mude meu sexo. Todos se espantam. Quero voltar a ser Homem.

Não teve a menor chance de assistir à reação da plateia. A anestesista, que já havia feito a preparação para a perfusão necessária à sedação, incontinente, pressionou o êmbolo da seringa num movimento automático só presente nos aninais superiores quando diante de um perigo iminente.

Acordou algumas horas depois na sala de recuperação. Imediatamente, procurou se certificar se alguma coisa estaria diferente em sua anatomia. Ainda sob o efeito da anestesia, teve a nítida sensação de que a equipe médica havia entendido seu pedido às avessas. Não encontrou nada no lugar que pudesse supor o contrário.

II

Uma semana após a alta hospitalar, lá estava ele para a primeira revisão de seu estado pós-operatório, na expectativa de que se livraria dos seis pontos que marcavam o corte em sua virilha. A dor que sentia ainda era extremamente desconfortável. Além daquela que, pela sua longa experiência de vida, constava de seu arsenal sensorial, acompanhavam-lhe, ora curtas, ora longas, fisgadas que mais se assemelhavam a verdadeiras queimaduras. Chegava a pensar em Madame Satã e suas navalhadas. Eram dores neurais, insuportáveis, que o faziam mandar às favas todos aqueles que lhe infundiram coragem e destemor ao concordar com a herniorrafia.

O doutor, seu amigo, sempre bem-humorado, com a segurança dos sábios e com decisão cuidadosa e responsável, como sempre, examinando o local da intervenção, lhe diz que ainda não estava na hora de "tirar os pontos". Tudo corria bem, porém a aparência apresentada e as queixas de dores incapacitantes faziam ver que os cuidados, já recomendados, persistiriam por um bom tempo ainda e que nova visita deveria ser feita na semana seguinte.

O paciente, impaciente como todos que estão em recuperação, resolve inquerir o amigo sobre o que poderia, ou não, ser feito naquele estado.

— Doutor, posso dirigir?

— Por enquanto, absolutamente não!

— E viajar?

— Desde que seja uma viagem extremamente curta e que seja feita em condições de conforto absoluto, sim!

— Bebida alcoólica, doutor?

— Sente necessidade? Não beba, de forma alguma, destilados.

— Uma cervejinha, por exemplo.

— Sim, *uma* cervejinha. Frisando o *uma*!

— Doutor, quer dizer então que sexo... nem pensar?

O doutor franze a testa, faz um muxoxo com os lábios, gasta uns segundos, como a pensar antes de responder, e diz:

— Eh!... Pensar, pode!

REI MORTO...

Fora! Fora! Fora! Era o que se ouvia, de todos os lados do estádio, como uma irada determinação, em uníssono, emitida por uma gigantesca torcida que lotava por completo as arquibancadas daquela grande praça de jogo. Impiedosa, aquela manifestação não perdoava — e nem podia — os gols perdidos pelo outrora ídolo de tantas vitórias e de inumeráveis campanhas de absoluto sucesso. O empate, que daria o campeonato ao time adversário, teria sido quebrado por diversas vezes não fossem os arremates grotescamente perpetrados por ele. Pressionado, assim, pela repetição do clima de instabilidade emocional e insegurança técnica que já há algum tempo vinha acompanhando suas performances, ele não mais conseguia dar ao seu jogo aquele toque de craque, nem mais ser artífice e protagonista de tantas jogadas que haviam feito a sua fama, o seu carisma e encantado mais de uma geração de aficionados, granjeados entre os torcedores de todos os clubes a que tinha servido. Aquela unanimidade, que havia construído por quase duas décadas, invejável galeria de títulos e troféus, que havia sido objeto de noticiários variados de todas as mídias, que havia feito espalhar pelo "mundo" sua fotografia em álbuns e paredes, estava ali, agora, sendo lembrada ao técnico, sem a menor piedade ou consideração, por um enorme coral de adultos e crianças, como o responsável pela amarga situação contida naquele zero a zero que — sejamos objetivos — era de sua total responsabilidade.

"Fora! Fora! Fora!" O técnico tinha por ele um grande respeito e uma devotada gratidão pelo que dele já tinha recebido na vida. Sua amizade com ele havia sido construída numa longa e penosa jornada de idas e vindas, por uma infinidade de clubes nem sempre expressivos, e numa atmosfera de permanente admiração pelo seu significado como atleta e pelo seu caráter de homem probo, humilde e prestativo. Não podia, porém, ignorar naquele instante nem a ira coletiva, expressa pela clareza e pela força daquela determinação apaixonada, nem a necessidade de reverter o placar antes que algo de mais significativo e violento pudesse descer da arquibancada e atingir diretamente o palco do jogo. Ao mesmo tempo, a vitória que lhe escapava das mãos pela ação das pernas cansadas daquele que tanto lhe ajudara em momentos delicados de sua carreira era imperiosa para a garantia de seu emprego e de seu conceito, num mercado instável, em que a competência é medida pelo produto, muitas vezes circunstancial, dos resultados em gols obtidos por outros que nem sempre conseguem executar aquilo de que são capazes e, mais das vezes, entender os ensinamentos sobre estratégias, esquemas e configurações táticas, "baboseiras" ditas pelos que ficam do lado de fora dos picadeiros do jogo. Nem sempre os jogadores estão dispostos a atender aos "técnicos" e, mesmo, entendê-los. Estes, para muitos, tolhem o seu potencial de artista e lhes exigem cooperação logística em lugar de independência criativa, cobram a subordinação ao primado da ação coletiva em detrimento do comportamento individualista, matriz do aplauso, fundamento do sucesso pessoal. Assim, sem jogar, mas pressionado pelo jogo, sem poder ser substituído no correr de uma derrota, que lhe garantiria uma covarde isenção e uma distância pacificadora do espírito, é muitas vezes crucificado por onze atletas, milhares de torcedores, um montão de cronistas "sanguinários" e um seleto comitê de diretores que tiram o "seu" da seringa, trocando um bode expiatório por outro.

O tempo passa, mas não os apelos de fora!, fora!, fora! Não havia mais por que protelar, à espera de um lance daquele que durante muito tempo fora tido, com toda razão, como o gênio salvador. Correu-lhe pela calejada espinha de velho treinador a certeza de que aquele ato seria o começo de um fim. Mas era imperioso sacá-lo de campo e substituí-lo pelo garoto que ascendia das categorias de base. Trocar o que tinha sido pelo que viria a ser. O velho pelo novo. O problema pela promessa. O passado pelo futuro. Com um sentimento de traição, banhado nas águas da melancolia dos que sabem que seus atos concretizam a implacável "filhadaputice" da história, levantou-se do banco e determinou a substituição do 7 pelo 14. O dobro entrou debaixo de uma sinfonia de palmas que indeterminou se elas eram para ele ou para a saída daquele que nessa hora nem mesmo era sua metade. Desceu correndo as escadas do escuro túnel do vestiário, onde, sozinho, absolutamente sozinho, sentou-se num dos longos bancos dispostos diante das cabines dos chuveiros, tirou imediatamente as chuteiras, pousou seus outrora valiosos pés no piso frio dos ladrilhos hidráulicos e, apoiando os cotovelos nas coxas, nas proximidades dos joelhos, inclinou a cabeça suada para a frente até que fosse envolvida pelas duas mãos ainda quentes e latejantes.

Chorou. Não sabe por quanto tempo. Mas foi o suficiente para lhe trazer à memória seu passado de criança pobre da periferia, sua espinhosa vida no interior de uma família generosa de pais trabalhadores, sua necessidade ainda infantil de se aliar aos esforços dos arrimos coletivos para manter a casa unida, sua saga noturna para superar os impedimentos impostos a seus estudos pelas determinações econômicas e socioantropológicas, seu jogo de cintura para driblar desde cedo os descaminhos do vício, sua determinação em sublimar os permanentes apelos dos imediatismos do crime, seu domínio sobre o inconformismo latente, a revolta conceitual, a ira racionalizada contra a ordem social de seu país de contrastes extremos e de injustiças oceânicas, históricas, continentais. O futebol foi sua fuga, mais que divertimento. Sua afirmação como entidade pessoal e grupal, mais que necessidade corporal. Mais universo de embate físico-destrutivo do que prática cooperativa. Mais violência consentida do que exercícios de amizade e socialização. Mais ódio e ressentimento que compreensão e colaboração. Mais covardia que coragem. Mais divisão e subtração que soma ou multiplicação. Como no resto dos países que conformavam o seu país, mais o acaso que a competência, mais o oportunismo de terceiros que sua dedicação, levaram-no rapidamente ao estrelato, nesse mundo de prazeres, interesses, paixões, mentiras, ilusionismos, crimes e descompromissos, manipulações em que se havia transformado o futebol. Lembrou-se da bola de Charles Miller, do esporte das elites, dos times ferroviários, dos de fábrica, dos de trabalhadores, dos de imigrantes, das ligas amadoras, da lenta profissionalização, de Friedenreich, do Diamante Negro, dos Campeonatos Mundiais, do campeão do IV Centenário, do Cabecinha de Ouro, dos Fla-Flu, da paixão nacional, do Pacaembu e do Maracanã, da Celeste Olímpica, de Barbosa, da Seleção Canarinho, de Feola, de Pelé e Garrincha, da Suécia, da Ditadura Militar, da manipulação e do colaboracionismo de muitos ídolos. Lembrou-se também de Afonsinho, do Chile, do México, do esporte mercadoria, dos contratos milionários, dos cartolas, do esporte dos políticos, da Califórnia ao meio-dia, da França de Zidane, da Adidas, da amarelada, da Coreia e do milagre do gol de falta, da mundialização do mercado, da farsa da ascensão social, da força da televisão, do esmagamento dos campeonatos estaduais, da loteria esportiva, dos campeonatos nacionais, das maratonas de jogos, dos apelos da mídia, dos agregados de jornalistas prestidigitadores, da mesas redondas fúteis, hilárias, inúteis, dos técnicos intermediários de negócios, dos treineiros incompetentes, dos colegas ruins de bola, dos campos imprestáveis, dos estádios perigosos, das máfias, das gangues feitas torcidas, do celeiro de jogadores, do chamado futebol do Brasil, dos pernas-de-pau invendáveis, da mediocridade dos jogos, do fim de carreira dos "galácticos" messiânicos e milionários, da volta ao país de origem, do papel de ópio dessa paixão coletiva, da mística do sucesso nacional, da benfazeja catarse que ajuda a viver e sonhar... e do desrespeito pela história, da falta de compreensão da torcida que, só se interessando pela vitória, o colocava ali às portas do esquecimento pelo condão do desprezo que manda, impiedosa, aos leões as vítimas do tempo.

Enxugou as lágrimas com as costas das mãos de veias ainda intumescidas. Tirou o uniforme, tomou um banho reconstituinte, trocou de roupa e saiu pela "porta dos fundos" daquele templo-monumento. Sentindo-se um cidadão comum, voltou rapidamente a vestir o espírito de sua origem. O preconceito pesou-lhe de novo nos ombros. Lembrou-se, com saudades, do pai, da mãe, da infância, dos amigos, do subúrbio. Submisso e conformado, ainda pôde ouvir, ao longe, em meio ao espoucar dos fogos, o delírio da galera a gritar o nome do 14.

ROLETA-RUÇA

O cachorro nunca havia latido tanto àquela hora da noite. Mesmo quando o amplo quintal da mansão era invadido por pequenos animais noturnos que costumavam xeretar o lixo estocado lá no fundo. Alguma coisa diferente das costumeiras situações que provocavam os alarmes daquele esperto guardião noturno, seguramente, estava acontecendo. Mas, justo hoje que os patrões haviam ido passar o final de semana na casa de Campos e deixado Ildete sozinha naquele casarão desmesurado, perdido em meio àquela imensa área coberta de árvores, arbustos, jardins pergolados, gramados e cercas vivas? Seria muito azar se algo diferente estivesse se desenrolando. Mas havia, de qualquer modo, necessidade de verificar. Ildete, que tinha ido dormir um pouco mais tarde, por conta da esticada televisiva provocada pela sua solidão e pela possibilidade de acordar um pouco mais tarde naquele sábado, não teve outro jeito. Precisava verificar a razão da inquietação daquele animal que já a incomodava e até, quem sabe, a vizinhança distante. Acendeu ressabiada a luz de seu pequeno quarto, distante uns bons vinte metros da edificação principal, pôs-se de pé e, ainda descalça, vestiu sobre seu corpo praticamente nu um velho roupão usado que a patroa havia dado a ela em oportunidade tida como rara demais, face à mesquinhez de seu controvertido caráter de nova rica. E, assim, sem se dar conta de sua inadvertência, abriu a porta que dava direto no quintal, quando foi surpreendida pela estranha figura que ameaçadoramente a jogou para dentro do quarto e exigiu que imediatamente calasse o animal para o bem imediato dos dois.

Alto pra lá do normal, aparentando uma robustez exagerada pela grande capa escura que do pescoço descia até quase os pés que Ildete, de olhos baixos, já detectara de tamanho descomunal; mãos cuja força da empunhadura de uma delas em seu braço e cuja arma de fogo reluzindo um brilho prateado que dava continuidade à outra indicavam que elas não estavam ali para sair vazias; rosto hirto queimado pelo sol de uma vida passada em ambientes externos, composto por traços marcados por perfil bem determinado por um nariz pontiagudo, pelos olhos grandes e negros, pela boca rasgada e emoldurada por dois lábios grossos, pouco acima de uma pequena maxila mal definida, coberta por rala barba grisalha. Essa imediata sensação de terror provocada pela inesperada visita ainda se completava pelo grande chapéu de feltro escuro com o qual aquele homem maduro fazia esconder uma cabeleira alourada e lisa que descia pela nuca e pelas laterais da face, cobrindo suas duas orelhas. Aquela ordem curta, emitida com voz de tom intimidador, não tinha como ser desrespeitada.

Ildete saiu para o quintal para acalmar o animal, percebendo ao mesmo tempo que a luz de seu quarto havia se apagado. Imbuída de que sua segurança, tal qual numa roleta-russa, passava pelo fortuito sucesso de sua tarefa junto ao animal, tratou do cumprimento da determinação recebida sem atinar com o que estava por vir quando voltasse ao quarto. Acalmar o fiel companheiro de alguns anos de devotado trabalho àquela casa até que não foi uma empreitada de difícil execução. O mais difícil, talvez, tenha sido superar o receio de que aquilo pudesse demorar e, com isso, despertar na vizinhança alguma suspeita, mesmo leve, de que algo errado estava ali acontecendo. A simplicidade de sua formação não lhe tirava a sabedoria adquirida no duro embate com a vida de moça pobre, nascida no sofrido berço da subalternidade, da desventura e da miséria. Sem a polícia seria, certamente, mais seguro. Tendo conseguido devolver ao ambiente a calmaria até então vivida por aquela noite escura, voltou até seu aposento guiada pelo automatismo dos repetitivos trajetos vivenciados naqueles vários anos de dedicação e serventia num mesmo local. Entrou no quarto sem perceber que ele estava vazio. Sentou-se na cama sem ser incomodada e hesitou em acender a luz, mesmo a do abajur. Tomada pela sensação de que sua vida poderia estar por um fio, viu a porta se abrir e ser ultrapassada por aquela sombra que a claridade exterior criava. Seu companheiro, ainda mais no escuro, era só mistério e terror. Mas o clima de expectativa foi sendo quebrado com as exigências que iam, uma a uma, sendo elencadas pelo invasor. Ele estava interessado unicamente em bens de pouco peso e volume, mas de muito valor. Coisas de elevada relação custo-benefício, como chegou a afirmar. Tudo poderia correr sem outras grandes agressões se o desenrolar das operações seguisse exatamente os passos determinados pelo plano minuciosamente exposto por ele a Ildete, e se sua colaboração não sugerisse a menor intenção de traí-lo. No fundo, era tudo muito simples. Iriam juntos ao casarão e, sem que as luzes fossem acesas, Ildete determinaria com a exatidão dos caçadores-de-minas onde o dinheiro e as joias poderiam estar. Tarefa difícil, pois a pobre moça, apesar de velha de casa, não dominava onde as jazidas e os veios férteis em ouro, dólares e brilhantes poderiam estar naquela massa bruta da rochosa casa de tantos cômodos. Mas, conhecendo a qualidade diferenciada dos espaços e os usos e costumes dos integrantes da casa, não custava, com o seu agora companheiro, ir num delicado e intrincado exercício de inteligência, elegendo e desprezando conclusões, como num complexo jogo matemático de probabilidades. Tomada pela conclusão de que aquilo tudo teria que acabar o mais rapidamente possível, impregnou-se do ânimo do ladrão e pôs-se a demonstrar espírito de colaboração, verbalizando a ele seus pensamentos ricos em lógicas indutivas e inteligentes operações de dedução. Assim, juntos, foram os dois pesando os fatos e considerando os argumentos antes da tomada de qualquer decisão, como, aliás, deve acontecer com qualquer empreitada que se queira séria e consequente. Foram relativamente felizes quando chegaram a um dos locais onde o dono da casa, com toda a certeza, teria as férias menos valiosas guardadas, cuja liquidez necessária ao atendimento dos negócios do dia a dia exigia tê-las à mão, longe da caixa-forte das instituições financeiras. Com isso, Ildete foi tomada por uma dupla conclusão. De um lado, estando a cavaleiro da situação e, com isso, podendo atestar estar cumprindo o que lhe havia sido pedido, não lhe era difícil esconder um pouco o jogo que jogava e desviar as operações para os locais menos afortunados da casa. Do outro, exatamente por isso, assumia real, objetiva e claramente o papel de seu algoz, agora cúmplice, aliás, papel extremamente instigante e recompensador. Nunca havia sentido tanta estima por si mesma. Sua arguta e pronta capacidade de adaptação, suas rápidas respostas táticas, sua força argumentativa, sua liderança subordinadora, faziam-na feliz, tal era a dose de "dopaminas e serotoninas" em seu corpo. A ética da conveniência havia rapidamente alterado a qualidade de seu papel. Agora ela era a ladra! Mas não deixava de continuar sendo, também, o fiel escudeiro, não buscando ir longe em seus devaneios racionais para encontrar o "abre-te, sésamo" da gruta milagrosa de seu amo.

Por motivos diferentes, satisfeitos ambos com o volume de bens resultado da operação, ganharam de novo o quintal e voltaram para o quarto de onde saíram para a aventureira empreitada. Baixada a tensão vivida pelos dois durante a boa hora que passaram juntos, no escuro, dentro da casa, foi nessa volta que, tanto Ildete quanto o ladrão sentiram que ela era substituída pelo interesse mútuo surdamente desenvolvido naquele universo de forte excitação e indubitável cooperação e fidelidade, onde as mãos e mesmo os corpos tiveram que se tocar permanentemente. Praticamente nua, debaixo daquele roupão felpudo que lhe aumentara fortemente a transpiração, carente do amor que a vida inteira lhe fora negado, foi tomada de voluptuosa vontade de se entregar ao másculo e corajoso comparsa, sem jamais ter pensado que pudesse, um dia, ser objeto de tão tresloucado gesto, alimentado por tão incontrolável força interior. Ele, pleno de madurez, experiente, acostumado à satisfação da carne na alternância dos corpos e dos gozos, empolgado pelo clima de substantiva conquista de seus objetivos, descansou a arma carregada no coldre da cintura, tirou apenas a pesada capa e o incômodo chapéu, possuindo Ildete na plenitude de suas forças.

Ildete, ainda atordoada, acordou no dia seguinte já com o sol bem alto. O cachorro apenas uivava baixinho junto ao limiar externo da porta de seu quarto, estranhando o cheiro azedo que a fresta inferior deixava escapar. Ela olhou atentamente para o seu corpo, como a reconhecer que a felicidade sempre morara consigo. Recompôs-se de sua nudez sem pensar deixar ir embora, num banho, o perfume do prazer, recolheu no criado-mudo um colar de contas de Maiorca deixado, em gratidão, pelo furtivo visitante e ficou por uma boa meia hora acariciando o animal na saída para o quintal. Entendia, agora na prática, porque sempre se disse ser ele o melhor amigo do homem... e da mulher!!

SIC(C)A

Ele, Berardino, desceu de Pellezzano até o porto de Salerno. De lá, como num pulo, chegou a Nápoles. Calças largas e paletó não menos. O indefectível chapéu de feltro enterrado até as orelhas, escondendo a calvície precoce, fazia contraponto com o vasto bigode de pontas retorcidas.

Ela, Ana, por sua vez, saiu com seus pais de algum lugar da Puglia. Com um grande birote de cabelos extremamente negros, portava um vestido escuro que lhe escondia as pernas e a botina de couro. Bem jovem ainda, mais parecia uma velha! Como de costume, as companhias eram uma mala tipo baú e alguns amarrados de roupa não muito pesados.

O destino de ambos: o Brasil, como o de tantos outros parentes e conhecidos. Era o início dos anos novecentos. Os da comunidade que já haviam se estabelecido em terras novas se encarregavam de amalgamar, num mesmo lugar, todos esses novos *oriundi*.

Em São Paulo, alguns já estavam no Brás, outros no Bom Retiro. Nenhum deles ganhou as terras cafeeiras do interior do estado, como tantos outros. Todos vingaram sua manutenção numa pauliceia que se desabrochava para um progresso veloz. Campônios, porém, de comunidades com fartas habilidades artesanais, como chapeleiros, alfaiates, açougueiros, carroceiros, ferreiros, pedreiros etc. não tiveram dificuldades de encontrar adequadas clientelas para seu trabalho. Berardino e Ana logo se conheceram e logo se casaram. Era 1907. Por uns tempos, o ofício dele de pedreiro garantiu ao casal uma sobrevivência precária. Mais tarde, na rua Prates, uma pequena quitanda, abastecida diariamente pela carroça que ia e vinha do mercado velho, na várzea do Carmo, foi o labor que logo se viu premiado por uma linda menina: Carmela, como a avó materna. Nos fundos, uma habitação acanhada, que fazia parte de um acortiçado, juntava-se a uma comunhão de famílias num exercício solidário de um defensivo viver coletivo. O verbo, o substantivo e o adjetivo eram todos pronunciados em um bom dialeto de altas tessituras. Não tardou muito para que uma nova menina viesse a fazer companhia à primeira. Dessa vez, porém, à luz de uma sobreveio a morte de outra. Uma febre puerperal levou a jovem mãe, de vinte e nove anos, para o distante Araçá. Viúvo, o campanholo, sem o arrimo da mulher, foi instado pela comunidade a trazer das encostas apeninas uma nova companheira. A nova união não durou meses. A não aceitação da condição de madrasta gerou maus-tratos às crianças e insuperáveis conflitos domésticos. Foi devolvida sem rodeios. As meninas ganharam a casa das tias, que as criaram até a maturidade precoce. A mais nova, já aos quinze anos, empacotava sabonetes na Perfumaria Bogaert, na rua do Triunfo, onde conheceu o guarda-livros Eugênio, que a tirou das bancadas para lhe dar um lar aos dezessete. Numa longa e não menos penosa vida, criou sete filhos. Viúva aos quarenta anos, por mais cinquenta foi a viga mestra de uma grande família de dezenas de netos e bisnetos. Nasceu Vicencia, em São Paulo, no ano em que passou o cometa de Halley. Morreu Vicentina, em Casa Branca, no último ano do século XX: minha mãe.

SIMBIOSE

Noite de sábado. Vila Madalena, São Paulo.

Para quem não sabe, a Vila Madalena faz as vezes de uma espécie "suburbana" do Village nova-iorquino. Nada que a desmereça por isso. É apenas uma forma rápida de buscar uma caracterização de uma de suas funções noturnas e diferenciá-la qualitativamente daquele bairro da Big Apple. Restaurantes simples e pretensiosos, pizzarias, bares, cafés, música nem sempre ao vivo, pontos de encontros de uma patota de jovens pequeno-burgueses, geralmente pertencentes aos grupos que buscam gratificações instantâneas, que se divertem se contentando com pouco. Uma profusão de automóveis e motocicletas dão o ar da necessidade de mostrar certa ostentação, sinais exteriores de riqueza nem sempre lícita. Estacionar o veículo é uma verdadeira batalha campal. Advém daí a implantação de uma oportuna e rendosa atividade de aluguel de espaços, abertos por demolições que aguardam futuras edificações, por outra mais rendosa especulação, a indústria imobiliária. Estacionamentos com preços escorchantes atendem a todos que se recusam a parar mais longe dos locais que são buscados para a noitada. Atividade legal? Nem sempre. Nesse clima de escassez de espaços públicos para estacionar, surgiu uma outra derivada da facilitação de estacionar que, mediante a entrega das chaves para um manobrista e o pagamento posterior de quantia nunca módica, o cliente terá seu auto estacionado em lugar "seguro", quase nunca sabido: o vallet, na maior parte das vezes clandestino e ofertado aos clientes pela casa comercial em frente. Diante do restaurante, cavaletes de madeira impedem o estacionamento em espaço público junto à calçada. Uma bancada móvel faz as vezes de um balcão onde se reúnem os manobristas do vallet. Chego com meu carro e peço para que o espaço seja desimpedido para que eu estacione junto ao meio fio. O senhor vai ao restaurante? Pergunta-me o manobrista. Não, não vou, respondo-lhe. Então o senhor não pode estacionar aqui. Esse espaço está reservado aos clientes do restaurante e é necessário pagar para ocupá-lo. Pronto! Está estabelecido o conflito. De um lado, empresários se apropriando do espaço público e exigindo que se pague para sua ocupação, como se dele fosse um bem do povo. De outro, apenas um cidadão querendo ocupar gratuitamente um espaço destinado ao uso público. Um caso típico de crime flagrante contra o direito de fruir um bem de uso comum. Dou-lhe voz de prisão, pois estou diante de um flagrante delito com dezenas de testemunhas? Vou até a Delegacia de Polícia que fica próxima e registro a queixa? Chamo a polícia? Pronto! Insisto em ter meu direito garantido e corro o risco de ofensas e revides morais e físicos? Tenho minha noite estragada. Coragem. É preciso coragem para exercer a cidadania.

Logo em seguida, um outro veículo se acomodou na "vaga" detrás. Perguntei ao jovem motorista se ele ou ia se sujeitar à imposição da quadrilha, fazendo o papel de cúmplice de um crime. Sem pestanejar, a resposta foi: vou. Quero ter o direito (privilégio?) de poder usar uma vaga junto a este restaurante que só assim estará reservada a pessoas como eu. Tentou ainda usar o argumento de que aquilo se devia à problemática da mobilidade urbana em grandes metrópoles. Não entendi bem se estava diante de um jovem pretensioso, que ouviu cantar o galo e não sabia onde, ou se ele usava de um ridículo jargão ardiloso próprio dos estelionatários. Percebi logo, pelas respostas, que estava diante de outro malandro, digno de ser enquadrado também no 171 do Código Penal. Perguntei-lhe sua profissão. Respondeu-me sem pestanejar: advogado!

Diz-me quem defendes que eu te direi quem és. Num país cada vez mais sem caráter, seguramente não faltarão clientes a esse profissional. Por certo, quem sabe, nem um lugar no Conselho de Ética de sua entidade de classe, para denegri-lo.

Consórcios dos que gostam de levar vantagem.

SINFONIA ACABADA

Para Dalton Trevisan

Depois de fechar as cortinas, abraçou-a com força contra um peito já arfante. O prazer de tê-la nos braços antecipava o deleite que ainda estava por vir. Ela, ainda ressabiada pela experiência, que insistia ser a primeira, hesitava em responder com a mesma intensidade. Apesar de não saber da verdade, ele esquecia o que, de longe, não importava naquela hora. Havia uma absurda distância entre a semente lançada e aquela afloração de um rebento promissor. Anos de espera reescrevendo partituras de difícil harmonização. Incontáveis expectativas frustradas. Tempos de quimeras. Passou a mão pela nuca dela, após afastar seus longos cabelos, e beijou-a num pescoço nu que apresentava sinais de um suor com cheiro de lavanda. Aquele perfume só fez aumentar o desejo. Girou-lhe a cabeça e os lábios de ambos se puseram em posição que os transformaram em uma só unidade. As línguas, em movimentos circulares, iam conhecendo os primeiros segredos interiores de dois corpos que começavam a se amar. As mãos, numa concomitância instintiva, buscavam convidar os entumecidos seios para novos desfrutes. Num vaivém suave, mas rápido, elas desciam até a cintura e de lá para as redondas nádegas e para as partes frontais de duas coxas roliças de impecáveis proporções. O cetim azul de seu vestido de alças dava ao apalpar pubiano uma sensação jamais imaginada. Claramente percebeu que ela não se depilava, fato que lhe rendeu surpresa maior, já que havia aprendido a se excitar com a natureza bruta de uma feminilidade autêntica. A mão correu pelas costas em busca dos fechos do sutiã. A dificuldade ansiosa exigiu ajuda. Ela, já dominada por impulsos voluptuosos, mostrava interesse em ceder. Estava transposta para ela e para ele a barreira mais importante até então: a da liberdade de sentir. Ato contínuo, ele afastou o corpo e a observou, olhos semicerrados, imóvel, arrebatada. Com uma mão em cada alça do vestido, as fez correr pelos braços até que ela se desnudasse com o cair daquela veste. Ela estava ali, singela, inteira, a esperar mútuos proveitos. A última peça, de um salmão rendado, deixava entrever o triângulo negro que guardava o tesouro tão esperado. Ele ajoelhou-se diante dela e, em um gesto delicado, fez descê-la até seus pés. Estava frente a uma imagem gloriosa. Numa atitude de religioso respeito, aproximou seus lábios daquele nicho santo, e, num vagar silente, aplicou-lhe os mais profanos dos beijos. Solene e rápido; lento e lírico; ardoroso e flamejante, como propõem os cânones de uma romântica abertura.

Ela, ruborizada pelo deflagrar dos estímulos, se pôs em alerta para execuções mais arrojadas. Ambos nus, ainda em pé, agora se deixam levar por um tempo sem dimensão, pela prática das últimas passagens daquele extenso prelúdio de excitantes acordes. A rigidez do falo pulsa forte em mãos que se habilitam. O alegro põe o solista em clima de conflito com a orquestra excitada. Os dedos atrevidos manipulam o tépido instrumento que, há muito, faz água em ondas pulsantes. Sonata finda, ela se senta na beirada da cama, ainda arrumada. A combinação das alturas proporciona, por si, a sugestão para o movimento sequente. Mãos na nuca, mãos nas nádegas, e o vaivém convulso que os olhos fechados remetem a um estado de extrema leveza que se repete como interlúdios entre ritmados gozos. Aos poucos, a cama se desarruma ao fazer eco às cenas que se seguem. Cordas, madeiras, metais, percussão experimentam execuções livres de duetos pactuados. Deitam-se, um sobre o outro, e as coxas abertas recebem, com um posterior entrecruzar de pernas, a conjunção carnal mais banal, num sincopado bailado de multiplicados passos delirantes. Boca na boca, mãos nas mãos, um rolar frenético de uma fuga a dar divertimento à buliçosa dança que exige o espaço de um salão inteiro. A condução ora é dele, ora é dela, até que o andamento se acelera, num rondó de cadência vivace, para alcançar o esplendor de um majestoso e apoteótico *grand finale*.

Abrem-se as cortinas.

Bravo!

SOBRE UTOPIAS, BABAS E CALÇADAS

Para Ferreira Gullar

Entre o espaço do anoitecer e do despertar, existia um pedaço de terra inusitado. Era tido por todos os territórios vizinhos como um lugar abençoado por Deus, dada a fertilidade do solo, a atmosfera do clima, a exuberância da flora e, por conta do Diabo, a excessiva felicidade de seus habitantes. Ali ninguém devia nada a ninguém, pois a ordem e a direção em que rodavam a economia coletiva e a relação entre as pessoas obedeciam a uma ortodoxia organizativa em que todos tinham praticamente de tudo e jamais alguém era privado de ter algo. Os burocratas que conduziam a máquina do Estado não eram metidos a besta como em outros lugares e desempenhavam seus afazeres com o zelo dos colecionadores de figurinhas. Vivia-se um clima de fim da história. Não havia entre os habitantes queixas ou súplicas. Nem discordâncias maiores que aquelas que habitavam o universo das preferências clubistas, pois não faltavam diferenciadas agremiações de tudo quanto é coisa. Também isso era relativizado pela obrigatoriedade dos empates nos finais de campeonato. Torcia-se porque torcer deveria fazer parte dos prazeres da vida, assim como apaixonar-se e sofrer pelos amores não correspondidos. No fim, todos sabiam que tudo daria certo. Mas como o real não está na saída nem na chegada, e sim na travessia, durante os processos em que as coisas se davam, as vitórias e derrotas nunca estavam previstas, o que alimentava o sabor das contendas, até que tudo, ao final, acabasse em pizza. O previsível era recheado de imprevisibilidades. "Sofria-se" com segurança, o que dava a esse sentimento uma extravagante autenticidade e um gosto agridoce, jamais imaginado pelos forasteiros. Doentes todos ficavam, pelo menos uma vez na vida. Mas determinações superiores garantiam que os sofrimentos derivados deveriam obrigatoriamente ter papel pedagógico na conformação dos espíritos e na constituição das carnes. Ninguém jamais viveu suplicando para que isso não acontecesse, mesmo que randomicamente o acaso viesse a ceifar as vidas ainda na plenitude de seu desenvolvimento. Quase tudo era permitido. Quase nada era objetado. Ninguém, porém, bancava o idiota de quebrar as regras há muito estabelecidas pelo conviver, pois todos tinham a real convicção de que quebrá-las seria uma atitude não só estúpida como suicida. E a estupidez, assim como o suicídio, todos sabiam, não eram bem-vistos naquele mar de delícias.

Toda organização social e econômica tinha raízes objetivas no fato de haver no centro daquele "reino encantado" um vale de propriedade pública, rico em solos provenientes da intemperização de fecalitos de um paquiderme desaparecido há mais de cem mil anos, sobre os quais crescia frondosa cobertura vegetal natural, formada por um arvoredo de um verde exuberante. Essa formação era dotada da capacidade de produzir, com exclusividade em todo o planeta, uma bendita paleofrutinha afrodisíaca, de consumo sem nenhuma contraindicação, que, exportada a preços de monopólio, gerava renda suficiente para dar guarida material a toda a população, através de uma distribuição de haveres fundada no melhor conceito jurídico de equidade, e proporcionar ao Estado a tranquilidade de poder ser governado por quem era pródigo em sonhos, e não em pesadelos. Não havia disputas internas pelo poder, pois este não tinha nenhuma relação com qualquer tipo de soberania comprometida. Assim, a infraestrutura econômica dessa formação social não precisava de nenhuma superestrutura jurídico-política para sua reprodução, nem de nenhum artifício sociocultural que escamoteasse os instrumentos de dominação, comuns em outras terras próximas ou longínquas. As conquistas do progresso material obtidas em outros lugares nem sempre precisavam ser incorporadas ao mercado. Os equipamentos que funcionavam a contento não eram forçados a uma substituição imposta de fora. A ideologia política, qualquer que fosse a sua acepção, não era para ninguém algo substantivo. Ela só existia no plano acadêmico, como objeto de estudo de uma certa paleontologia social. Entretanto, para que não ficasse tudo à mercê de regras que as sociologias tradicionais gostam de chamar de reprodutivas e, com isso, conviver com atos e atitudes repetitivas no tempo (o que seria um saco, convenhamos!), estabeleceu-se que, à margem das consolidadas relações entre as instituições e as pessoas, comandadas por uma *commom law* de caráter consuetudinário e por um diligente corpo de técnicos-executivos, deveria haver um órgão emissor de sugestões, propostas e, mesmo, deliberações que dessem às condutas do dia a dia um sabor de imponderabilidade, coisa, aliás, que determina, no mundo todo, a substância e a graça dos bingos, das rifas e das loterias. Isso acabou dando ao despertar quotidiano um sabor todo especial, pois a curiosidade em saber o que estaria em vigor naquele dia no plano dos direitos e deveres gerou uma fantástica vontade coletiva de acordar cedo e uma expectativa diária que só acontece aos que estão esperando o nascimento do primeiro filho. O estado de surpresa vivido por todos aumentou, em muito, a sociabilidade lúdica da coletividade, tendo, inclusive, deflagrado o aparecimento de uma série de casas de apostas, santuário de uma das coqueluches locais. Melhor ainda se a fonte dessa produção fosse ela mesma aleatória, inesperada e, se possível, fora do universo das lógicas convencionais.

E foi o que se estabeleceu. Através de um plebiscito, logicamente de votação facultativa, aprovou-se a criação de um cargo que deveria ser ocupado por um experto (assim eram chamados os da terceira idade) que fosse capaz de sonhar desatinadamente e produzir delírios, alucinações e extravagâncias que tomariam a forma de medidas legislativas provisórias, optativas quando envolvessem deveres e obrigatórias quando oferecessem direitos. Nesse particular, o Estado ganhou ares de uma gerontocracia monocrática acidental e a sociedade teve a graça de poder viver em um mundo feito um pouco de devaneios e fantasias. Assim, destituído de qualquer interesse pessoal ou de classe, quem metia a colher nesse reino encantado era uma veneranda criatura, lembrada por todos, mas por todos igualmente ignorada. Pensando bem, para que considerá-la se tudo ia bem sem Bardahl! De qualquer maneira, sabiam todos que havia sim uma certa fonte de poder e um certo direito de decisão. Também, pra que mais de um? Sabiam que o investido, no mais das vezes, vivia no reino de Morfeu. E era dormindo, ou nos estados de espírito próprios de seus transes alucinatórios, que metia seu bedelho governativo nesse mundo caprichoso. As normas "legais" assim produzidas eram baixadas quase que diariamente, através de longos éditos, escritos em linguagem corrente e em mais dezesseis idiomas, entre eles latim, grego, jê, copta, iorubá e mandarim (para que não restasse nenhuma possibilidade de escapismos hermenêuticos nem exegéticos), copidescados por exímios *ghostwriters* que psicografavam as resoluções oníricas do bom chefe que quase nunca via a luz do sol, já que só se levantava para mijar de madrugada. Como o sonho povoa o sono de todos, mesmo que estes de nada se lembrem depois de despertos, o Velhinho Experto (apelido com duplo sentido usado pela população) era pródigo não só em sonhar, como também em "recordar" o que sonhava. Tinha em sua cabeça engenhoso capacete, repleto de receptores e transmissores, responsável pela intercomunicação com seus auxiliares que, a toda hora e em absoluta concomitância, reproduziam, em letra de forma para toda a comunidade, as medidas de ordem reguladora emanadas no transcorrer de seus sopores. As disposições editadas eram todas de caráter provisório, uma vez que, num mundo pós-freudiano, sonhar e delirar eram fenômenos extremamente fortuitos que não obedeciam a nenhuma lógica concatenante com absolutamente nada que houvesse sido sonhado ou vivido anteriormente. E, como era sabido que as regras eram realmente temporárias, todos os habitantes procuravam tirar o maior proveito das prescrições, pois as possibilidades de fruir as benesses de cada uma poderiam desaparecer e dar lugar a outras já no dia seguinte.

Às vezes, certas medidas provisórias permaneciam em vigor por muito tempo, como aquela da instituição da cesta básica a que todos tinham direito, variando a composição de acordo com idade e sexo de seus beneficiários. Além da cota mensal do afrodisíaco nacional, distribuído sob a forma de complemento alimentar, ela incluía outros produtos materiais indispensáveis ao bom viver do corpo, como os lencinhos úmidos que vinham cada vez mais tomando o lugar dos rolos do áspero papel higiênico. Ela também agraciava os adultos com permissividades de comportamento tidas como fundamentais para a garantia do equilíbrio psicoemocional da população, que, assim, poderia desconhecer as necessidades que outras terras tinham em gastar fortunas com o acompanhamento psicológico dos que se viam refreados em seus impulsos mais recônditos. Entre os consentimentos, por exemplo, estava aquele que dava liberdade a cada um após a maioridade, fosse a pessoa solteira ou casada, homem, mulher (ou os que se encontravam entre esses dois extremos cada vez mais raros), de, num determinado dia da semana, relacionar-se sexualmente com quem lhe fosse do agrado, se para isso, bem entendido, houvesse um mínimo de possibilidade e reciprocidade, pois os dias de liberdade de conjunção carnal poderiam não coincidir naquela semana. Essa indulgência, respeitada e defendida pela quase totalidade dos habitantes (pois, sempre existe, em todo e qualquer lugar, aqueles que são contra), era tida como uma das pedras angulares da felicidade e do bem-estar coletivos. Assim, pelas satisfações, sem culpa, dos desejos mais naturais do homem, era apontada como uma das poucas sociedades no mundo em que se praticava a fidelidade conjugal em seus graus mais extremados.

As crianças eram de uma alegria só, pois pais felizes geram e criam filhos felizes. Está certo que, com o tempo, foi sendo estabelecido entre elas um certo ar de familiaridade fenotípica, o que era tido pelos fiscais da alfândega como um ótimo referencial para a segurança quando da identificação daqueles que estavam voltando de qualquer viagem ao exterior. Como as leis que "pegam" sempre acabam tendo repercussões em outros campos da contextura e da prática social, inimagináveis quando de suas edições, outra decorrência desse "hábito" foi o salutar desaparecimento paulatino, nos registros públicos, dos nomes próprios compostos pela junção de parte do nome do pai com parte do nome da mãe, assim como daqueles terminados em *son*, Júnior ou Filho. Como os pedidos de exames de DNA eram tidos como reações derivadas de ciúmes patológicos, os fundamentos dessa toponímia pessoal híbrida passaram a ser tidos como abastardados. As teses universitárias, sempre atentas ao grau de importância de suas pesquisas subjacentes, logo detectaram um campo fértil de investigação, quando descobriram que o PIB local vinha tendo um incremento, pequeno, é certo, mas constante, devido à economia derivada da desnecessidade de correções nos assentos escolares, produto da grafia incorreta do nome dos alunos.

Num determinado dia de um cáustico verão, entre um programa e outro da televisão local, que sempre entretinha o governante nos seus curtos períodos de vigília, este se viu acometido por irrefreável crise de curiosidade que o levou a determinar aos seus auxiliares que preparassem uma longa excursão pelas suas terras, pois achava que já estava na hora de saber, com os próprios sentidos, como andavam as coisas fora dos muros de seu quarto. Preparada a frota de Dauphines, capitaneada pelo Gor-Dream do chefe (e por uma ambulância do INSS local), a caravana partiu sem grande alarde para a peregrinação fiscalizadora. Anda daqui, anda dali, sempre entre as mais objetivas manifestações do estado de ventura vivido pelos habitantes, como o desfrute dos autênticos picolés de groselha e creme holandês, dos pródigos pastéis de carne e dos honestos de palmito servidos em todos os bares encontrados, das médias com pão e manteiga e dos deliciosos pães de queijo importados de uma cidade longínqua chamada Juiz de Fora, a trupe foi obrigada a palmilhar muitos quilômetros, assim como pousar em hotéis das mais variadas categorias e cadeias. Depois de dias e dias de andanças por pisos os mais variados, nem sempre em bom estado de conservação (um deles provocou séria entorse no pé esquerdo do "chefe"), e depois de noites e noites de repouso sobre travesseiros de diferenciadas texturas e consistências, ao retornar ao

Palácio do Crepúsculo Matutino (nome eufemisticamente surrupiado de uma República sul-americana cujo presidente, inversamente, vivia às voltas com pesadelos), o sonho deu lugar à lucidez lógica da vigília crítica na instituição de duas medidas que, contrariando todas as demais, não eram de caráter provisório ao dizer-se definitivas, permanentes. Antecedida por fundada exposição de motivos, alicerçada nas cuidadosas observações realizadas durante toda a maratona, dizia o texto de uma delas que, para o bem da segurança de todos os transeuntes daquela terra, as calçadas já existentes, assim como aquelas que viessem a existir, deveriam ter como modelo os passeios de cimento gretado encontrados nas ruas, indistintamente, de todos os *boroughs* de Nova York, mesmo que para isso fosse necessário trazer de lá os consultores da Rockefeller Co., situada na Lenox Road, no Brooklyn. A outra, de caráter profilático-sanitário, era peremptória em afirmar que, à luz da falta de higiene encontrada nos recheios de todas as lindas e impecáveis fronhas em que a cabeça do "sonhador" havia descansado, fossem eles de espuma, pena, paina, palha, algodão ou retalhos de pano, e a bem da segurança da saúde individual, era absolutamente imperioso que cada um tivesse o seu próprio travesseiro, devendo portá-lo em todos os deslocamentos internos e externos, pois era inadmissível que, ao deixar descansar a cabeça para o sagrado sono reparador, o cidadão fosse agredido pelos humores de terceiros, consignados em horrorosas manchas de cores variadas, subliminarmente escondidos pelas límpidas e bem passadas coberturas de linho, verdadeiros meios fraudulentos de impingir-se a baba alheia, ludibriando a boa-fé dos corpos necessitados de repouso. Como *fama volat*, as notícias de que algo de muito importante estava para ser editado pelo resistente peregrino criaram uma atmosfera generalizada de incomum curiosidade. Enquanto a população, excitada pela ansiedade, antevendo a edição de decisões singulares, se acotovelava diante das casas de apostas, em longas e sinuosas filas, na esperança de adivinhar o teor das novidades e, com isso, faturar alguns trocados, o respeitável legislador, após ter conscientemente ditado aquelas duas últimas medidas, andou sem medo de tropeçar por sobre o seguro tapete do quarto e, na certeza de poder, finalmente, desfrutar de um longo sono, foi apoiar sua cabeça no seu velho travesseiro de cortiça, repositório histórico de seus mucos viscosos e de suas salivas pardacentas!

SOTÃO

Duzentos e cinquenta quilômetros a pé. Essa era a distância e o meio de locomoção para trocar o manicômio pela casa do irmão. E isso acontecia algumas vezes por ano, repetindo-se por uma infinidade deles.

No caminho, nunca se sabia o que poderia ter acontecido. Uma mísera roupa no corpo, um surrado sapato, nada de agasalhos para enfrentar o frio, nenhum tostão no bolso. Eram vários os dias sem comer. Beber ele deveria saber onde, já que o trajeto era por demais conhecido: a linha férrea. Das estratégias para deixar o Juqueri, como era chamado o Hospital e Colônia Psiquiátrica de Franco da Rocha, destinado a recolher e dar tratamento a pessoas com transtornos mentais, nunca ninguém soube. O fato é que ele tomava os trilhos da Santos-Jundiaí até Campinas e lá fazia sua baldeação para a linha da Estrada de Ferro Mogiana. Tomava a direção do tronco principal, sem nunca ter se atrapalhado com os diversos ramais que encontrava pela frente, até chegar ao destino desejado. Não era tão louco assim, como era chamado. Havia tido uma meningite quando criança, e a família, depois de adulto, o internou naquele nosocômio, como era comum acontecer, livrando-se do estorvo da manutenção em casa de alguém com sofrimentos mentais e com necessidades de cuidados especiais. Magro, manso, calado. Quando chegava, sua imagem era de um farrapo humano. Sujo, famélico, doente, barbudo, sem nenhum documento. A família o recebia com muito carinho, dando-lhe também o que menos buscava: roupas novas, comida abundante e uma cama confortadora. O que precisava para ganhar dignidade era de um lar, de amigos, de respeito à sua individualidade, de afeto e da segurança que lhe seria dada por alguém que o entendesse. Passava um tempo de surda felicidade, reintegrado a um ambiente adequado à sua saúde mental, enquanto recuperava suas forças para ser novamente levado de volta ao mesmo campo de concentração de onde, certamente, fugiria novamente. Todos sabiam que essa peregrinação se repetiria, só não sabiam quando. Assim foi até o fim de sua vida. Desta, jamais se soube quando acontecera. Apenas sua ausência demorada havia sido o indicador de uma definitiva troca de morada.

TEMPORALIDADES
PACÍFICA HARMONIA ENTRE TRADIÇÃO E MODERNIDADE

Para quem já leu a novela "A vaca e o brejo"[3]

A performance das finanças da sitioca de seu Lalau ia melhor agora, depois que ele e outros vizinhos, que também tinham algumas vacas, reuniram-se numa pequena cooperativa de produção de leite. A coisa vinha dando certo, especialmente devido ao novo manejo que havia aprendido com os chamados "agrônomos de família", que passaram a dar assistência técnico-financeira aos pequenos produtores tradicionais da redondeza. O projeto, que buscava defender a pequena propriedade rural contra as investidas do grande capital, estava dando resultados positivos, o que avalizava a nova postura socializante da Universidade Estadual em trabalhar pelo benefício das unidades de produção familiares, integrando-as ao novo movimento de modernização da economia regional. Fato inusitado foi, para todos, a aquisição, por seu Lalau, daquela que viria a ser a célula mater do novo rebanho. Ela vinha dando, aos olhos de todos, um novo olhar sobre o futuro: a vaca holandesa, apelidada de Sophia Loren pelo papagaio da casa, o irrequieto e inteligente Chico Verde. Dona Corália, a matriarca da casa, não aprovava muito aqueles conotativos, lembrando a Lalau que esses humores do louro poderiam não ser convenientes para as duas meninas, ambas em puberdades anunciadas.

Sophia, inexperiente no gozo de novas liberdades em espaços abertos, com sede, se meteu a ir buscar sua satisfação, numa precoce manhã de verão, na lagoa formada pela represa do córrego da Água Santa. Sem o DNA das vacas de pés duros, não foi capaz de evitar o

---

3 DE LA CORTE, Nelson. *A vaca e o brejo*: uma pequena e não tão ingênua história sobre um embate entre velhos contrários. Editora COM/ARTE, ECA/USP, São Paulo, 2010. 88p.

traiçoeiro atoleiro que havia se formado com o recuo das águas para o centro do poção. Quanto mais se mexeu, mais se "fudeu" e com ela vou eu, dizia seu Lalau. Afinal o investimento havia sido grande.

O auê foi imenso. Movimentou toda a comunidade de vizinhos. O sucesso do desatolamento rendeu festa grande. Afinal, não é sempre que se tira uma vaca do brejo!

Terminada a festança comemorativa do salvamento da vaca daquele aterradinho, com a saída de todos os convidados, seu Lalau foi até o que restava da fogueira que havia queimado a madeira, sobra da reforma do barracão do engenho e, com alguns latões de água, apagou as brasas que ainda faziam arder os nós mais resistentes do melhor angico do mato. Aquele encontro podia, agora, ter contado também com o dinheirinho extra que vinha entrando na contabilidade da família, por conta da venda das rapadurinhas com cidra, dos pés-de-moleque e das bananinhas com açúcar cristal de dona Corália, que o caminhão da Bela Vista pegava a cada quinze dias e as distribuía pelo mercado regional de guloseimas.

Bastante cansado, mas tomado pela sensação de haver sido novamente ungido pelo óleo do poder patriarcal, Lalau manifestava no rosto o orgulho de ter juntado tanta gente importante da vila e até da cidade próxima, onde morava aquele que, pelos seus grandes saberes, havia superado toda experiência dos que há muito estavam acostumados a lidar com problemas aprontados pelos lodaçais das baixadas. Sua mais estimada vaca havia sido salva, não pela força dos brutos, mas, sim, pelas perspicácias da mente forjada nos livros das escolas. O professor, que até há pouco tempo ainda era o menino descalço, filho do vizinho espanhol, chacareiro conhecido por Paco, depois de todas as tentativas dos entendidos do lugar para arrancar a melhor leiteira da armadilha do pântano, chegou silencioso, como todos os que se sentem seguros na sua modéstia, e, num piscar de olhos, com seus conhecimentos teóricos, foi logo recomendando que lhe arrumassem um bom ponto de apoio junto ao charco. Logo, a grande pedra escondida entre a macega foi rapidamente preparada para sustentar o longo varão de legítimo jatobá que há muito jazia na borda da água. Com instruções simples e objetivas, o sábio mestre, lembrando Arquimedes, não teve dificuldade em levantar a vaca atolada e trazê-la até o seco, através de sua tosca, mas poderosa, alavanca. Como ali foi comprovado, teoria e prática, quando se juntam, são muitas vezes capazes de mover o mundo. Há exemplos disso na História.

Apagado o fogo, seu Lalau, passando pela cozinha, deu as últimas ordens à Corália, que ainda lavava os trens usados para servir as quitandas por ela preparadas para o festejo, e se recolheu para assistir, no Canal Local, ao *videotape* do rachão acontecido no campinho da vila, naquela tarde, entre os times da Fazenda do Piçarrão e do Lacticínio Doce Deleite, antes de ir dormir, ignorando, como sempre, que a mulher era sempre a última a se recolher e a primeira a se levantar.

Corália, no seu costumeiro silêncio, também nutria um sentimento de grande satisfação, por ter visto todo mundo rasgar elogios às suas paçocas, seu curau amarelinho, seu pão de queijo de catorze ovos e seu insuperável quentão feito com a reserva da pinga especial, sempre guardada a sete chaves. No fundo, como ela sabia que tudo se relaciona com tudo e que nada pode ser compreendido de forma isolada, essa massagem no ego que a festa havia lhe dado acabou sendo explicada como tivesse sido uma certa compensação à seca braba que se abatia sobre a propriedade, por conta do tal El Niño que, este ano, provocou a retração da área da lagoa fazendo com que os animais se aventurassem pelo seu interior para buscar a água, antes encontrada em margens sólidas. Que nada!! Era mesmo o desmatamento desmedido que, antes acontecido à socapa, agora ocorria às escâncaras, à revelia das proteções legais e que, com isso, cegava a maior parte dos olhos d'água, fonte da vida naqueles alcantilados serranos da redondeza. O que de manejo e conservação tinham as ocasionais machadadas do Lalau, agora as motosserras travavam com os recursos naturais um embate de guerra desleal.

Terminada a tarefa, enxugando a mão no avental que cobria toda a frente de seu corpo, sentou-se na cadeira de palha da cabeceira do mesão e, com um ar de dúvida no rosto, confessou ao seu fiel curraleiro que ainda não estava satisfeita com a retribuição festiva dada em agradecimento àquele que, tão generosa e desprendidamente, havia colocado seu admirado saber a serviço de tão pequena causa. Afinal, o professor não mais lidava com as coisas da terra, já que, depois que assumiu seu lugar na escola da cidade, deixou de ser o filho do vizinho "caipira" para ser o respeitado mestre, transmissor de saberes superiores àqueles cristalizados pelos tempos sem mudança, tempos que só agora vinham sendo atropelados pelas forças do chamado progresso. Trocou algumas ideias em voz alta com Chico Verde e, após as considerações sempre sábias do louro, decidiu pesquisar na internet o preço daquele espírito de sabor maravilhoso que o doutor da cidade havia aberto, ano passado, no casamento da filha, sua afilhada. Sem fazer nenhum barulho, foi buscar seu MacBook OS-X e, gastando tempo nenhum, logo achou no site da Amazon uma oferta supimpa que encaixava direitinho nas conveniências da casa e permitia aquela compra: uma garrafa de puro Cognac de Napoleon, XO Imperial, com cinquenta anos de maturação em tonéis de carvalho, por apenas um capado, um quilo e meio de farinha em beiju, quatro dúzias de ovos vermelhos e uma mão de milho-verde. Preço de monopólio, como não? Mas valia a pena! Afinal, se tratava de um verdadeiro néctar, de cujo sabor, dando uma certa razão à vida, ela não conseguia esquecer. Não hesitou mais que um segundo. Clicou no ícone da compra, fechando o negócio.

Tiro e queda! Lá estava, menos de uma semana depois, o furgão da FedEx, para a tradição do escambo acordado. Como era a regra, na maior parte das relações ainda coloniais, o capital internacional levava alguns bens primários e deixava nas mãos de Corália um exemplar da mais alta tecnologia enológica que há muito fazia a reputação das terras da francesa Charente.

Longe de Lalau, que, é bom confessar, não havia gostado muito daquela avença já consumada, no mesmo dia da entrega, Corália se reuniu com Chico Verde na cozinha para empacotar o presente que seria enviado ao professor. Sentada na mesma cadeira de sempre, ao lado do majestoso fogão à lenha, embrulhou a garrafa com um bonito celofane solferino e, munida de sua Parker-91, *made in China*, pôs-se a redigir um pequeno cartão que seguiria com aquele precioso líquido cor de ouro velho até a cidade. Satisfeita com as palavras escritas, leu, em voz baixa, para que só o louro escutasse, o sobrescrito que terminava com um imponente: Meus Agradecimentos. Foi quando, não respeitando o recato necessário, Chico Verde, que acompanhara toda aquela operação com o maior interesse, inconformado com o sentido individualista dado àquela gratidão, pula da mesa para o chão, com as asas abertas, e num nervoso e múltiplo corrupio, passa a gritar sem parar:

Nossos, nossos, nossos!

TORRADO

Para Marilene

A cachorrada havia tomado conta da praça já fazia um bom tempo. Era impossível concebê-la sem aquele amontoado de animais vagando pelo amplo espaço do belo jardim que trazia no meio imponente coreto de ferro batido. Era sua marca registrada. Os cães podiam variar, como, aliás, variavam. Mas a matilha, com composições diferentes, estava sempre lá, a fazer a ronda como se esta fosse um compromisso acordado com a comunidade. Havia sempre de tudo. Cães grandes, pequenos, machos, fêmeas, adultos, filhotes. Alguns sempre a lembrar ascendências mais definidas, remetendo para paternidades raciais conhecidas, outros, que formavam sempre a maioria, de cepas do mais puro e longínquo acaso das oportunidades engendradas pela loteria da natureza. Apresentavam, porém, características de unidade, como o espírito de grupo sempre liderado por um exemplar especial e o comportamento de docilidade para com todos que cruzassem pelas calçadas e caminhos. Essa hierarquia era produto de um arcabouço de estamentos, onde, numa certa escala de conjunções de tamanho, idade e índole, uns deviam respeito e obediência a outros, que, no final, garantia uma sólida coesão e definidos padrões de comportamento só explicados pela melhor zoossociologia.

Como a praça era grande e bem-posicionada na cidade, suas quatro calçadas dispunham de um punhado diferenciado de casas comerciais. Uma livraria e papelaria, um açougue, uma casa de tecidos, sapatos e armarinhos e um bar, famoso pelo sanduíche de linguiça e pelo sorvete. Esses estabelecimentos, juntamente com as residências, a velha pensão de estudantes e o pequeno hotel da esquina, montavam um microcosmo de interesses variados que viam circular diariamente, num vaivém constante, uma infinidade de tipos e figuras, que portavam os mais diferentes interesses e propósitos. Num dos finais de semana de cada mês, o espaço central da praça era ocupado por uma porção de barracas de uma feira de artesanatos locais e de uma boa quantidade de outros produtos, entre os quais os quitutes e guloseimas que, com o tempo, passaram a traduzir um interesse de consumidores que, muitas vezes, vinham de longe para saborear isto ou aquilo que a propaganda já havia transformado num chamariz importante.

Num ambiente de quase absoluta coesão, de falta quase total de preconceito e de quase irrestrito amor ao próximo, a cachorrada interagia com todos, exercitando esses ânimos com uma mansidão e uma fidelidade só dignas dos que não sabem o que é mistificação. Diariamente, como num ritual ensaiado, eles faziam a ronda pelas quatro calçadas num bom-dia civilizado aos habitantes. Nessa peregrinação matutina já se podiam perceber as preferências de cada um por esta ou aquela casa, por esta ou aquela pessoa, uma vez que ela só se completava quando o animal recebia um carinho, um afago proveniente de insondáveis processos de complexas empatias, de reciprocidades fundadas em desejos contidos e em recônditos mecanismos de compensação sentimental. Eleitor e eleito eram exemplos da melhor fidelidade aos princípios das escolhas. Era geralmente nessa hora que, ao lado dos afagos de praxe, cada um recebia deste ou daquele sua ração matinal e sua dose da melhor água fresca. Está certo que muitos deles, após se saciarem, ainda davam uma passadinha pela porta do açougue, local sempre pródigo em acepipes extras nos sentidos mais variados. O dono geralmente tinha uma reserva estratégica de pelancas, ossos, cartilagens e aparas de carne ou pontas de embutidos não muito católicas quanto à integridade de suas qualidades organoléticas. Depois de realizada essa via-sacra, geralmente procuravam a grande caixa de areia para ali fazer suas necessidades escatológicas, que eram recolhidas no final da tarde pelo jardineiro fiel, seu Vitório, zelador da higidez e salubridade daquela harmoniosa relação entre os semoventes e a natureza. Em seguida, todos se punham a dormir nos canteiros da praça em pequenas comunidades que variavam de composição conforme o dia. De vez em quando, um ou outro latia para um transeunte cujo cheiro ainda não constava da memória olfativa do grupo. Mas era só para marcar presença, pois o registro do odor estranho era praticamente automático. Esse ritual de visitas matutinas se repetia ainda uma outra vez durante o dia, lá pelo final da tarde. Entre elas e os períodos de descanso, os passeios livres levavam os animais a excursões independentes, muitas das quais recheadas de afagos dos estudantes, da mulher do livreiro, dos filhos do dono da loja de tecidos e, em especial, do tabelião que morava no 52. O dono do bar não era lá muito afável com os erráticos. Vivia a enxotar com a vassoura os maiores e com o pé os que não se impunham pelo tamanho. Também, com um cheiro daquele que a chapa quente mandava para a atmosfera da praça toda vez que era "queimada" uma boa porção do recheio daquela linguiça, não havia nariz ou faro que aguentasse! Alguns preferiam fazer incursões pelo interior do hotel que se comunicava com a praça através de um pátio aberto onde os hóspedes, à tarde, numa espécie de alpendre sombreado, sempre se punham a ler jornais ou revistas. Com a experiência em detectar com precisão onde os provimentos de comida eram guardados, sinal inequívoco de um forte embasamento biológico consolidado no correr do processo evolutivo, certos cães capitaneavam outros na rota tortuosa até a cozinha de onde poderia sair, vez por outra, uma ou outra sobra do prato principal do almoço, quando impossível de ser transformado em coadjuvante na janta. Quando chegava a noite, o bando se recolhia para o interior da praça e aí, cada um sabia qual era o seu lugar. Como numa orquestra, os naipes formados por identidades recônditas obedeciam religiosamente seu lugar dentro da estrutura do todo.

Torrado, o cão que há algum tempo desempenhava o papel de líder dessa comunidade, sabia direitinho onde encontrar cada um. Dormindo no coreto, ele tinha uma visão privilegiada do entorno. Dominava-o. Se houvesse qualquer desobediência que provocasse melindres ou aborrecimentos, incontinenti Torrado punha ordem na casa sem precisar lançar mão de violências. Sua compleição avantajada, seu porte altivo, oriundos de uma feliz conjunção histórica do melhor material genético, aliados a uma consolidada juventude, eram credenciais mais que suficientes para a garantia de uma liderança inconteste. Diga-se, a bem da verdade, que esse papel também se fazia reconhecido pelos não cães, pois Torrado era, pela sua docilidade e beleza, mas especialmente pelo respeito que impunha aos de fora, o cachorro mais paparicado de todos. Sua cor marrom-escura, levemente salpicada por um tom menos intenso, dava ao seu pelame uma semelhança com um granel de café torrado. Daí o seu cognome. A praça não dizia, mas confiava nele como guarda daquele espaço e, com isso, podia dormir de forma mais segura. A qualquer movimento estranho ou ao menor sinal de quebra da rotina noturna, lá ia Torrado tomar satisfações. E o melhor, nunca ia só. Estava sempre em companhia de batedores obedientes. E como quem tem... tem medo, o ar de tranquilidade era uma das características do lugar. Nada, porém, que lembrasse o clima dos espaços segregados, dos territórios proibidos. Não! Ele sabia muito bem distinguir — e respeitar — o que era um namoro, uma embriaguez ou uma necessária solidão reparadora de aborrecimentos pessoais.

Fruto desse pendor napoleônico, onde império, graça e riqueza arquitetavam um ar de respeito e admiração, Torrado gozava de uma irrestrita unanimidade. Sempre era lembrado por todos, desfrutando de tratamento diferenciado que, se se tratasse de humanos, por certo despertaria rancores e invejas. Era um cão sem dono, mas era um cão de todos. De todos? Em termos! O pessoal da feira mensal não tinha uma boa convivência com os cachorros. A maioria achava que aquela cachorrada atrapalhava o bom andamento dos negócios, pois nem todos os consumidores tinham um espírito aberto a ponto de aceitarem compartilhar suas horas de escolhas, entretenimento e lazer com quem podia lhes causar apreensão, repulsa ou medo. Era comum ver senhoras peripacosas gritando no melhor estilo das operetas italianas e donos de barracas a espantar os animais em verdadeiros espetáculos circenses, amparados pelas desgastadas lonas do mais puro preconceito e discriminação. As crianças não só eram impedidas de qualquer aproximação dos animais como de esboçar o menor gesto de carinho para com eles. Se o fizessem, eram prontamente repreendidas, quando não punidas com tapas e beliscões. Como a praça era da cidade, ninguém se sentia forasteiro nela. Mas os cachorros sabiam muito bem quem era quem naquele amontoado de gente que, uma vez por mês, tomava conta de seu pedaço. Afora o bar e a livraria, que tiravam proveito mercantil desses eventos, os demais habitantes da praça aliavam-se à índole dos animais torcendo o nariz para tudo aquilo. Nesses dias era comum ver os cães, sempre com um ar mais triste, irem se refugiar junto às portas das casas como que a esperar que seus donos os mandassem entrar para o resguardo daquele aborrecimento. Afinal, nunca é prazenteiro ver o ninho invadido. A sensação de banimento é amarga porque sempre injusta! Percebia-se claramente que levavam algum tempo para voltar a apresentar sinais claros de recuperação depois que os invasores da feira iam embora. Entre eles, talvez, Torrado fosse sempre o que custava mais a se recobrar. Era assim como se tudo aquilo significasse uma grande ofensa ao seu status de líder. Uma humilhação diante de seus companheiros. Essa batida em retirada uma vez por mês — quem sabe? — poderia ser como um duro golpe em seu fígado, minando o seu orgulho, fazendo-o um pusilânime. Era comum vê-lo fazer a ronda pelas calçadas, indo de casa em casa, olhando no olho de cada pessoa, numa atitude clara de quem humildemente pede desculpas pela omissão. Demorava uns dias para voltar a abanar o longo rabo, quase sempre após quebrar um jejum prolongado com um bom osso cheio de tutano que o açougueiro lhe reservava. Restabelecido o clima de equilíbrio entre as racionalidades humanas e caninas com o espaço físico da praça, aquele lugar recenderia de novo o cheiro forte dos resedás durante o dia e dos jasmins verdes durante a noite. Resgatava-se nesses intervalos o tempo da bonança.

Certo dia, o filho do açougueiro, ouvindo o pai, decidiu levar para sua fazendola um cão para fazer companhia à família que tomava conta de suas terras. Por questões de facilidade e economia, a escolha, que ninguém poderia dizer não ter sido sábia, recaiu sobre a figura de Torrado. Sem que fosse esboçada a menor resistência, o cão, cordato e fiel aos conhecidos, foi levado para longe da praça para um retiro definitivo, preparado e decidido por quem achava estar fazendo um favor ao dar ao cão uma morada com endereço certo e sabido. Escusado dizer que os que ficaram, fossem eles quadrúpedes ou bípedes, desde logo sentiram a ausência daquela referência com um pesar unânime, expresso por uma tristeza e abatimento, ou por generalizados lamentos orais, todos de clara contrariedade. Como se costuma dizer que uma desgraça nunca vem sozinha, às vésperas do final de semana seguinte a praça amanheceu sem nenhum de seus tradicionais habitantes. Estava livre dos cachorros que a haviam colonizado e dado a ela seu tom mais característico. A população local, inconformada, não aceitava as explicações que os representantes da municipalidade logo em seguida foram obrigados a prestar. O prefeito, simplesmente, havia atendido a um pedido, feito por escrito, por uma tal Associação dos Vendedores Ambulantes de Artesanato, Lembranças e Demais Artigos Fomentadores do Entretenimento e do Turismo, para que o local da feira mensal, por ela patrocinada, ficasse livre dos cachorros, elementos indesejáveis que eram, segundo o teor da petição, "à construção e preservação do ambiente necessário ao fomento do desenvolvimento das excursões pessoais e em grupo, ligadas ao bem-estar do corpo e do espírito, ao bom andamento de seus negócios sustentadores da reputação da urbe junto aos seus cidadãos e aos visitantes, estes de significativo papel na consolidação da importante função de vilegiatura que a sede do município vem conhecendo". Assim, levando em conta a natureza do pedido e tendo em vista a concordância de seu teor com a orientação programática de sua administração, o gestor da cidade determinou que o Departamento Municipal de Controle e Apreensão de Animais, mais conhecido simplesmente por carrocinha, providenciasse, com sobriedade e urgência, o requerido por aquela classe de legítimos empreendedores, como fez constar de seu despacho.

Foi num piscar de olhos, na calada da noite, sem que houvesse a menor possibilidade de qualquer esboço de reação contrária, que a operação limpeza se processou com o maior sucesso. A praça amanheceu naquele dia sem ouvir o toque de alvorada dos latidos dos corneteiros de plantão. Nenhum movimento de protesto ou revolta foi esboçado por qualquer habitante da praça. Seus moradores simplesmente se calaram, numa conivência só própria da covardia dos sórdidos. Nenhum comentário. O sentimento foi de absoluta indiferença.

Não seria descabido lembrar certas passagens da história dos homens, como a limpeza étnica praticada pelos colonizadores europeus pós-renascentistas no Novo e no Novíssimo Mundo. E por que não com outros movimentos de deliberada violência ocorridos em períodos mais recentes?! Semelhanças. Coincidências. Em nome daquilo que chamam de progresso e sempre aludindo aos bons propósitos dos que mandam, faz-se tábula rasa da história dizimando populações inteiras, aniquilando sociedades e civilizações, apropriando-se de seus territórios em movimentos de conquista ditos civilizatórios. Como acontecido após as varreduras feitas nas pradarias e desertos da América do Norte, nas planícies e florestas do Yucatán e da América Central, nos planaltos mexicanos, nos altiplanos e montanhas da América Andina, nas matas e cerrados da América Portuguesa, nas savanas, desertos e áreas florestadas da Oceania, aquela praça inaugurou um novo tempo na cidade. Esquecidos, seus cachorros tiveram destino semelhantes ao dos Peles Vermelhas, Maias, Toltecas, Astecas, Incas, Tapuios, Aborígenes, Maoris, para falar apenas de alguns.

Torrado, à margem da história, tal qual Montezuma, nunca veio a saber o que aconteceu com seus antigos liderados.

TRÊS EM UM

A desgraça que é a vida, mesmo quando cheia de graça, era a marca registrada daquele trio. Por um bom tempo dividiam o quarto, as salas, os corredores, as varandas e o vasto pátio daquele nosocômio. Internados ali pelos parentes serpentes para que deixassem de causar aborrecimentos aos que se diziam normais, privavam, juntos, de todas as mazelas reservadas pelo destino para a vida dos sem destino. Nunca reclamaram de nada. Pelo contrário! Sentiram-se escravos libertos quando as famílias resolveram se livrar dos chamados estrupícios que durante anos mantiveram em casa. Período longo, esticado pelo clima de permanente aborrecimento, calado no fundo da alma por sentirem-se fardos pesados, incômodos permanentes, empecilhos aborrecedores, trastes sem futuro, e muito mais que tudo isso que eram obrigados a ver ou a ouvir dentro de casa. Não viam a hora da chegada da independência que custou a ser proclamada. No início, para cada um, apesar de já adultos que eram, foi um pouco constrangedor. Para os familiares, nem tanto! Quietude passiva e aceitação resignada de um lado e choramingos de crocodilos por parte de pais, irmãos etc. As visitas logo deixaram de fazer parte das obrigações. Foi bom! A expectativa de encontros curtos, mentirosos e vazios, de certa forma, cerceava a liberdade de opção por programas mais interessantes nos finais de semana. A solidificação rápida das amizades entre os internos que não apresentavam problemas de socialização fez, rapidamente, desaparecer a necessidade dos contatos com os de fora, fossem eles quem fossem. Esse clima de troca-troca espiritual só fez por engrandecer a autoestima e construir um universo de vida onde estrelas, cometas e planetas perfaziam um só mundo e um mundo só. O deles. O único universo social. E quanto mais informações vinham do que acontecia do lado externo, fosse ele perto ou distante, mais se cristalizava a certeza de que havia mais normalidade dentro do que extramuros. Os jornais e as revistas que apareciam com datas defasadas, o rádio e a televisão, quando ligados, e, mais recentemente, um computador e uma internet quase sem banda nenhuma eram veículos, apesar de tudo, ainda eficazes para garantir a sapiência sobre a contemporaneidade e se concluir que os verdadeiros deficientes estavam fora de lugar. Felizmente, pra lá da porta da rua.

Era o Estado a entidade mantenedora daquele pedaço, ao mesmo tempo chão e teto para todos, céu ou inferno também para alguns. As instalações eram antigas, até mesmo velhas na aparência, mas quebravam o galho. A falta de manutenção costumava acarretar cortes de água e luz, por conta de entupimentos ou curtos-circuitos. Muitas vezes os banhos se limitavam aos lava-pés. Também, pra quê mais? Ninguém ali tinha outras necessidades mais urgentes. Nos banheiros, também era comum valer-se de jornais, saquinhos de pão, papelão e até mesmo panos de chão que eram abandonados nos cantos. Tudo isso, e muito mais que aqui não se conta, tinha como desculpa, no discurso oficial dos administradores, a escassez de dinheiro. Escassez porra nenhuma! O que entrava de coisas supérfluas, que não serviam para nada, não era pouco. E era hábito virem sair especialmente mantimentos, para destinos certos e sabidos. Era um hábito do destino esse mantimento de certos sabidos. Todos sabiam disso. Disso ninguém sabia! O silêncio ali era de ouro. Tudo mais que justificável pelo jogo intrincado de interesses que sempre governaram o toma lá dá cá dessa mãe Joana que é o poder público. Mas, convenhamos, ninguém é de ferro e, assim, uma mão lavava a outra ou, como diz o poeta, a que afagava era a mesma que tacava pedra! Espírito público? Compromisso republicano? Politicamente correto? Ética? Figuras de retórica que sempre foram sacadas quando a mistificação precisa de discursos. Mas até que a comida não era das piores. Em casa, muitas vezes, as coisas não eram melhores, pois em casa de pobre nem sempre boa comida se punha à mesa. Sim, em casa de pobre, pois rico ali jamais havia entrado. Rico nunca apresentou deficiências que não pudessem ser bem acompanhadas por tudo aquilo que o dinheiro sempre pôde comprar. Médicos, hospitais, escolas, enfermeiros masculinos e femininos, psicólogos, aparelhos, dietas e tudo o mais necessário para o bem-estar do cliente. Ali não havia cliente. Todos eram pacientes. Aliás, pacientes é coisa que seriam sempre! E ai daquele que se pusesse em desacordo. O pau comia. Mentira! Na verdade, o pau nunca comeu ali coisa nenhuma. Era terminantemente proibido qualquer desvio libidinoso. E olha que sempre havia umas e outras que, Deus nos acuda, não pensavam noutra coisa! Isso as que pensavam. Pois ali havia muitas e muitos a quem a natureza, essa filha da puta que só semeou desigualdade, nunca havia permitido que se processasse esse fenômeno que um dia paleontológico fez símios ditos superiores acharem que poderiam se autointitular de *sapiens sapiens*. Não é demais?

Pois bem! O tempo de convívio e uma amizade funcionalmente interessada os uniram e não tardaram em transformá-los em verdadeiros mosqueteiros. Isto é, sem nenhum D'Artagnan penetra! Um por todos, todos por um. Suas deficiências se complementavam e, assim, elo com elo, uma sólida corrente foi formada. Um era pouco, dois era bom, e os três eram demais! O cegueta era o mais jovem, mas havia chegado primeiro ao local. No seu mundo de trevas, desde que um desvio genético o inutilizou completamente para a visão objetiva aos nove anos de idade, idealizou para si, com as imagens concretamente retidas até então, o melhor dos mundos, valendo-se do predicado que só os cegos e os pirados podem ter, como os esquizoides e os filósofos utópicos, por exemplo. Guardou muito bem guardado tudo que pôde aprender antes que a escuridão tomasse conta do écran de sua vida. Logo se deu bem com o aprendizado do braile, para não se tornar analfabeto, como dizia. Sua sagacidade intelectual, já grande, aguçou-se exponencialmente graças aos mecanismos de compensação que a ordem biológica guarda para praticar em certas circunstâncias com certos animais. O diabo é que, às vezes, esses animais não são tão certos! Como o homem!!! Encontrava-se em permanente estado de atenção, como a buscar captar e compreender tudo aquilo que se passasse em seu entorno, fosse isso entendido pelo que está próximo ou remoto. Por incrível que pareça, chegava a fechar os olhos, numa resposta mecânica, quando apurava os ouvidos para rastrear sons baixos ou longínquos. Era de uma sagacidade intelectual incrível! Nada escapava à sua veia crítica. Era todo cerebrino, encarnava o espírito de geometria de Pascal. Fosse formal ou dialética, as lógicas eram construções intelectuais que respeitavam a materialidade do mundo. O mesmo se dava com as explicações de qualquer subjetividade. Não havia valores transcendentes. As ideologias eram produzidas por imperativos concretos. A religião, mera decorrência da não aceitação tácita da finitude. Uma ilusão a serviço do aplacamento das angústias pessoais e da rebeldia das forças coletivas.

O segundo, o mais velho dos três, passou a ser considerado surdo desde que as pessoas de sua intimidade se deram conta. E isso demorou um pouco. Apesar de ter se incapacitado para ouvir depois de uma virose na infância, que acabou com as conexões nervosas entre suas bigornas e estribos, jamais soube, nem mais viria a saber, o que ecoaria nos estádios após um gol de seu time, que foi tardiamente escolhido. Muito menos o que é ouvir um sonoro "puta que o pariu" saído da boca de qualquer vizinho de araponga, que é, convenhamos, uma ave filha da puta mesmo, merecedora de qualquer tipo de xingamento. Por conta da misericórdia de alguns da família para a qual sua mãe prestava serviços, foi colocado numa escola especial onde aprendeu leitura labial e a lidar com a língua dos sinais. E não é que aprendeu rápido!? A associação desses aprendizados o levou a uma compreensão mais realista do mundo exterior. As vibrações provenientes da fala o excitavam quando via que, na interlocução, estava sendo entendido. E aí, já viu! A gagueira lhe tomava conta. Essa deficiência, porém, o fazia um tanto preguiçoso. Apesar disso, era lá dado a leituras e um tanto obstinado à observação visual dos lábios dos interlocutores que, infelizmente, na maioria das vezes, não tinham nada de interessante a dizer. As más línguas espalhavam que havia puxado ao pai, o dono da casa onde a mãe havia trabalhado, que, além da grande riqueza obtida por meios os mais fraudulentos, era um orador de primeira quando na igreja tomava a palavra para mistificar, discursando sobre castidade, honradez, honestidade, retidão de caráter e fidelidade matrimonial. A surdez era, sem dúvida, mais benévola e menos conspurcadora do que a aceitação daquela duvidosa paternidade. A morte da mãe e seu ingresso numa promissora maturidade problemática levaram os patrões a interná-lo numa instituição pública especializada em livrar os de fora dos problemas que seus altos muros só faziam por esconder. Cedo renunciou ao espírito do inconformismo. Aceitou suas feridas incuráveis como um desígnio superior. Abraçou a forma messiânica de entender o mundo como artifício existencial para suportar a vida como uma travessia. Essa renúncia fomentava a primazia que dava ao espírito de "finesse", aquele que buscava as razões dos fenômenos para além dos sentidos materiais. Seu órgão interno de captação das coisas, diferentemente do cego, era o coração, e não o cérebro. Era religioso. Todo impasse intelectual ligado à falta de argumentos imediatos ou comprováveis saltava para as explicações sobrenaturais. Sua fé especificava sua ideologia e o fazia ver as coisas em espelho em relação à postura do companheiro deficiente visual. Seu coração tinha surdas razões que as cegas razões desconheciam. Mas se davam bem, pois as divergências de opinião eram tidas como sublimes oportunidades de crescimento intelectual. Elas nunca se nutriam na inveja, muito menos na arrogância dos pretensiosos. Respeitava com grande maturidade as palavras do opositor. Admirava-o pela sua erudição e pela força de suas argumentações. Não se amolava com sua postura de discípulo quando dava ao cego a atenção que exigia grandes espaços para digerir o que ele dizia. E, nessa hora, a ansiedade demonstrada pelos apelos em altos brados que dirigia àquele que fazia o papel de verdadeiro ordenança levava este a fazer das mãos um verdadeiro telégrafo a se incendiar com a rapidez dos sinais. Os conflitos íntimos de cada um se punham a nu quando peroravam. Sem nenhuma soberba. Eram sublimes.

    O terceiro, o mais manso de todos, tinha idade indefinida. Nem mais novo, nem mais velho, por isso colocado no meio, como a virtude. Era o bom soldado. Fazia as vezes de obediente intermediário durante os expedientes em que estavam juntos. Via e ouvia com a mais absoluta perfeição. Em compensação, não falava. Era mudinho, mudinho! Havia perdido a fala num susto que levou, quando ainda criança, ao entrar de gaiato em um estouro de boiada, tendo sido, inclusive, pisoteado por alguns animais, o que lhe rendeu, além da mudez, um pavor mórbido pelo gado vacum e uma ojeriza por carne vermelha. Vontade de voltar a falar não lhe faltava, isso se via na sua ânsia permanente de expressar-se, emitindo ruídos nos mais diferentes volumes. Deu aulas para o surdinho e o fez aprender a decifrar seus gestos, que, por incrível que pareça, lhe davam muito mais fluidez que aquela fala arrastada que ele tinha, às vezes alta demais, cheia de cacoetes nasais e daquela insistente tartamudez enervante. Era pacato, tranquilo. De uma docilidade invejável. De uma submissão conformada. A falta de uma bagagem de conhecimentos mais densa fazia dele uma pessoa ingênua. Escapara com vida da boiada para ser, na vida, um quase bovino. Não fedia, nem cheirava, como seus dois colegas de infortúnio. Servia a ambos, no seu quotidiano de resignação para respeitar as imposições próprias da vida, sem nada pedir em troca. Razão, coração, matéria, espírito, noções que não faziam parte de suas necessidades para continuar vivendo. A vida sem ideias não traz aborrecimentos. Era a melhor das ideias. O conhecimento, a consciência, os conceitos, essas são coisas dos homens, não dos rebanhos. Não tinha nenhum pejo em dizer, no seu sempre rápido gestual, o que lhe vinha na telha. Estava sempre a "falar", "falar". Era uma verdadeira máquina a se expressar, numa sofreguidão compensadora de sua deficiência. Sentia-se claramente sua necessidade de ser ouvido. Faltava-lhe, porém, o superego constritor, aquele caçador implacável de inseguranças, que não nos deixa passar vergonha. Inocente, era feliz e... sabia.

Depois de enturmados, ceguinho, mudinho e surdinho faziam um trio invejado até pelos diretores que se queixavam, à boca pequena, que não tinham em seus quadros funcionários tão competentes. Em sessões diárias, após a sesta mediterrânea, religiosamente observada pela maioria, os três se reuniam para as tertúlias, quando não chovia, debaixo daquela jaqueira que ficava lá no alto, majestosa. Nelas, sempre acompanhadas de perto por uma plateia de juridicamente incapazes, que nada faziam senão prestar uma atenção só menor que a das corujas, cabia ao surdinho transmitir o conteúdo dos textos que habitualmente eram lidos. É que, além do material escrito que, sempre em descompasso, transitava pelo local, entraram na vida deles os livros de uma biblioteca circulante que, de vez em quando, fazia ponto num canto do pátio. Velhos romances, aquelas enciclopédias vendidas de porta em porta, almanaques, bíblias e mais bíblias, livros didáticos de saudosa memória, tipo Jacomo Stavale, Câmara Cascudo, Moisés Gicovate, Joaquim Silva, e muita obra de filósofos, daquelas que são rapidamente descartadas porque só ocupam lugar nas bibliotecas dos que se acham intelectuais sem sê-los. Ao surdinho cabia ler os textos que lhes caíam nas mãos. Palavra aberta, clara e sonora, para que o cego não reclamasse. Mas era o mudinho, com sua linguagem digital, quem controlava a modulação daquelas falas, pois muitas vezes o surdo se entusiasmava demais com os conteúdos e exagerava na tonalidade. Logo depois vinham as interlocuções interpretativas. Os pontos de vista eram definidos em comentários extraídos da mais absoluta liberdade de pensamento. Mas era visível, audível e dizível a capacidade do cego em transformar as letras em sabedoria, através de sua capacidade de trabalhar as verdades, elevando-as à categoria de saber superior, crítico, teórico, abstrato, transcendente, imparcial. O mudo tudo ouvia. Apesar de suas limitações, era aplicado, disciplinado e se mostrava sempre interessado. Sua postura de bom samaritano, que o fazia ser aquele humano a sempre querer fazer o bem ao próximo, acabou por levá-lo a aprimorar o ensino da língua de sinais para o surdinho, já que não era justo sonegar a ele todas as perorações do cego, decorrentes das análises que sempre vinham depois das leituras. Deixá-lo de fora seria uma sacanagem das grandes, pra não falar das objeções e divergências que, depois de um tempo, ele começou a fazer em relação às posturas do cego. Quando isso acontecia, esses encontros ganhavam uma dimensão universitária — no bom sentido, é lógico — e os resultados costumavam ir além de qualquer expectativa intelectual. Era a hora em que o cego se inflamava. Aí, o mudinho tinha que fazer das tripas coração para traduzir em gestos todo o conteúdo das retóricas dialéticas ouvidas numa velocidade incompatível com seus gestuais endereçados ao surdo. A comunicação, nessa hora, entrava em colapso pela diferença de frequência das diferentes linguagens. O surdo, sempre inconformado com a superioridade do cego, se exasperava quando queria fazer uso do direito de réplica ou tréplica, uma vez que estas exigiam dele, além da fala clara, um conteúdo consequente que respeitasse o objeto em discussão, o plano em que as colocações se davam e a profundidade das considerações. Se fugisse dessas naturezas, lá vinha pau do cego.

Enfim, eram três pérolas numa esquecida pocilga oficial. A miséria humana, em toda a sua complexidade, ali objetivada na história de vida desses três *outsiders*. Um mudo loquaz, um surdo que sabia escutar, e um cego que enxergava longe...

UMA BOA AVENTURA

Ele era do tipo durão. Daqueles que não tergiversavam. Em casa teve uma educação voltada para a disciplina. Aprendeu na mamadeira o que era subordinação. Com esse espírito, educou-se para enfrentar a carreira militar. No quartel, assimilou em definitivo a linguagem dura e induvidosa de seus superiores, assim como sempre invejou aquele deleite que eles tinham quando davam ordens. O sentir-se obedecido era mais desejado quanto mais ele exercia as tarefas provenientes dos mandos e desmandos. Dos de cima. Essa reiteração acabou lhe apontando que, qualquer que fosse a patente, ele sempre teria alguém a quem render obediência, pois sabia que chegar a General de Exército era a maior das quimeras. Como seria bom se pudesse, mesmo assim, mandar sem ser mandado. Um dia caiu-lhe a ficha de que, para se livrar dos aborrecimentos da submissão, havia um percurso possível sem que precisasse dar baixa. Era ser professor da Escola de Oficiais. Sua patente estaria fora da carreira, já que não há professor de cadetes que não receba, pelo resto da vida, a consideração que os militares dão aos seus mestres. Pronto! Aí estava a saída. Graduou-se em Educação Física e foi cuidar do bom estado físico da tropa. Inteligente que era, não foi difícil provar que o cuidado com o corpo não admitia privilégios aos que subiam de posto. Era um bem da vida e ponto! Passou a ter turmas que iam dos cadetes aos generais. Sentia-se superior a todos com o respeito devido às suas determinações. Isso cristalizou sua soberba, que, na contramão, impunha-lhe o cuidado de não incorrer em qualquer escorregão moral, por menor que fosse. Este era seu inimigo. O caráter sem jaça de seu comportamento era a marca registrada que lhe dava um quê especial ao respeito de seus pares. Isso ele levava para casa, seu pequeno quartel pessoal. A família, quaisquer que fossem as estirpes e os graus, tinha-no como exemplo de retidão e responsabilidade. Nunca faltava com a palavra dada, muito menos chegara uma só vez atrasado, quer no trabalho, quer na missa. Havia prometido a si mesmo que morreria sem um incidente que fosse capaz de lhe manchar o modelo. Seu nome jamais seria invocado para ilustrar um caso jocoso ou uma passagem desonrosa. Sua imagem era tida por ele próprio como cristalizada. Policiava-se no menor gesto. Era seu grande transtorno. Isso mesmo! Obsessivo e compulsivo.

Convidado a comparecer à cerimônia de casamento de um de seus afilhados, que, diga-se, eram muitos, numa cidade pequena do interior, foi hospedado pelo primo, com quem havia passado boa parte da infância e adolescência. O primo morava numa vila de casas praticamente iguais, pequenos bangalôs com alpendre e portãozinho de ferro, como ainda hoje pode-se encontrar em comunidades seguras, onde as portas da rua ficam permanentemente destravadas. A festa rolou solta pela noite e ele, para não bancar o diferente, tomou umas e outras acima de sua capacidade costumeira. Não deu outra! Sentindo-se embriagado, deu conta de que sua lucidez já estava acendendo a luz amarela do alerta para a possibilidade de ocorrência de acontecimentos desagradáveis. Aquela aventura etílica não estava sendo nada boa. De fininho, se mandou para casa. Terminada a festa, o primo e toda a família voltam para casa preocupados com o desaparecimento da visita tão importante e honrosa. Onde teria ido parar a ilustre figura!? Não estava na festa, muito menos em algum lugar da casa. Os demais parentes e conhecidos foram todos convocados a decifrar o misterioso desaparecimento. A decisão de apelar para a ajuda da polícia já estava em cogitação. Diga-se melhor. Já decidida!

Eis que palmas no portão trazem todos para fora da casa. Preocupação geral. Era o vizinho a comunicar, com a fleuma dos interioranos, que tinha acabado de chegar em casa e constatado que havia um senhor de certa idade ferrado no sono, deitado no sofá da sala.

Até hoje, a família se vê obrigada a esconder o fato...

VERMELHO!?

greja e Estado foram durante muito tempo apenas dois lados de uma mesma moeda: o poder de poucos. Assim, ninguém ousava discutir o estabelecido no longo fio do tempo pela aliança frutuosa entre os que mandavam nos homens e os que mandavam na alma dos homens. De um lado, alguns poucos cuidavam de governar aquilo que dá sentido à matéria da vida. De outro, um número menor ainda, por possuir um arsenal de guerra de convencimento mais contundente, cuidava de conduzir o que ia na cabeça de todos. Corpo e alma, trabalho e ideologia, produção e devoção, repetiam por longos períodos as mesmas formas de controle dos que produziam a riqueza para os que usufruíam dela. Se a propriedade dos meios e instrumentos de produzir era de poucos, a responsabilidade de dar a essa regalia a roupagem divina era de um número menor ainda. Nesse mundão das gerais, os grandes proprietários rurais, de um lado, faziam o contraponto harmônico com o clero, do outro. Nos conglomerados mercantis e de serviços, representados em grande parte pelas cidades pequenas e pelas vilas, os velhos fazendeiros retrógrados exerciam o poder autocrático, essência dessa república de coronéis, definindo com mão de ferro o papel de cada um no mundo das relações sociais e brandindo com mãos calejadas o chicote da lei, da justiça e da repressão. A seu lado, o bispo, os párocos ou os simples curas se encarregavam do controle da reprodução dos valores do comportamento por meio da difusão do temor a Deus, das formas mais fantasiosas do exercício da opressão, pessoal e coletiva. Fazendeiro e padre formavam uma dupla imbatível nos pequenos mundos que compunham a vastidão dos espaços.

Pois é, naquela cidadezinha modesta, habitada por gente simples e temerosa, era dono da igreja um velho cura que levava a ferro e fogo essa união com os poderosos, fazendo da igreja um posto avançado de serventia a tudo aquilo que agradasse os donos dos bois e das searas. A igreja refletia, em sua modesta majestade, tudo que era necessário fazer para merecer as benesses materiais, moeda de troca dos favores difusos por ela praticados naquele jogo de equilíbrio nem sempre estável. Havia dentro dela lugares determinados para os poderosos, tanto no lado dos homens quanto no das mulheres. Como nos teatros, os melhores lugares, isto é, aqueles mais próximos do Senhor, costumavam estar cercados por fitas coloridas balizadas por algumas fileiras de bancos, geralmente os que tinham o genuflexório almofadado. O grande rebanho dos que serviam vinha em seguida, mais longe das imagens e do latim das missas. Só ganhavam na oitiva das pregações das homilias, pois estas eram feitas no púlpito, sempre estrategicamente colocado em meio à turba.

Aos domingos, padre Damião enfeitava a igreja para receber essa clientela mais nobre em solenes missas de mais de hora, onde as grandes senhoras, suas filhas, netas etc. podiam desfilar suas melhores sedas e seus sapatinhos de camurça e de verniz. Os coronéis e seus filhos homens, seus paletós de linho, suas bombachas, suas perneiras e seus coturnos do melhor cromo alemão. A comunhão era dada em primeiro lugar aos ricos, pois assim estariam preservadas as mãos do sacerdote, livres dos maus cheiros vindos da boca dos pobres. Flores e fitas davam o ar engalanado ao modesto templo para receber o melhor som do cravo europeu que dona Laurinha tirava de seus teclados esculpidos por artesãos da Saxônia. E tudo terminava em apoteose na porta da igreja onde, uma vez por semana, os subalternos cumprimentavam os poderosos como se a estes devessem reverências para receber as graças pedidas durante a cerimônia. Padre Damião, então, fechava as grandes portas maciças da melhor madeira de lei e voltava para junto do altar a fim de agradecer as contribuições polpudas que faziam a paróquia navegar em clima do maior bem-estar terreno.

Dormiu tranquilamente por todo o tempo em que essa bendita fórmula deu certo, até que vieram novos dias anunciando que as regras dos antigos jogos estavam em transformação. Já não serviam mais. Era necessário alterá-las para que fosse feito o ajuste exigido pelos novos tempos. Mudava o mundo com as novas formas de produzir bens e capital. Mudavam as regras das relações para perpetuar o controle e as dependências. Alguém já havia dito muito antes que tudo deve ser modificado para as coisas continuarem como estão.

Na cidadezinha do padre Damião, os grandes fazendeiros já haviam passado o bastão para os filhos, agora bacharéis, médicos, economistas e administradores de empresa. Seu interesse e seus negócios haviam migrado para outros ramos de atividade e outros espaços onde bois, cana e soja tomavam o lugar dos cerrados e das florestas. Até as velhas putas davam lugar a uma nova classe, agora de belas loiras formadas em prostituição e marketing pela melhor faculdade da vida que, também mercadologicamente agressivas, deram novos formatos às suas commodities que alcançavam altas cotações em dinheiro ou bens nas ricas praças das capitais. A igreja se viu pega de surpresa numa arapuca que a fazia dominada pelo passado, rapidamente distante. Sumiram os antigos mecenas. Os novos fiéis, em diminuição rápida, não conseguiam mais proporcionar aos cofres da casa de Deus o necessário para que as batinas continuassem necessitando de muito pano na região das barrigas. Tudo minguava. A paróquia empobrecia. As quermesses já não mais espocavam os fogos da alegria, das prendas caras, das polpudas arrecadações. O Deus dos pobres e da salvação *post mortem*, que amedronta e castiga, entra em rota de colisão com o Deus dos que almejam a felicidade terrena, o Deus do livre-arbítrio que sugere a predestinação através da linguagem da riqueza, mesmo que para isso seja necessário provar a fé pela privação e pelo trabalho disciplinado.

É aí que entra o novo padre da cidade, aquele que vem substituir o já alquebrado Damião, que, fora de contexto, se recolhe à casa paroquial para seu merecido descanso. Padre Toninho veio para a cidade à toda. Jovem, saído de um seminário onde medrava uma nova *plêiade* de sacerdotes inconformados com as antigas ligações da igreja com o poder, em obediência aos novos parâmetros religiosos costurados nos concílios modernizantes e nas encíclicas reformadoras, chegou pregando a igualdade e o desprendimento. Nada mais na igreja deveria lembrar as antigas articulações de Deus com a subordinação dos espíritos aos interesses dos poderosos, com qualquer forma de ostentação e com o dinheiro. Nenhuma cerimônia deveria sugerir a menor pompa. Os sacramentos todos, quaisquer que fossem, seriam dali para frente conjuntos de atos despojados. As missas todas seriam rezadas no mais absoluto respeito à simplicidade. Os votos deveriam ser de pobreza e de libertação pela tomada de consciência do papel dos fiéis neste mundo de injustiças. O Deus agora exigiria de todos a politização dos espíritos para que os pobres substituíssem a ingenuidade de suas almas pelo saber crítico das atuações e reivindicações políticas. Afinal, era ou não era um revolucionário o pastor que havia feito erigir sobre os valores de sua pregação essa igreja cosmopolita e civilizadora? Os rituais e os sermões têm que ser feitos, de agora em diante, de frente para os presentes, e a língua morta, que não era a usada pelo Salvador e sim pelos conquistadores, foi substituída pela fala local, direta, crua, objetiva. Nada de subterfúgios sobrenaturais e sim de interatividade participativa. E, assim, padre Toninho baniu de seu templo todos os indícios e sugestões dos tempos que já lá iam. Pagava caro por isso. Afugentou muitos fiéis para outros terreiros num tempo novo em que o temor a Deus se esgarçava na esteira da mudança dos valores morais. O mundo agora pedia a felicidade imediata, fosse ela obtida de forma ética ou não. O imediatismo era a razão dos comportamentos. O lucro fácil, o novo guru dos mercados.

Entre a cruz e a espada desses novos tempos, padre Toninho, por mais que se esforçasse, via sua paróquia afundar numa pobreza de dar inveja aos franciscanos. Mas quem tem a virtude de estar seguro com sua verdade e de ter se comprometido em lutar por reformas sociais libertadoras não poderia esmorecer, muito menos capitular. Toda noite, depois de suas missas, cursos e peregrinações pelos rincões mais carentes da cidade, ia para seu pobre catre, não sem antes, apesar de todas as objeções que fazia, tomar a benção de padre Damião, a quem respeitava pela idade e pelo longo trabalho dedicado à Igreja. Também para ele antiguidade era um posto importante. Lá, recolhido ao seu mundo mais interior, prometia a si mesmo superar, com a força e a abnegação necessárias, toda a carência material que lhe impunha a cada dia mais angústias e sofrimentos. A crença em Deus não se mostrava mais como antes tão pródiga em equivalentes financeiros. O miserê havia se abatido sobre ele.

 Foi quando, certa manhã, apareceu em sua sacristia aquele belo exemplar feminino, embalado em roupagens de dar inveja às mais famosas vitrines de qualquer metrópole do mundo desenvolvido. Vinha mais comunicar do que pedir que realizaria naquela igreja a cerimônia comemorativa das bodas de ouro de seus pais, antigos fazendeiros da região que naquele altar haviam prometido ao jovem pároco Damião que seriam fiéis na saúde e na doença por todos os anos de suas vidas. Que estava vindo da casa paroquial e já havia combinado com o antigo padre que este repetiria, com a grandiosidade e o luxo compatíveis com o status que lhe dava a grande riqueza que haviam acumulado nas terras pioneiras do Oeste, para onde a família se mudara, o casamento realizado com seus pais há cinco décadas. Que faria daquela igreja modesta a mais linda das casas de oração que um cristão pudesse um dia imaginar. Que transformaria o seu altar e seu interior em modelos de decoração jamais imaginados pelas academias de arte. Que estenderia por toda a nave central, da porta de entrada aos degraus da capela-mor, rico exemplar do mais sofisticado e caro tapete, por sobre o qual os pés dos noivos chegariam aos do padre para a benção rediviva. Que após a cerimônia daria na praça diante da igreja a maior festa jamais vista naquelas redondezas. No Clube, para os ricos, e ao ar livre, para o restante da população. Padre Toninho foi só ouvindo aquele trololó com a paciência e a segurança dos convictos. Depois que a ilustre visitante terminou de dar ciência da natureza do script do espetáculo que pretendia dar, que aliás já contava com a aprovação do senhor prefeito e das demais autoridades locais, padre Toninho, mais que sintético, disse que ali nada daquilo seria realizado. Que quem mandava ali era ele e que ela nem pensasse em ir buscar a anuência do bispo, uma vez que aquela autoridade tinha para com ele um compromisso maior que quaisquer ascendências. Jamais! Nem que passassem por cima de seu cadáver.

A senhora, inconformada, foi buscar auxílio nas famílias conhecidas da cidade. Peregrinou por todos os sobrenomes de influência, apelou para todos aqueles que, reconhecendo a importância econômica do potentado que era aquele velho casal e da ligação histórica que tinha com a comunidade, pudessem demover o padre da posição de impedir a festa programada. Nada! A senhora, quase desacoroçoada, depois de uma noite de estratégica vigília, tentou uma última cartada. Acostumada que era às maquinações do poder, sabia onde costumavam estar as fraquezas das trincheiras. Não seria aquele padreco de aldeia que faria dela uma derrotada. Não estava acostumada com obediências e conformismos. Levantou disposta a se armar e atacar. Muniu-se do seu mais imbatível argumento e partiu para botar por terra aquele bastião de granito. Procurou logo de manhã, após a missa diária, o pároco na sacristia. Padre Toninho, ainda se desfazendo dos paramentos a atendeu com a lhaneza de sempre. Pediu a ela que se sentasse para que pudessem conversar melhor. A madame, toda perfumada dos melhores odores franceses, sem outras preliminares, foi logo sacando seu talão de cheques e, com sua bela Parker de ouro, preencheu as duas primeiras folhas com polpudas quantias. Entregou-as ao padre, dizendo simplesmente:

— Padre Toninho, este cheque de vinte mil é para o santo padroeiro e este de dez mil é para suas obras de caridade. Não me leve a mal, eu só estava querendo realizar o sonho de meus pais. Enfeitar a igreja e deixar para o senhor o lindo tapete vermelho que comprei para a cerimônia, mais nada!

Ao que padre Toninho, com os dois cheques na mão, sem pestanejar, respondeu com a segurança dos convencidos:

— Mas a senhora deveria ter dito tudo isso antes. A senhora não foi clara comigo. Tapete vermelho? Ora, com tapete vermelho pode!

VIDAS PARALELAS

Para Casa Branca

Quando o trem parou na estação, ninguém desceu. Duas pessoas em uniforme azul com galões alaranjados e portando bonés semelhantes aos dos militares eram as únicas que se viam na plataforma, além de uma figura bem gorda que, em manga-de-camisa, havia recebido do maquinista o tradicional *staff*. Apontavam para o final do trem, onde fica o carro-breque, e ficaram olhando a composição como se ela tivesse algum significado extraordinário. Depois de algum tempo sem se falarem, juntou-se a elas o simpático guarda picotador das passagens, que desceu do trem em passos apressados, vindo do último vagão da composição. Trocaram algumas palavras e o que parecia mais velho voltou-se para o outro e, ao seu ouvido, disse algo que o fez rir. Em seguida, este fez uma espécie de meia-volta e entrou por uma porta entreaberta que havia a seu lado. Retornou, sem muita demora, acenando a cabeça no clássico movimento de que tudo estaria acontecendo como combinado. O outro continuou a inspecionar com os olhos a buscar, aparentemente, alguma coisa que pudesse existir de especial na longa fila de vagões daquele trem abarrotado de gente. A locomotiva, que durante a viagem até ali fizera um barulho infernal, continuava queimando o lenho nem sempre seco em sua enorme fornalha produtora de um calor abrasador que irradiava para a atmosfera próxima expansões em ondas de ar aquecido que pareciam dançar pelo espaço. Ao mesmo tempo que a chaminé frontal lançava verticalmente, por sua estreita boca torneada, densos rolos de fumo branco, as grandes rodas de aço, geminadas entre si por fortes braços metálicos, perdiam um pouco de sua nitidez, encobertas que eram pelas expulsões do vapor excedente criado no interior da caldeira do cilíndrico corpo da maravilhosa máquina negra. De tempos em tempos, em intermitentes emanações gasosas mais fortes, estridentes assovios pareciam anunciar uma partida iminente, cuja demora ia criando uma atmosfera de ansiedade e mesmo de angústia naqueles que, acostumados às viagens, já percebiam que algo de diferente deveria estar acontecendo. Esse quadro transcorreu inalterado por um tempo superior àquele que até ali havia sido normal nas paradas anteriores, até que um passageiro de idade mediana, vestindo um terno de tom pardo e portando um belo chapéu panamá, desceu de um dos vagões e cruzou o vazio do largo piso ladrilhado, protegido por cobertura sustentada por fortes mãos francesas metálicas, que separava o trem das paredes da estação, e andou seguro até a direção da pessoa uniformizada que continuava em posição de guarda junto a uma das entradas. Gesticulou, denotando nervosismo, diante daquela figura que mostrava ouvir com certo desdém as palavras que, apesar de ditas em tom elevado, eram ininteligíveis para quem se encontrava no interior dos vagões. Ereto, como em posição de sentido, parecia ouvir com atenção redobrada as explicações que lhe eram dadas pelo serventuário da ferrovia. Virou-se de repente e, num aparente estado de enfado, consultou o relógio de bolso, tirou o chapéu da cabeça, passou a mão pela lateral de sua basta cabeleira negra e, antes de voltar a cobri-la novamente, cuspiu no chão, passou o pé na mancha espessa deixada por seus humores, tirou do bolso uma carteira cartonada de cigarros de onde escolheu um deles, bateu-o por uma das pontas sobre a unha do dedo maior da mão esquerda, acendeu-o com um riscar de fósforo nervoso e pôs-se a tragar num vaivém paralelo à composição. As janelas dos vagões, a esta altura, punham para fora uma sucessão de cabeças curiosas que, amontoadas, olhavam de um lado ao outro, buscando talvez captar razões para a demora que as sufocava no ar viciado do interior dos compartimentos. Foi a hora em que o maquinista, acompanhado de — quem sabe? — seu foguista auxiliar, se dirigiu ao gabinete do chefe da gare, saindo de lá algum tempo depois com mais duas pessoas de macacão azul-escuro. Encaminharam-se até o local na plataforma onde se erguia majestosa caixa cúbica de ferro, sustentada por quatro colunas de grossos pilares de tijolo aparente.

Todos olhavam para cima, acompanhando a operação de um deles, que manipulava grosso conduto de borracha ou couro, fazendo-o chegar até uma tampa circular que, aberta, criava um razoável orifício no plano superior do corpo da locomotiva. Ato contínuo, abriu um respeitável registro, o que fez espirrar boa quantidade de água que saía de sua junção com o condutor, assim como de outras emendas que parecia haver em seu corpo. Parte da plataforma ganhou, de imediato, uma arredondada poça d'água que pôs as pessoas envolvidas na operação de abastecimento das caldeiras em atitude de defesa. Não demorou muito, a chuva grossa saída do registro se arrefeceu com seu fechamento. Recolhida a grossa mangueira, as pessoas voltaram aos lugares de origem. Nesta altura, a plataforma já estava cheia de passageiros impacientes. Alguns tinham acompanhado com bastante atenção aquela operação, verdadeira lição explicativa de parte da tecnologia que havia revolucionado o mundo dos transportes de massa com a criação dos "cavalos de ferro". Muitos se aglomeravam em torno do homem de chapéu panamá. Outros conversavam entre si. Outros mais andavam, fumavam, comiam alguma coisa ou, simplesmente, pareciam contemplar absolutamente nada com seus olhares vazios. Havia mulheres com bebês de colo e outras crianças pequenas a buscar acomodações mais livres nos poucos bancos de madeira encostados junto às paredes da estação, em setores entre algumas janelas. Havia ainda aqueles que procuravam os mictórios e o bar, em vão. Em meio a esse quadro de alguma desordem, ganharam o ar da plataforma vozes em tom elevado a pedir que os passageiros voltassem rápido aos lugares. Apressadamente, todos buscaram recompor suas antigas posições, mas as janelas se mostraram pequenas para conter a curiosidade daqueles que procuravam assistir ao que estaria para acontecer do lado de fora. Acompanhados pelo chefe da estação, pelo guarda do trem e pelas duas pessoas uniformizadas que haviam recebido a composição quando de sua chegada, entraram na plataforma duas mulheres e dois homens vestidos com roupas e sapatos brancos, portando no rosto máscaras amarradas por trás das orelhas e na cabeça um casquete também branco, como se fossem enfermeiros. Dois deles carregavam duas longas barras de ferro amarradas a uma espécie de lona oleada de cor indefinida. Dirigiram-se todos para o final do trem. Entraram, um a um, no pequeno e apertado carro breque. Não tardaram a sair de lá, carregando naquela maca portátil o corpo avantajado de uma pessoa cujo sexo e a idade eram difíceis de ser precisados naquelas circunstâncias. Assim que o pequeno cortejo desapareceu da plataforma atravessando a porta central, agora com suas duas folhas abertas, o chefe da estação, com o aro circular do staff enfiado num dos braços até os ombros, dirigiu-se até a majestosa locomotiva passando o documento de partida ao maquinista, que deveria entregá-lo ao chefe da estação seguinte. Concomitantemente a um leve aceno de mão do velho ferroviário, um apito incisivo invadiu os ouvidos dos passageiros. Ato contínuo, a mais que cinquentenária máquina, atendendo ao esforço de uma das mãos do maquinista que puxava para baixo o forte cordão estendido junto à janela direita de onde ele governava os impulsos daquele gigante de aço, solta no ar, pelo orifício triangular do apito a vapor, o clássico sinal de partida dado pela gutural voz de barítono daquela maravilhosa obra de arte da engenharia inglesa.

O doente, que do trem havia descido com a ajuda de muitos, fazia naquele momento, entre os braços paralelos da rústica maca, na direção do leprosário da cidade, talvez a sua última viagem. A 525, pela sua robustez, seguramente, teria ainda pela frente uma longa vida por sobre as paralelas dos brilhantes trilhos daquela ferrovia que, até ali, em viagens repetitivas, num vaivém constante, nunca a tinham levado a lugar nenhum!

XYZ

Ela, lá embaixo, após a despedida, com certeza o acompanhava com algum interesse. Ele, ao subir a escada, pensou em olhar para trás, não o fez por decisão instantaneamente tomada em seguida. Não! É melhor assim! Nada de insistir em buscar o imponderável. Certo é que há muito já estava carente de uma companhia feminina. Mas, naquela altura da vida, seria uma aventura irresponsável ir buscá-la justamente em alguém merecedor de irrestrito respeito. Dificilmente não terminaria em mágoas, já que estava certo que a relação almejada deveria ser marcada pela transitividade. Não era justo propor a ela um jogo de incertezas certas e emboscadas prováveis. Nada vinha sendo muito claro em sua vida. A hesitação estava sempre a anteceder suas decisões. Sentia-se como um Dédalo em seu próprio labirinto. Tinha algumas certezas, entretanto. A solidão por que passava ajudava a persistência de um recorrente pensar sobre a necessidade de ter alguém a seu lado. Ao mesmo tempo, já decidira que essa mesma solidão trazia-lhe infinitas benesses, ao permitir uma liberdade nunca antes praticada. E essa talvez fosse mais forte que aquela. Solidão, companhia, liberdade. Nada de incompatibilidades fundamentais entre elas. Cada uma na outra, ao mesmo tempo que nenhuma entre elas. Porém o difícil seria compatibilizá-las sem que ocorressem reciprocidades comprometedoras. A existência real é sempre avessa às exatidões formais. A simples necessidade da existência de outro fazia, por si só, conspurcada a trilogia. O outro, esse castrador perverso! O eu, fera domada.

A quebra da solidão, com certeza, fragilizaria a liberdade. O respeito à liberdade pressuporia a imposição de condições à companhia. E ter uma companhia subordinada é servidão, razão de uma solidão disfarçada. Nessa equação, as vontades, entretanto, não poderiam ser iguais a zero. O resultado mais satisfatório seria um fator anular o outro. Isto é: dois solitários que se querem companheiros na medida exigida pelas suas liberdades. X, Y, Z, como diz a sigla, o xis da questão.

Ao pisar o último degrau, correu-lhe clara a certeza de que continuaria um Crusoé. Só, como um pássaro solto, a cantar para ninguém.

LIVRO II

RAPIDINHAS

*Aqui vão textos mais curtos,
uns mais apressados que outros,
em embalagens pequenas,
como as dos venenos.
Intercursos rápidos com os leitores
que não dispõem de muito tempo
para alcançar o clímax da leitura.*
VAPT, VUPT!

ÁGUA MOLE EM PEDRA DURA

Levantou da cama, depois de uma noite maldormida, com um sino a badalar em sua cabeça. "Esqueça essa mulher", dizia, em brônzeo e surdo som, aquele vaivém recorrente. Esqueça essa mulher! Fácil assim. Era o que ele dizia para si mesmo, numa sábia conclusão, após anos e anos de expectativas frustradas de tê-la como idealizava. Ali, junto a ele, pertinho, corpo colado como num bolero apaixonado. Qual! Nem bolero, muito menos tango. Só distâncias e evasivas. Eram amigos. Isso há muito tempo. Tempo demais, onde os contatos diários, patrocinados pela vizinhança, foram alimentando identidades que fizeram emergir sentimentos de recíproca benquerença. Como água mole em pedra dura. Isso mesmo! Ele, devagarinho, minando, gota a gota, a resistência empedernida de um altivo orgulho pétreo. Ela, sólido granito, ia, em quase imperceptíveis desgastes, sugerindo demoradas condescendências. Ali estavam as circunstâncias para os desejos e as esperanças a deitar raízes. A terra era boa para isso. Raízes fortes, cepa promissora. O tempo, apesar de remanso, não é ilusão. Segue, sempre em meio. Quem o aguarda, não o vê chegar. Inflexível, rigoroso, naquela mole água e dura pedra, foi corroendo, na sua sub-repção, a mole esperança de uma dura realidade. Ele envelheceu com aquele martelar de uma epifania sempre adiada. E com ele a dor de ter ficado preso àquela sala de espera.

Nada como uma noite mal dormida para botar ao alcance da mão as cordas de um novo sino. Apesar de curta, essa imposição de deslembrança apontava-lhe ainda um destino de redenções. Apesar de libertário, esse destino não tinha como se livrar do que já havia passado. A história fica. O que vai embora é o personagem. Por certo, esqueceria o objeto, que lhe estava fora, mas não o motivo, por demais entranhado. Seria, por isso, acompanhado pelo contínuo trabalho de dar som ao badalar intermitente de um solvente desejo sobre uma mesma empedradura.

ANTES DE CRUZAR A LINHA...

Pare, olhe, escute... pegue, cheire, prove.
Mas que trem bãummmmmmm, sô!!!

DESCULPE, FOI ENGANO

Trimmmmm, trimmmmm, trimmmmmm...
— Alô, pronto!
— É você, meu bem?
— O que é que você quer!?
— Caramba! Você continua a me maltratar com sua indiferença. Por quê? Como assim "o que é que você quer!?"? Você sabe muito bem o que eu quero. O que eu quero é o que sempre quis. E você está cansado de saber. Só porque eu dei uma pequena pisada na bola você decide me punir com essa atitude de quem parece ter acabado com tudo? A vida não é essa coisa que vocês radicais pensam que é, não! A vida é muito mais complicada. O que aconteceu comigo pode muito bem acontecer com qualquer um. Vai me dizer que nunca aconteceu com você!? O que existe entre nós não significa que eu seja sua propriedade. Mesmo porque isso contrariaria a sua maneira de pensar o mundo, da qual você sempre diz se orgulhar. Ninguém é de ninguém, não é? Você deu para esquecer isso por conveniência, não? Agora, eu tenho que ser somente sua. Por quê? Porque, no fundo, lateja em você aquele coronel de botas e chicote, a não permitir qualquer desvio das regras criadas pelo seu egoísmo controlador. Está quieto por quê? Alô, alô, alô... Filho da puta!... desligou!

CAUSA E EFEITO

Sebastiana Perpétuo do Nascimento, morena clara, parteira aposentada, noventa e seis anos.
Faleceu, hoje, no Hospital Caminho do Céu, na Vila Esperança.
Causa mortis: falência múltipla dos órgãos.
Causa? Ou efeito.

FLORADAS

Todo ano, nos indecisos outubros, floriam, naquela espécie de bosque fechado, as jabuticabeiras do grande quintal. Da noite para o dia, os minúsculos nódulos esverdeados explodiam em flores brancas que davam aos troncos e galhos aquela vestimenta de noiva a caminho do altar. Um espetáculo efêmero, que as abelhas expectavam com ansiedade para não perder a rápida passagem da flor ao fruto. A pureza da cor, a delicadeza do perfume e o som surdo e contínuo daquele revoar de asas sintetizavam uma atmosfera de desmedido êxtase, dando à penumbra da hora sua expressão de passagem para futuros de prazeres repetitivos que ainda estavam por vir com a madurez.

No quarto do fundo, com a janela entreaberta para aquele idílico cenário, sem suas vestes brancas e sua grinalda de perfumadas gardênias, nua, como um anjo puro a bater suas asas na direção do éden, sorvia o fértil pólen de sua primeira noite, num contraponto perfeito à natureza daquela manhã.

Deflorada à noite.
Manhã de florada.

FREUD

Depois de marchas e contramarchas, afinal, a edildade aprovou o pedido dos condutores dos veículos puxados por animais, responsáveis pelo modal de transferência das mercadorias chegadas pela ferrovia: um bebedouro para os animais.

Desenvolvidas as obras, marcou-se o dia em que a fita inaugural seria finalmente cortada. A cidade reuniu-se em festa juntamente com carroceiros, charreteiros e ginetes, devidamente acompanhados de seus veículos e animais. À hora determinada iniciou-se a festa tão aguardada. Discursos de praxe antecederam o grande momento, ao som da furiosa. A população aguardava ansiosa a palavra final do Sr. Prefeito. Este, após breve mas enfática oração, em atitude altiva, como se fosse proclamar alguma independência, empunhando uma grande caneca de ferro esmaltado em sua mão direita, empurrou o vasilhame para dentro do espelho d'água enchendo-o na sua plenitude. Ergueu-o solenemente, como num gesto de vitória, levou-o à boca e, após longos goles que sorveram por completo seu conteúdo, num ato falho, disse em voz bem alta e emocionada:

Está inaugurado o bebedouro dos animais!

INCONTINÊNCIA

Levantei-me, ali pelas 4h15, botei o chinelo, que entrou meio torto em meu pé esquerdo, e fui me apoiando nas paredes até o banheiro. Acendi a luz e só aí percebi que estava sem os óculos. Resolvi voltar ao quarto para pegá-los. Fui até o criado-mudo, onde os deixo antes de me deitar. Foi então que me dei conta de que eles não estavam onde pensava. Liguei o abajur e olhei para o chão junto a ele, mas meu olhar desfocado não foi capaz de localizá-los. Estava ainda escuro. Pus-me de joelhos no chão frio e busquei, no tato ambulante, encontrá-los em algum ponto próximo. Sem querer, esbarrei neles, mas, com o toque brusco da mão, os atirei para os baixios da cama. E agora? Mal os via ou alcançava. Precisando de algo que me desse uma extensão maior aos meus braços, tirei dos pés um dos chinelos e busquei puxá-los para mais perto de mim. Qual! Exagerei na força e os mandei de encontro à parede, junto à cabeceira da cama. Agora a coisa ficou mais difícil, já que os pés do móvel passaram a atrapalhar a caça ao fugitivo. Levantei-me, acendi a luz do quarto, até agora à meia-luz, e não tive outra saída senão tentar arrastar a cama, afastando-a da parede. A iluminação do cômodo faz o tato perder sua capacidade "visual". Segurei firme na pezeira e dei um tranco para trás. A cama não saiu do lugar. Em compensação seus pés cederam ao meu puxão e, desequilibrado, dei com os costados no chão. A cabeça, ainda bem, foi amortecida pelo guarda-roupa que distava da cama uns dois passos. Só quando me levantei é que me dei conta de que sangrava. Não sabia onde, nem quanto. As mãos, que eu passara por várias partes do corpo, denunciavam, pela cor e pelo cheiro, que havia sangue em algum lugar. Não me sentia atordoado, apesar de tudo continuar fora de foco. Agora, estava eu ali encostado no guarda-roupa, descalço, sem saber onde sangrava, com a cama desmontada, com dor nas costas, atônito, cabisbaixo, quase cego, derrotado e o pior... mijado!!

JUÍZO FINAL

Deitou e dormiu, não sem antes pensar nos deveres que teria que cumprir na manhã seguinte. E olha que não era pouca coisa! Estava enterrado até o pescoço em compromissos tidos como por demais importantes. Pela manhã, como vinha fazendo já há algum tempo, o dever de levar a filha até a escola era dele, apesar da separação e da guarda que sua mulher havia garantido na justiça, depois de um traumático embate entre orgulhos feridos. Nesse ponto, louvava a decisão judicial que garantira a ele apenas esse contato diário com a filha. Mas aquele comportamento antiético e nada profissional da advogada que assumira a defesa da esposa ainda estava atravessado em sua garganta. E não havia mesmo como engoli-lo. Canalha! Ardilosa. Usara da mentira, da escamoteação das verdades mais evidentes, da sórdida injúria para garantir-lhe a vitória. Colocou sem escrúpulos na peça acusatória o argumento falacioso da saúde mental da criança como artifício ao convencimento do Ministério Público, o que levou a juíza, posteriormente, a declarar a necessidade da separação e optar por uma guarda não compartilhada. Mas não havia mais o que fazer senão abaixar a crista e não piorar a vida da menina, sua única paixão agora. Esse compromisso diário era o grande motivador que lhe dava toda manhã um cumprimento de bom-dia repleto de esperanças, de expectativas de fazer daquela pequena menina uma mulher sem traumas e rancores. Haveria ela de ser a antítese da mãe. Isenta e generosa. Altiva, mas condescendente.

Madura e justa. Não deveria escolher o caminho das vilanias para alcançar as uvas da vida. Fazia daquele dever diário um verdadeiro sacerdócio. Amor e projeto. Fortes razões para viver uma longa vida, como dizia.

Na manhã seguinte, não pôde repetir a ave-maria de mais uma conta de seu ainda longo rosário.

Amanheceu morto!

BONECA INFLÁVEL

Foi bom pra mim!

DINDI

Foi até a banca de jornais pra comprar uma revista. Estranhou a manchete do *Diário da Tarde*: Atirou-se nua do sexto andar com um vinil entre os braços.

Reconheceu pela fotografia o prédio onde esteve na noite anterior. No chão, o corpo de bruços. Na mão, entre os louros cabelos compridos, um pedaço do disco onde ainda dava pra ler: Dindi.

Nunca mais emprestou seus discos pra ninguém!

MARCHINHA FÚNEBRE

Amou-a. Simplesmente, amou-a. Jamais deixou de fazer o que quer que fosse senão para ela, sem que ela, e mais ninguém, sequer imaginasse ser ela seu objeto de tamanha entrega.

Conviveu com essa paixão recôndita por toda uma infeliz existência. Eram distantes e próximos a um só tempo. Isso para ele, pois ela apenas encarnava aquele platônico sentimento. Era uma devoção só dele. Misteriosa. Profundamente silenciosa. Amarga, dolorida!

Morreu em pleno domingo de Carnaval. Ao deixar o velório, a passagem do cortejo fúnebre foi interrompida pelo desfile dos foliões e dos carros alegóricos. No esquife, ele, deitado e inerte. Na passarela, ela, saltitante e gloriosa. Nesse último encontro, a alegre e natural indiferença fez seu derradeiro contraponto com o segredo inconfesso.

Coisas da vida. Coisas da morte!

MISSA CAMPAL

Passou a missa inteira a pensar no que fizera na noite anterior. Havia sido por demais canalha ao agredir, com palavras e gestos, a companheira que lhe havia dado todos os prazeres possíveis. Brutalidade covarde! O que faz um homem apunhalado em sua honra de machista para superar a derrota anunciada? Nada; entretanto, seria capaz de anular a consciência do erro. Assim, após o culto, como a buscar minimizar o sofrimento, foi rezar num banco sombrio no interior da praça.

MOTO PERPÉTUO

Oito horas diante daquela máquina infernal. Barulho de todos os lados. Um almoço rápido e uma rápida soneca. No mais, nem um minuto de folga para fumar um cigarro. A maldita segurança no trabalho a impor seus caprichos.

Fim de tarde, bateu o ponto e seguiu a passos firmes até a condução.

Na mente, um só pensamento. Voltar pra casa. Meu refúgio, minha vida.

Um banho frio, uma camisa limpa e um afago no cachorro.

Na parede, a lembrança de uma recente perda irreparável. Um casamento feliz!

No bar, vários cigarros, uma coxinha de frango, um ovo no colorau e o rabo de galo de sempre. Hoje, um duplo!

Na volta, um sono narcótico

…...................... Oito horas diante daquela máquina infernal.

O CORNO E A PASSARINHA

Olhou pra fora e a viu passando. Com os olhos fixos em seu corpo, acompanhou seu trajeto até a virada da esquina. Depois, foi só imaginação. O pior não foi a indiferença de ter passado sem ao menos menear a cabeça, achando que nenhum olhar a fitava. O pior é que ele tinha certeza de que ela fazia tudo aquilo de propósito. Só pelo prazer de apunhalar. E ela sabia onde fazer isso. Sétima costela, à esquerda. Sangra, dói, mata. Ou mata primeiro, para depois doer pelo resto da vida. O sangue se esvai, acaba. A morte e a dor, pelo contrário, ficam. Morrer devagarinho! A morte permanente! Nem a dor que dói quando se morre. Por conta de não perdê-la, perdeu a hora. Acovardamento, insegurança, incertezas. Deixou-a à mercê do oportunismo canalha de terceiros. Mas que fazer? Ela provou, gostou e se melou toda. E eles? Bem, eles marcaram no cabo do canivete mais essa conquista. Canalhas! Em público, chegavam até a comentar seu heroico feito.

Comeu?

Sim, e como!!

O PESSOAL DA ANTIGA MENTE

Antigamente tudo era, no mínimo, antigo. Na visão de hoje, é claro! Do mesmo modo, quando afirmamos que no nosso tempo a coisa era diferente, não só é uma visão de hoje, como sinal claro de que já fomos para o brejo, pois lamentos são para os que já passaram. Isto é, para os que já são de antigamente. "No meu tempo" é uma expressão sinônimo de juventude, ou, no mínimo, do tempo que antecede a maturidade responsável, o que quer dizer o tempo que ainda tinha um futuro pela frente, com que ainda se sonhava. Depois disso, o tempo é o dos outros, daqueles que ainda não sabem que vivem o seu tempo. Portanto, "o meu tempo" só existe depois que tomamos consciência que nosso tempo já não existe mais. Aí ficamos buscando razões para explicar nossos desajustes, nossas dificuldades, nossos insucessos, nossas derrotas e nossas oportunidades perdidas. Ou tudo contrário. É puro saudosismo escapista! Ficamos achando a porcaria que o mundo era melhor do que a porcaria que o mundo é. Uma questão apenas de mudança de roupagem, entretanto. E, assim, tudo mais que o mundo tinha e que não tem mais era do "nosso tempo", geralmente aquele tempo bom, glorificado pela memória curta, especialmente naquilo que nos dava prazer ou vantagem. Como era boa a manga com fiapos, a bola de capotão, o leite não pasteurizado, a fagulha da locomotiva, a medicina caseira, o fogão à lenha, a cama patente, o chiado do rádio, as alpargatas Roda, o cinema mudo, a lata de banha, a poeira da estrada, a ducha fria, o telefone de manivela, a chamada oral, a segunda época... e até a gonorreia! Benza Deus! Como era bom!?

Esse saudosismo babaca é o melhor sinal de que o pessoal da antiga mente!

ORLOJ

O másculo ponteiro dos minutos, como sempre, passava apressado, nervoso na sua corrida pela periferia daquela grande arena. Ao contrário, o pequeno e delicado ponteiro das horas, há incontáveis tempos, não se importava com o ritmo bem mais lento de seu passeio por perímetros menos grandiosos. Enquanto o primeiro poderia se vangloriar de ser menos conservador e mais atlético em sua marcação, o segundo não teria razão para se ver diminuído, pois sua relativa lentidão estava a serviço de uma missão mais substantiva e determinadora. Menos volúvel, era o mesmo por sessenta vezes sessenta aquele tic-tac constante que dava ao parceiro, a cada batida, um nome diferente. Mas ambos tinham por finalidade dar uma leitura objetiva a um fenômeno impossível de ser essencialmente apanhado pelos sentidos de quem quer que fosse. Trabalhavam num dos mais organizados e racionais projetos de colaboração que já havia sido criado. Era uma missão universalmente aceita e respeitada. Impunha-se imperiosa, acima de quaisquer diferenças que pudessem existir entre os homens. Nessa repetição orgulhosa, sem fim vislumbrado, ambos fisicamente se encontravam em momentos precisamente predefinidos. Uma vez cada hora e pouco. Era um acasalamento instantâneo, bem mais rápido que as apressadas conjunções das aves e dos leões. Mas, em compensação, o era pela eternidade. Sim, tudo isso em tese, pois não eram o próprio tempo. Eram simplesmente um simulacro. E, como tal, não tinham supremacia sobre sua passagem. Muito menos autonomia de conduta. Poderiam perder a vida a qualquer momento. Como de quem morre quando não acorda.

   A corda! Ah! A corda!

PIADA DE PAPAGAIO

Aquele periquito, pequeno como todos os outros, gabava-se de ser bem-dotado naquilo que o discurso machista acha ser um bom símbolo de masculinidade. Como todo macho que se preza, nutria-se de um desejo ardente de um dia poder passar a noite com aquela periquita que não lhe saía da cabeça. E quem não a tem?

Pois bem! Tirou a sorte grande. Levou-a para a alcova prometendo a ela que seria o melhor e o maior periquito que ela jamais veria na vida.

Assim que se desfez das penas e ficou em pelo, apresentou-se à amada no mais glamoroso nu frontal.

Foi surpreendido com a exclamação apavorante da companheira: papagaio!!!

SANHAÇO

Todo santo dia, por mais de seis meses, aquele sanhaço vinha comer o mamão que ele colocava no tabuleiro próximo ao limoeiro. Era um macho, garantia. Seu porte e sua cor não deixavam dúvidas. Depois que se alimentava, ia para o galho eleito do arbusto ao lado e soltava seu trinado cada dia mais afinado. Já estavam ambos se acostumando com a proximidade. A segurança de um comportamento passivo garantia a sua aceitação junto ao pássaro A constância gerou adoções. Sentimentos bestas, pois humanos.

Ficou dias sem aparecer.

Do outro lado do muro, agora, o mamão do vizinho também ia para a gaiola.

SANTISTA

Saíram da Andaluzia, como Colombo, quatrocentos anos depois. A família não era grande. O casal, dois filhos e quase um terceiro. José, Antônia Rafaela, Maria e José de la Santíssima Trinidad. A menina e o menino ainda bem pequenos. Na bagagem física, os pertences pessoais de quem tem poucas necessidades. Na bagagem das motivações, porém, uma só e grande necessidade. Aquela que os levava a deixar a terra onde haviam vivido por incontáveis gerações: a sobrevivência em condições distintas daquele beco sem saída que era a miséria anunciada. A crise por que passava a velha terra do Sul e do sol, com suas grandes propriedades rurais em falência, colocava à disposição das Américas um mundão de pessoas dispostas a entregar, a baixo custo, suas capacidades entesouradas em cada corpo por aprendizados de milenar hereditariedade. O destino, que tanto poderia tê-los levado para muitas das antigas colônias europeias do Novo Mundo, acabou deixando-os em Santos. O ano era o de 1897. Ali mesmo, ato quase contínuo, o artesão de pedras de cantaria encontraria o que fazer com seus dotes, logo postos a serviço de uma cidade e de um porto em expansão. Portais, peitoris, molduras e soleiras, além de pilastras, baldrames, escadarias e travessões, cristalizaram seu trabalho, em parte, ainda hoje presente em muitos casarões centenários da cidade. Porém a primeira pedra assentada na nova terra foi esculpida com os cinzéis de um amor gregário ainda em terras mouriscas. Na vida ela se mostrou mais dura e mais difícil de se deixar quebrar que os granitos dos costões da Serra do Mar. Ela foi o filho brasileiro, nascido meses depois do desembarque da família em solo paulista: meu pai.

SEGREDO TUMULAR

Enterrado em dívidas, como a maior parte dos que ralam a vida toda movidos por comportamentos honestos, toda semana, às escondidas da inflexível esposa, fazia lá sua fezinha na loteria, única esperança para tirar o pé da lama.

Pois é, naquela noite, antes de a novela começar, esperou a patroa sair da sala para ir ao banheiro, foi lá no quarto e, na surdina, abriu o guarda-roupa. Meteu a mão no bolsinho do paletó de seu surrado terno preto, desdobrou o volante da mega-sena daquela quarta-feira e conferiu com os números que havia acabado de ouvir no noticiário da televisão. Sentindo fortes dores no peito, dobrou de novo o volante e voltou a guardá-lo naquele seu cofre particular. Os seis números eram os de seu jogo. O velho coração, que já havia passado por várias retíficas, não resistiu àquela forte emoção. Não chegou a voltar para o lugar de onde havia saído. Caiu morto ali mesmo, junto à porta do quarto. Eh! Ele já andava se queixando de novo daqueles incômodos, disse a esposa. Talvez tenha vindo buscar seus remédios. Tomava-os toda vez que sentia alguma coisa! Todos nós já estávamos preparados para esse dia. Com a ajuda dos vizinhos, foi vestido pelo seu único terno, com o qual, após o velório daquela madrugada, enfatiotou-o para ocupar um lugar no humilde túmulo da família, no cemitério local. Os amigos se cotizaram para pagar aquele enterro. Era a viúva, agora, quem não tinha onde cair morta. Três meses depois, a Caixa Econômica Federal, promotora dos jogos oficiais do país, anunciava que, pela primeira vez, o único ganhador do sorteio daquele certo dia não havia comparecido para receber o polpudo prêmio de vinte e três milhões de reais. O prazo oficial de sua validade havia se esgotado à meia-noite do dia anterior.

Mesmo com vinte e três milhões de reais no bolso, agora, continuava enterrado em dívidas.

SINAIS TROCADOS

Ele, do sexo masculino, como dizia sua certidão de nascimento. Tudo estava conforme manda a boa e aparente biologia. Foi tratado, ao crescer, como se homem fosse, como também manda a boa e tradicional psicopedagogia. Bolas, pipas, piões, pés descalços, atiradeiras. Aí veio a maturidade a confirmar anúncios anteriores nem sempre delicadamente velados. Independente, fez-se mulher, pois ser mulher não era uma opção. Era uma determinação da natureza. A altivez fundada numa aceitação madura produziu uma vida de longa, delicada e frutuosa felicidade.

Ela, a irmã, desde cedo não foi seu contraponto. Toda estimulação de gênero que havia sido dada a ele foi, na mesma medida, dada a ela. Das bonecas aos ensinamentos da costura e dos afazeres domésticos. A maturidade veio apontar aquilo que já estava determinado pela boa e clássica genética. Fez-se homem, pois homem não era uma opção. Era uma identidade. A mesma altivez, como a do irmão, tornou mais fácil a adaptação a um convívio social de longo e não tão delicado viver.

Uma simples questão da boa e racional matemática. Na equação de suas vidas, a igualdade estava posta antes das afirmações.

Já haviam nascido com os sinais trocados.

TARDE DEMAIS!

Já vinha se sentindo apertado durante o voo. O fato de estar mal localizado na fileira do meio o fez ir adiando a ida ao banheiro. O desconforto não era contínuo, o que lhe garantia a possibilidade de chegar ao aeroporto sem precisar sair de onde estava. Dez horas de viagem não é para qualquer intestino! Quando o comandante anuncia o início do procedimento de pouso, pedindo que os passageiros afivelassem os cintos e guardassem seus lugares, a cólica se anunciou mais aguda e a necessidade de se livrar dela ainda mais urgente. Insuportáveis os sintomas. Fez, realmente, das tripas coração. Fechou os olhos, suspendendo a respiração por períodos prolongados, procurando enganar seu corpo através de um pensamento fugidio. Ainda bem que toda sua bagagem havia sido despachada no balcão de embarque. Não havia o que buscar nos compartimentos acima das poltronas. Quando a porta se abriu, após longo e penoso taxiamento da aeronave, saiu em disparada na direção do banheiro do aeroporto. Foi como atravessar uma praça de guerra, num percurso o mais longo jamais enfrentado. Quando, afinal, sentou na privada, metade já havia sujado suas peças íntimas.

Merda!!!

TOP-TOP

Continuava tocando sua vidinha atrás do balcão da sua pequena loja de materiais de construção. A cidade era pequena, mas o progresso exigia, cada vez mais, tijolos, areia e cimento. Dava pro gasto. Vida tranquila. Nada mais que isso. A saúde deu-lhe um trançapé, exigindo opiniões maiores, melhores e mais dispendiosas sobre o mal diagnosticado pelo médico local. O jeito foi valer-se do decantado atendimento universal que a lei lhe garantia, apelando para o conceituado instituto hospitalar da capital. Mais um entre tantos. Ganhou um número e a recomendação de tratamento cirúrgico. Nada urgente. Ano e meio aguardando ser chamado para fazer a intervenção recomendada pelos médicos. A fila de espera era grande e não admitia a ninguém artifícios para furá-la. Aqui são todos iguais. A fila dos diferentes é a dos que pagam. Apadrinhamentos, nem pensar! Afinal, tratava-se de hospital público. Referência nacional. Ética era a palavra mágica. Até altos funcionários da administração do país já haviam se servido dele. Era tido pelo chefe do Estado como modelo, o top do top. Conhecimento e Altruísmo era o seu lema. Só gente altamente considerada entre os profissionais da saúde. Professores, cobras, deuses!

Afinal, chegou o seu dia. Chamado e internado, trocaram-lhe, sem pestanejar, a valva aórtica que apresentava defeito de fabricação. Para aproveitar o peito aberto, fizeram rápida exploração também na mitral, já que os mestres não costumam perder bons materiais didáticos. Na Unidade Intensiva de Recuperação, não durou três semanas. Morreu com um coração novo.

Dolo eventual.

Maldita fila! Pequena demais.

Top-top!!!

UNANIMIDADE

Assim, mais que de repente, ela apareceu chamando a atenção de tantos quantos estavam no bar. Sem mais, foi até o balcão, apontou alguma coisa para o atendente, passou pelo caixa, onde recebeu o que havia pedido, pagou e saiu tal como entrou. Sem olhar para ninguém. Quem seria aquela figura tão carregada de tentações? Como pode haver pessoas que conseguem despertar o mundo à sua volta? Todos os olhares foram até a porta para ver o que aconteceria. Ela se foi, toda altiva, naquela cadência em que as ancas subiam e desciam à medida dos passos. Dobrou a esquina e todos voltaram atônitos, sem saber bem para onde, pois o pensamento ainda teimava em continuar na rua. Seguiu-se mais uma rodada de pedidos. Aumentou, e muito, o nível etílico do salão.

Mulher e álcool. Duas solidárias perdições.

VACA, GALO, PORCO

Cansado, depois de um dia mais que estafante, teve que, ainda, cumprir aquele horário besta do dentista. Nove da noite não é lá uma boa hora para sofrer. Sofrer, não! Aquele havia nascido para cuidar bem dos outros. Além disso, manjava demais daquilo que fazia. Tudo isso era multiplicado e muito pela tecnologia de ponta que respaldava seu trabalho naquele consultório.

Sentou naquela cadeira que mais parecia uma mesa cirúrgica. Sentou, não! Deitou. Agora os pacientes ficavam da horizontal. Quem se sentava era o próprio profissional. Foi logo sendo anestesiado. Demorou alguns segundos, pegou no sono. Nada melhor! Costuma-se mesmo ficar de boca aberta quando se dorme. E logo veio aquele sonho recorrente a lhe sugerir números e números, animais e animais. Jogo do bicho e qualquer outro tipo de loteria coloriam o cenário das fantasias que o fazia empurrar a vida para a frente com alguma esperança, já que ela sem esperança é vida animal, não humana. Os números 12, 30, 32, 43, 53 foram, pausada e paulatinamente, aparecendo, claros, nítidos, em bom tamanho, encimando o frontão daquela estranha casa onde apareciam uma borboleta, dois camelos, um cavalo e um gato. Na porta da casa, um animal por demais estranho, semelhante a algo de aparência pré-histórica: meio morcego, meio besouro, a gritar um número ininteligível. Foi quando foi despertado com um OK do dentista.

À noite, nem é preciso dizer, passou-a toda sem dormir, tentando adivinhar o sexto número. Mais intrigante ainda era buscar o que poderia sugerir aquela figura de um zoológico surreal. Nos vinte e cinco bichos do Barão de Drummond não havia nada parecido.

Filho da puta de dentista! Duas vezes! Não poderia ter esperado um pouco mais para me ver acordado?

Esta obra foi composta em Minion Pro 12 pt e impressa em papel
Polen Natural 80 g/m² pela gráfica Meta.